벽을 허물다

벽을
허물다

김형수 지음

벽을 허물다

1판 1쇄 발행 2014년 12월 25일

지은이   김형수
펴낸이   김인근
펴낸곳   열다
등 록   2014년 12월 18일
주 소   경기도 용인구 남사면 경기동로 382-1
전 화   031-253-4164
팩시밀리 031-322-8720
전자우편 hopekhs@hanmail.net
홈페이지 cafe.naver.com/openpublish

ISBN 987-954290-0-4 03810

"마음을 열고 보라."

결국 내가 하고 싶은 말은 이 한마디다.

차례

산모퉁이 바로 돌아
송학사 있거늘
무얼 그리
갈래 갈래
깊은 산속 헤매나
        - 김태곤, '송학사' 중에서

독자에게

　나를 모르는, 나 역시 모르는 막연한 당신에게 수다를 떨고자 합니다. 말하기를 좋아했던 나는 지금껏 살아오면서 주변의 누군가를 대상으로 삼아 끊임없이 수다를 떨었습니다. 쌍둥이로 태어나 어린 시절부터 서른여덟 해를 살다 간 쌍둥이 형 김형만과 수다를 떨었고, 대학교 때는 이 책을 출판해 주기로 한 고찬규 형과, 첫 근무지였던 중학교에서는 자유분방한 영혼의 소유자인 한인수 형님과, 그 이후는 지금 가장 친하게 지내는 직장 동료인 김창수와 수다를 떨어 왔습니다.

　내 반려자인 아내 김명진도 빼놓을 수 없습니다. 연예 시절에는 하루 종일 걸으며 나는 쉴 새 없이 떠벌렸고 아내는 들어 주었습니다. 사실 이 책의 많은 부분이 사흘 전 집에 있는 아내를 학교까지 데려와 서너 시간 앉혀 놓고 떠들며 녹음한 내용을 적은 것입니다. 수다에 불과할 수도 있는 나의 말을 당신에게까지 하게 된 이유는 내가 겪은 일들이 하나의 기적처럼 느껴지기 때문입니다.

　나는 당신에게 내가 사춘기 무렵 어느 책에서 본 것인지 기억조차 분명치 않은 한 그림 이야기부터 하겠습니다.

　위의 그림처럼 어떤 섬에 아이가 하나 있습니다. 아이는 참 행복했습니

다. 드넓게 펼쳐진 푸른 바다와 하늘, 먼 세상으로 나아가는 배, 평화롭게 날아다니는 갈매기, 밤이면 하늘에 반짝이는 별들과 야자나무를 스쳐 지나는 바람. 이러한 모든 것들로부터 아름다움을 느끼며 행복했습니다.

그런데 아이가 자라면서 무언가 배워 지식을 쌓고, 경험을 통해 자기 생각들을 만들어 갑니다. 아이가 살아가는 데 꼭 필요한 것들이었는데, 마치 외부로부터 자신을 보호하는 집을 짓기 위해 쌓은 보이지 않는 벽돌들과 같습니다. 그러다 보니 어느새 다음 그림처럼 됩니다.

아이는 왠지 더 이상 행복하지 않습니다. 바다도, 하늘도, 배도, 갈매기도, 별들도, 바람도 모두 벽 때문에 예전처럼 느낄 수 없게 된 것입니다.

당신이 만약 이 책의 끝부분까지 읽게 된다면, 이 그림 속의 아이가 누구였는지 생각해 보게 될 것입니다. 물론 이 그림이 그렇듯, 내가 앞부분에서 이야기할 내용 역시 식상하기도 하고 그다지 감동적인 것도 아니기에 당신은 이내 나와의 대화를 중단할지도 모르겠습니다.

그러나 나는 간절히 소망합니다. 우연하게라도 이 책을 손에 든 당신이 잠시 시간을 내어 내 이야기를 처음부터 끝까지 들어 주길, 그리하여 지금 내가 느끼고 있는 경이로움을 함께 느끼길 바랍니다. 왜냐하면 당신은 나의 일부이기 때문입니다.

영원히 당신의 곁에서 김형수 드림.

1장

살아오다

이 세상에서
내가 훌륭해지는 것을 막을 수 있는 존재는
오직 나 자신뿐이다.

집에 돌아오다

2박 3일간의 출장을 마치고 낮 12시가 조금 넘어서 집에 돌아왔다. 엘리베이터에서 내려서 현관문을 열고 집안에 들어서자 아내가 반갑게 맞이해 주었다.

"일찍 왔네. 잘 지냈어?"

하고 묻는 아내에게 나는

"그럼. 잘 지냈지. 잘 지낸 정도가 아니라 놀라지 마. 기적을 체험했어! 깨달음을 얻었다고나 할까."

얼마나 황당한 말이었는지, 아내의 눈이 놀라 동그래진다. 갑자기 웬 깨달음이란 말인가. 그런 아내에게 내가 말했다.

"당신 지금 바빠? 애들은 뭐 해?"

"아니, 애들은 방에 있지."

"그럼 나에게 몇 시간만 빌려 줘. 꼭 들려줄 이야기가 있어. 내가 깨달은 이야기를 단번에 쏟아내야 하고, 그것을 녹음해서 책으로 써야 하는데, 그러려면 어디 조용한 카페라도 가야 해."

내가 말을 할수록 아내는 더 황당한 표정이 된다. 그러나 내 말이 진지하게 들리기는 했는지, 아내는 이내 외출옷으로 갈아입었다. 그러는 동안 딸과 아들이 방에서 나왔다.

"아빠, 엄마 어디 가?"

"응, 아빠가 깨달음을 얻었거든. 그걸 엄마에게 얘기하고 책으로 쓰려고 나가는 중이야."

아이들은 아내만큼은 놀라진 않았지만, 역시 나를 이상하다는 눈빛으로 쳐다봤다. 12살로 사춘기가 한창인 딸은

"아빠도 참, 뜬금포가 따로 없네!"

하며 혀를 챘고, 그보다 두 살 아래인 아들은

"아빠 책 써요? 책 쓰면 얼마 버는데?"

하고 철없는 소리를 하면서도, 이 녀석이 똘똘한 면이 있어서

"아빠, 책으로 쓰면 그 때의 분위기가 잘 느껴지지 않으니까, 그냥 말로 하는 게 나을 것 같아."

한다.

"그래, 말로 하는 것도 좋은데 너무 긴 이야기라서 우선 엄마에게 이야기해 주고 나중에 책으로 써서 너희들에게도 보여 줄게. 그리고 너희가 나중에 아빠가 쓴 책을 읽고 이해하게 되면, 그때는 책을 써서 얼마를 버는지는 중요하지 않게 생각될 거야."

라고 말한 후, 아내와 함께 집을 나왔다. 근처 마트에 가서 녹음기를 산후, 카페로 가려던 생각을 바꿔 내가 근무하는 학교로 왔다. 일요일이어서 사람들이 많은 카페보다는 아무도 없는 학교 상담실이 더 이야기하기 좋을 듯해서였다.

아내를 차에 태우고 오면서 난데없이 "내가 깨달은 것을 들으면 당신도 깨달음을 얻을 수 있다."고 한 나도 엉뚱하지만, 그 말에 웃으며 "아냐, 난 평범한 게 좋아. 깨달음 무서워, 무서워." 했으면서도 순순히 이 황당한 나를 따라와 주고 있는 아내가 고맙다는 생각이 들었다. 그 남편에 그 아내랄까.

(여기까지의 내용은 아내에게 본격적인 이야기를 꺼내기에 앞서 방금 전에 일어난 상황을 설명하기 위해 녹음한 것인데, 내가 마지막 말을 할 때 아내는 두 어깨를 으쓱 올리며 미소를 지었다. 이제 나의 이야기가 시작된다.)

이야기를 시작하다

　당신에게 그간 내게 일어난 일들을 도대체 어디서부터 어디까지 이야기해야 할지, 또 그것을 책으로 쓴다면 어떻게 구성해야 사람들이 자연스럽게 받아들일지 애매하지만, 우선 간단하게 네 부분 정도로 나누어 이야기해 보려고 해. 첫째 부분에서는 최근에 나에게 일어난 변화들을 이야기하고, 둘째 부분에서는 기적이 일어나기 전날인 10월의 마지막 날에 겪었던 이야기를 할 거야. 다음으로 셋째 부분에서는 기적이 일어난 11월의 첫날, 즉 내가 깨달음을 얻어 새로 태어난 날에 대해 이야기하고, 마지막 부분에서는 당신과 마주앉아 있는 오늘의 이야기를 하는 게 좋겠어. 그럼 먼저 당신이 이미 나에게서 들었던 이야기가 포함될지도 모르겠지만, 최근에 내가 겪었던 일들부터 간단히 정리를 해 볼게.

　5남매의 막내로 태어난 나는 가정 형편도 그리 좋지 않았고, 고등학교 때부터 이삿짐을 나르는 아르바이트를 하며 학교를 다니는 등 공부에 그리 시간을 들이지는 않았어. 대학에 갈 때도 성적이 우수하지는 않았지만, 내가 좋아하는 문학을 하면 될 듯해서 국문학과에 입학했지. 대학생활도 평범한 편이었고, 졸업 후 첫 직장이었던 중학교에서 당신을 만나 결혼한 후 지금은 네 번째 학교인 과학 영재 학교에서 근무하고 있지.

　4년 전 이 학교에 지원할 때 쓴 자기소개서에는 맹자의 진심장(盡心章)에 나오는 '득천하영재 이교육지 삼락야(得天下英才 而敎育之 三樂也, 천하의 영재를 얻어서 교육하는 것이 즐거움이다.)'라는 거창한 문구를 인용하여 영재 학생들을 가르치며 참된 기쁨을 얻고 싶다는 지원 동기를 쓰고 합격할 수 있었지. 그러나 얼마 전까지만 해도 다른 학교에 근무할 때와 비교해서 달라진 것은 별로 없었어. 개인적으로는 이전 학교 때부터 참고서나 교과서

집필 작업에 참여하며 바쁘게 살아왔는데, 수업이나 학교 업무 시간을 제외한 대부분의 시간을 문제를 내는 데 할애해 왔기 때문에 책을 많이 읽지도 못했고, 내 삶을 이렇다하게 변화시키지도 못했지. 다만 당신에게도 이야기를 했지만, 가끔 독특한 영재 학생들의 면모를 보면서 나도 무언가 느꼈던 경험들은 있었어.

내 생각을 생각하다

대표적인 것이 작년 가을에 '메타적 사고' 라는 제목의 수필로 작성해 보기도 했던 일이었는데, 어느 수업 시간에 학생들에게 자신이 존경하는 인물과 그 이유를 발표해 보라고 한 일이 계기가 되었지. 여러 학생들이 자신의 부모님, 특정한 선생님, 혹은 위인들을 들었는데, 맨 나중에 발표한 학생은 이렇게 말했어.

"선생님, 앞에서 말한 사람을 또 말해도 돼요?"

내가

"그래, 같은 사람에 대해 말해도 돼."

하니까,

"음一. 아니에요, 그냥 다른 사람 할래요. 히히. 근데요……, 여기가 그래도 과학고잖아요. 그런데 과학자를 존경한다고 말한 사람이 아무도 없어서……. 전 에디슨에 대해 말할래요. 전 에디슨을 존경해요. 에디슨은 ……."

그 뒤의 이야기는 참 평범했지만, 순간 나는 그 학생의 발언에서 다른 어느 학생에게서도 볼 수 없었던 뭔가를 본 듯했어. 바로 '메타' 라는 개념을 떠올린 것인데, '메타[초(超)]'는 '뛰어넘다', '초월하다'는 뜻을 의미하지. 예를 들어 자신이 어떤 생각을 할 때, 이를 한 번 더 뛰어넘어 '자신의 생각 자체를 생각하는 것'과 같아. ·비록 단순한 형태이기는 했지만 그 학생의 발언을 통해 메타적 사고를 떠올릴 수 있었어. 앞에서 말한 사람을 또 말해도 되느냐는 질문, 과학고이니까 자기는 과학자에 대해 말하겠다는 발상은 말하는 내용 자체에만 고정된 사고에서 벗어나 있었던 거지. '메타'를 개념적으로만 알고 있다가 현실에서 이렇게 나타난다는 것을 처음 실감했기에 놀라웠어.

그리고 그날 퇴근 후에 내가 당신에게 알리지도 않고 어머니 댁에 가서 저녁을 먹게 될 상황을 만듦으로써 당신 시어머니와 당신 사이에 전화 통화 중 갈등이 빚어졌지. '내가 밥을 어디서 먹는지가 고부간에 갈등을 일으킬 만큼 중요한 문제인가?' 하는 생각도 들었고, 중간에서 나도 참 곤욕스러웠어. 그런데 다행스럽게도 그때 '메타'라는 개념이 다시 떠올랐어. 갈등 상황에 대해 한 발 물러서서 생각해 보니, 어머니나 당신이나 다 나를 위해 저녁 식사를 준비했을 뿐이었고, 내가 갈등의 원인을 만들었다는 생각을 하게 되었지. 그때의 경험으로 나부터가 내 자신을 돌아보고, '나'라는 울타리에서 벗어나 나와 다른 사람들이 함께 살아가는 모습이 아름다울 수 있도록 노력해야겠다고 생각하게 되었지.

아무튼 그러한 몇몇 일들을 제외하고는 특별하지 않다가 최근에 들어서야 정말 학생들을 가르치는 기쁨을 서서히 느끼기 시작했어. 내 자신의 삶도 변화되기 시작했는데, 대표적인 예로는 음악의 문외한이던 내가 한 달 전부터 불쑥 색소폰을 배우기 시작했고, 문자 메시지로 그간 적조했던 친구들과 연락도 주고받기 시작하는 등 이전까지는 별다른 변화 없이 살아오던 삶을 서서히 바꾸면서 그것들이 내 삶을 더 풍요롭게 하고 결과적으로 큰 기쁨이 된다는 점을 느낄 수 있었어.

수업을 바꾸다

특히 교육에 대한 생각도 많이 달라지기 시작했는데, 그 동기는 우스웠어. 1학기와 달리 2학기에 들어서 문학과 작문 과목을 함께 맡게 되면서 수업을 매 시간 다양하게 준비하는 게 쉽지 않게 되었지. 그래서 일주일에 한 시간은 학생들에게 자유롭게 책을 읽을 시간을 주고, 학생들이 비평문을 쓰면 나는 그에 대해 조언을 달아 주고 짧게나마 개별적으로 대화도 나누게 되었지. 20명 이내의 학생들이 수업을 듣기 때문에 가능했던 일인 것 같아. 그리고 영재 학교의 특성을 고려하여 교과 지식을 전달하는 시간을 줄이고, 학생들의 창의적인 사고를 이끌어 내는 활동 시간을 늘렸어. 예를 들면 모둠별로 무엇이든 우리 사회에 대한 문제의식을 담은 가면극을 만들어 공연하게 해 본다든가, 주제와 상관없이 참신한 사고를 담은 동영상을 제작하여 발표하게 해 본다든가 하는 시간들을 부여했지.

학생들에게도 한 이야기인데, 교사로서 15년을 보내면서 내 나름대로는 하나라도 더 가르치려는 열정으로 임해 오기는 했지만, 돌이켜 생각해 보면 아쉬움이 컸어. 그렇게 쏟아 부은 지식들이, 혹은 시험 문제를 잘 푸는 요령들이 과연 얼마나 가치가 있을까? 그 모든 것들이 과연 학생들의 삶에 얼마나 중요한 의미일 것이며, 또 나에게 배운 학생들이 훗날 내 이름이라도 기억할 수 있을까? 생각해 볼수록 이건 아니라는 생각이 들었지.

그러다가 최근에야 내 수업을 바꿔 학생들에게 스스로 생각해 볼 시간을 주거나 친구들과 의논하면서 자유롭게 창작물을 만들어 보는 활동들을 진행했지. 내 역할은 예를 들어 보이거나 안내를 하고, 학생들이 활동하는 동안 교실을 순회하면서 학생들에게 조언해 주는 일이 주가 되었어. 학생들에게 시범을 보여야 했으므로, 나 역시도 창의적으로 사고하지 않으면 안 되었는데, 그 과정에서 내 스스로도 뿌듯한 일들이 있었지. 대표적인 예로는 두 가지를 들 수 있어.

마음을 움직이다

먼저 창의적인 발상이 담긴 작품, 정말 사람의 마음을 움직이는 작품이 가치가 있다는 점을 학생들에게 강조하기 위해 생각해 보다가, '교통안전'에 대한 공익 광고의 예를 떠올렸지. 이와 관련한 대부분의 공익 광고는 식상하기 짝이 없어. 예를 들면 '5분 먼저 가려다가 50년 먼저 간다.'라는 식의 위협적인 광고나, '당신의 빈자리, 남은 가족들은 슬퍼합니다.'라며 약간의 정서를 자극하는 광고가 있기도 하지. 여러 고속도로 휴게소에서는 끔찍한 사고 장면을 담은 사진들을 붙여 놓음으로써 교통사고를 예방하려고 하지만, 이런 접근들은 한계가 있어. 발상 자체를 바꾸어야 하고, 이를 통해 그 사람의 마음을 움직여 스스로 실천하게 만들어야 해.

그래서 내가 생각해 낸 문구가 바로 '빨간 신호등, 내 삶의 쉼표'야. 현대인들은 대부분 바쁜 일상 속에서 잠시라도 마음 편히 삶의 여유를 즐길 수 없을까 하고 생각해. 그러나 생각은 그렇게 하면서도 정작 자기 스스로 마음의 여유를 갖거나 정말 시간이 주어지더라도 여유를 즐기지 못하지. 외적인 성과에 얽매여 스스로를 들볶고 쉴 새 없이 달려가기만 해. 그래서 이렇게 생각해 보자는 거야. 교통신호에 걸린 시간만이라도, 정말 그 때는 별달리 할 일도 없으므로 '나에게 주어진 삶의 여유'라고 생각하면 어떨까?

생각이 이어지니 광고의 구체적인 내용까지도 떠올릴 수 있었어. 어떤 직장인 남자가 바쁘게 회사 건물에서 나와 차를 몰고 가는데, 다음 장면에서 자동차 앞의 신호등이 빨간 불로 바뀌는 거야. 그러니까 이 남자가 음악을 틀고 잠시 감상하며 살며시 미소를 지어. 다음은 한적한 거리를 한 여자가 걸어가는 장면이야. 지나는 자동차도 없는데 신호등에는 빨간 불이 들어와 있어. 여자는 고개를 들어 노랗게 물들어 가는 은행나무를 바라보며 역시 행복한 미소를 지어. 이어서 마지막 광고 문구가 올라가지. "빨간 신호등에 걸린 시간은 내가 나에게 선물하는 잠깐의 여유입니다."

많은 사람들이 부정적으로만 인식하는 빨간 신호등을 오히려 긍정적으로 볼 수도 있다는 발상. 이러한 발상이야말로 신선함을 느끼게 하고 또한 강력한 힘을 지니고 있어. 이 광고를 떠올린 후로는 나 자신부터가 꼭꼭 교통 신호를 지키게 됐다는 것만으로도 발상의 힘을 증명할 수 있어.

2박 3일간의 이번 출장에서 함께 작업한 팀원들께도 지난주 있었던 사전 모임에서 이 이야기를 한 적이 있어. 그중에 한 분은 정말 내 말을 들은 후 빨간 신호등에 걸리면 광고에서처럼 하게 되더라고 했는데, 다른 분들도 다 공감하긴 했지만 특히 그분이 스스로 이 발상을 받아들였다고 볼 수 있겠지.

다른 각도로 보다

또 한 가지 생각의 각도를 달리하는 게 얼마나 중요한지를 상징적으로 보여 주는 예가 있어. 얼마 전 내가 떠올린 단순한 발명 아이디어가 그것인데, 카드 분실을 방지하는 휴대폰 케이스에 관한 것이야. 요즘 나오는 휴대폰 케이스에는 카드를 넣을 수 있는 공간이 있는데, 대부분 당신 것과 유사한 형태지.

왼쪽 그림처럼 카드를 위쪽에서 꽂게 되어 있는데, 당신도 지난번에 이야기했듯이 사용하다 보면 헐거워져서 카드가 빠져나가는 경우도 생기고, 또 언제 카드를 분실할지 모른다는 부담감을 갖게 되는 단점이 있지. 어떻게 하면 이러한 단점을 보완할 수 있을까?

왼쪽 그림이 이에 대해 내가 먼저 떠올린 아이디어야. 카드를 꽂는 방향을 왼쪽으로 하고, 대신 케이스를 접었을 때의 자석식 닫힘 장치를 결합하면 카드가 밖으로 빠져나가지 않을 거라는 생각이었지. 그런데 조금 더 생각해 보니 이보다 간단한 방법도 있었어. 무엇일까?

이 아이디어를 여러 학생들에게 말해 주고 또 다른 아이디어가 있을지 물었는데, 대답이 쉽게 나오지 않더라구. 그래서 "위쪽에서 왼쪽으로 바꾸었듯, 다시 사고의 방향을 바꾸라."고 힌트를 주니까, 일부 학생들이 답을 떠올렸어.

왼쪽 그림이 바로 두 번째로 생각한 아이디어야. 카드를 꽂는 방향을 다시 왼쪽에서 중앙의 오른쪽으로 바꾸는 거지. 우리가 스마트폰 케이스를 접고 다니기 때문에 별도의 닫힘 장치 없이도 카드가 빠져나올 일이

없어지게 돼.

　모두가 위쪽에서 카드를 꽂는다는 사고에 고정되어 있는데, 생각의 각도만 바꾸면 다른 쪽으로 카드를 꽂을 수도 있어. 그리고 그게 끝이 아니야. 그 생각의 각도를 또 다시 바꿀 수 있지. 문제는 마음을 여느냐, 그렇지 않느냐에 달려 있어. 게다가 앞서 내가 이 사례를 두고 생각의 각도를 달리하는 게 얼마나 중요한지를 상징적으로 보여 주는 예라고 했듯이, 어찌 보면 우리가 사고하고 행동하는 수많은 방식들이 기존의 스마트폰 케이스들처럼 획일화되어 있는 것은 아닌가 하는 문제의식을 일깨워 주었다는 데 의의가 있어.

생각이 생각을 낳다

　이번엔 내가 학생들의 사고가 발전하고 있음을 확인하고 감탄했던 예를 한 가지만 들어 볼게. 바로 사흘 전 출장을 떠나기 직전의 수업 시간이었는데, 두세 명씩 팀을 이루어 무언가 참신한 사고를 담은 동영상을 제작하여 발표하는 첫 시간이었어. 주제는 자유였고, 교내외의 동영상 공모전을 대상으로 해도 된다고 했기에 팀별로 각양각색의 작품들을 만들었지.

　그중 한 팀이 얼마 뒤에 있을 '학교의 보물찾기'라는 교내 동영상 공모전에 출품을 목표로 지난주에 촬영 작업을 하는 것을 보았는데, 한눈에 두 학생이 무얼 만들려는지 알 수 있었어. 사실은 두 주 전 학년 조례 시간에 강당에서 이재구 학년 부장님께서 학생들에게 몇 장의 사진들을 스크린에 보여 주면서 훈화를 하신 적이 있어. 먼저 귀여운 참새들의 사진을, 다음에는 땅에 떨어져 죽은 참새 사진을, 다음에는 유리창에 붙은 독수리 사진을,

마지막으로 내 사진을 보여 주신 거야. 그러면서

"도서관을 리모델링하면서 창문을 새로 달았는데, 이틀이 멀다하고 참새들이 창문에 부딪혀 죽었다. 그런데 김형수 선생님이 창문마다 독수리 사진을 붙인 후엔 더 이상 죽는 참새가 없게 됐다. 이처럼 서로에 대한 작은 배려의 마음을 실천하는 자세가 우리의 삶을 더 따뜻하게 만든다."고 말씀하셨어. 그때 학생들은 "와~" 감탄을 했고, 나는 쑥스러워서 수첩으로 얼굴을 가고 웃었던 일이 있었지.

두 학생이 도서관 창문을 촬영하는 걸 보고, 대충 짐작을 한 나는

"학교의 진정한 보물은 내가 아니란다. 더 생각해 보렴."

하고 짧은 조언을 했었지.

동영상을 발표하던 수업 시간에 그들이 만든 동영상을 다 본 후, 특히 끝 부분에서는 나도 정말 학교의 보물이 무엇인지 다시 생각해 볼 수 있었어.

"창문에 독수리 사진을 붙여 놓으면
참새들이 무서워 피하지 않을까?"

창문마다 붙어 있는

학교의 가장 아름다운 보물이 되기 충분한
감동적인 이야기

그러나

"이건 진짜 보물이 아니다!"

더 큰 보물이 남아 있다는
선생님의 말씀

그리고
드디어 찾아낸
학교의 가장 큰 보물

아름다운 이야기를
많은 학생들에게 소개
따뜻한 마음을
나눠 가질 수 있게 해 주신 선생님

너무 쉽게 접할 수 있는
학생들의 따뜻함이 담긴
인사

情

학교의 주인
우리 모두에게 숨어 있는
따뜻하고 아름다운 마음
소소한 배려와 양보

학교의 가장 큰 보물은
"우리들의 마음"

학습실에 홀로 남아
뒷정리를 하는 아름다운 마음

　　최근에 나는 창의적으로 사고하는 습관의 중요성을 느낀 후, 학생들에게 하루에 한 가지 이상 좋은 생각, 창의적인 생각을 떠올려 수첩에 적도록 했어. 그것이 개인의 발전을 위해서 가장 중요하다고 생각했기 때문이지. 10년이 지나면 엄청난 양의 아이디어를 모을 수 있고 공부든, 과학 연구든, 기업 경영이든 놀라운 성과를 낼 수 있을 것이라고 말했지. "생각이 모든 것을 만들어 낸다."는 말로 중요성을 강조하기도 했어.

아무튼 출장을 떠나기 전 바쁘게 끝마친 그 수업으로 인해 그날 나의 수첩에는 "학교의 가장 큰 보물은 우리들의 마음이다."라는 문구가 적혔어. 정말 생각해 보니 서로를 배려하고 좋은 생각을 나누며 함께 성장하는 교사와 학생 등 학교 구성원의 마음이야말로 학교의 가장 큰 보물이라는 점에 충분히 공감할 수 있었던 거지.

학교, 여유의 관점으로 보다

이처럼 수업에 대한 관점과 수업 방식을 바꾸게 되면서 '아, 바로 어거였구나!' 하는 생각이 절로 들었지. 그만큼 학생들이 만들어 낸 창작물들이 놀라움을 주었고, 수업의 과정에서 학생들도 나도 더 폭넓은 생각을 하게 됐다고 느꼈기 때문이야.

사실 학교(school)의 어원은 그리스어 스콜라(schola)인데, '한가함'이라는 뜻을 가지고 있어. 그리스인들이 생각한 학교는 성인이 되기 전에 말 그대로 한가함을 누리는 장소로서, 우리나라처럼 닫힌 교실이 아니라 체육 활동을 즐기는 넓은 운동장이나 음악을 통해 정서를 함양하는 음악실 같은 공간이었대. 그 속에서 학생들은 한가함을 누리며 서로 대화를 통해 지혜를 나누고 성인이 되기 위한 교양을 쌓았던 거야.

이러한 학교의 어원에 비추어 보면 그간의 우리 교육이, 아니 내가 했던 교육부터가 얼마나 본질에서 벗어나 있었느냐는 반성이 들어. 교육을 통해 학생들을 스스로 생각할 줄 아는 존재로 바로 세우고, 주변 사람들과 더불어 바람직한 삶이 무엇인지에 대한 고민을 나누며 끝없이 성장해 나가도록 뒷받침해야 함에도 불구하고 현실에서는 오히려 그것을 막아 왔던 것은 아닐까?

물론 교과 지식이 지니는 가치를 무시하는 것은 아니야. 지식이야말로 사고의 재료이고 밑바탕이기 때문에 그 중요성에 대해서는 재론의 여지가 없지. 문제는 죽은 지식을 떠먹여 왔다는 데 있어. 내신 성적을 위해 무턱대고 지식들을 암기하기에만 급급하고, 수능 성적을 위해 문제 풀이 노하우를 얻으려는 데에만 급급하다면 진정한 생각의 발전을 기대하기란 어렵겠지.

지식의 가치를 깨닫다

지식을 가르치더라도 그것이 과연 내 삶에 어떠한 가치를 지니고 있는지 그 소중함을 일깨우는 것이 우선이라고 생각해. 그렇지 않고서는 스스로 지식을 탐구하고자 하는 열정을 기대하기 어려우니까.

지금은 다니지 않고 있지만 2, 3년 전만 해도 다른 학교 선생님들을 대상으로 하는 출제 기법 연수를 많이 다녔고, 가끔은 논술이나 수능 비법을 강의해 달라고 요청하는 학교들에 외부 강의를 나가기도 했었지. 논술이든 수능이든 강의에 앞서서 학생들에게 도대체 왜 공부를 해야 하는지를 깨닫게 하는 일이 우선이었어. 그걸 깨달아야 무슨 공부든 떠밀려서가 아니라 스스로 하게 될 것이니까 말이야.

죽은 형만이 형을 언급하며 이야기를 꺼내노라면 내 목소리가 떨리곤 했었지만, 내가 지식의 가치를 가장 실감했던 일이었기에 여러 번 그 이야기를 했었어.

"쌍둥이로 함께 태어나 다투기도 하고 서로 수많은 이야기도 나누면서 자라났는데, 몇 년 전 불의의 사고로 형을 잃었다. 참 착하고 효심도 깊은 형이 서른여덟의 나이에 유원지에서 물에 빠져 결혼도 못 해 보고 안타깝게 죽었다. 내가 강물 위에 떠오른 형을 발견해 건지고, 화장을 한 다음날부터 바로 수업에 들어가 우스갯소리를 해 대며 수업을 했지만, 가슴이 찢어졌다. 온종일 형의 죽음이 떠오르고 물만 보면 겁이 나서 샤워하기도, 머리 감기도 힘들었다. 몇 개월을 형의 죽음으로 인한 상처에서 벗어나지 못하다가 우연한 계기로 그 상처를 치유하고 슬픔을 극복할 수 있었다."

당신에게도 얘기를 했는지 모르겠지만, 참된 지식은 우리의 인식과 삶 자체를 크게 바꾸어 놓을 만한 힘이 있어. 당시 수리과학 분야의 논술 문제를 출제하기 위해 이런 저런 책들을 살펴보다가 '시저의 마지막 한숨' 이라는 대목을 발견했지.

'시저의 마지막 한숨' 을 이해하기 위해서는 몇 가지 지식이 필요해. 우선 시저가 갈리아를 정복한 로마 장군으로, 개혁 정책을 추진하다가 귀족들에게(정확히는 그의 부하 브루투스에게) 암살당한 인물이라는 역사적 지식이 필요하겠지. 또한 과학적으로는 세 가지 법칙을 알아야 해. 먼저 온도와 압력이 같을 때 서로 다른 기체라도 부피가 같으면 모든 분자가 동일한 값을 가지며, 그 값은 근사적으로 6.02×10^{23}이라는 '아보가드로의 법칙' 을 알아야 하지.

그 외에도 '열역학 제1, 제2법칙' 을 알아야 해. '열역학 제1법칙' 은 '에너지 보존의 법칙' 이라고도 하는데, 화학반응 전후에 반응물과 생성물의 모든 질량은 같다는 법칙이야. 쉽게 말해서 형태는 바뀌지만 양은 불변이라고 할 수 있지. 마지막으로 '엔트로피 법칙' 이라고도 하는 '열역학 제2법칙' 을 알아야 하는데, 이에 따르면 모든 자발적인 반응은 비가역적이므로, 우주의 엔트로피(무질서도)는 증가하고 있다고 해.

얼핏 보아선 서로 관련이 없어 보이는 이 지식들을 종합한 결과를 가장 단순하게 말한다면, 우리가 숨을 한 번 들이쉴 때마다 시저가 브루투스의 칼에 죽을 때 내쉰 마지막 한숨 속에 포함되어 있던 분자들 중의 하나가 우리의 폐 속으로 들어온다는 거야. 다른 사람들에게는 별다른 흥미가 없었을지도 모르지만, 당시 나에게 '시저의 마지막 한숨'은 가히 충격적이었어.

시저가 마지막으로 내쉰 한숨 속의 분자 하나가 내가 한 번 호흡할 때마다 내 폐 속으로 들어온다는데, 시저가 평생 호흡한 횟수를 상상해 보면 내가 한 번 호흡할 때마다 도대체 얼마나 많은 '시저의 분자'가 나에게 들어온다는 말인가 하는 놀라움을 느꼈던 거지. 그 순간 형만이 형이 떠올랐어. 형이 죽었기 때문에 영원히 내 곁에서 없어진 것으로 여겨져 허망했는데, 형은 내가 호흡할 때마다 나에게 들어오는 것이고 영원히 나와 함께 있다는 것을 깨닫게 되었지. 물질의 상태가 변화하니까 공기 외에도 물이나 흙, 나무, 밥 등등 내가 보고 느끼는 모든 것에 형은 여전히 존재하고 있다고도 할 수 있겠지.

딱딱한 지식들이지만 이를 어떻게 받아들이는지에 따라 말할 수 없는 가치를 지닐 수 있다는 점을 느꼈어. 지식을 무턱대고 외우려 했거나 있는 그대로만 받아들였다면, 나는 형을 떠나보낸 슬픔을 극복할 수 없었을 거야. 한편으로 지식에 대해 감사함도 느낄 수 있었는데, 누군가 앞서 말한 그 지식들을 만들었기에 이를 통해 죽음이 결코 끝이 아님을 깨달을 수 있었다는 생각이 들었던 거지.

삶과 죽음이 단절된 것이 아니라는 깨달음은 현실에서 나와 타인 역시 단절된 존재가 아니라는 깨달음으로도 이어졌어. 주변의 동료들이나 학생들, 혹은 모임에서 만난 사람들에게 가끔 '시이저의 마지막 한숨'을 들며 우리는 정말 가까운 사이라는 말을 한 적이 있어. 특히 교실이나 사무실처럼 제한된 장소에 함께 머물고 있다면 숨을 쉴 때마다 서로 얼마나 많은 분자들을 교환하고 있겠냐는 말이지.

생각을 조금 더 넓혀 보면, 먼 나라에 있는 사람들도(분자의 수는 줄어들 겠지만) 나와 호흡을 나누고 있고, 지구상의 나무나 풀들까지도 나와 함께 호흡하고 있음을 알 수 있어.

함께 살아가다

내 수업이나 삶의 변화도 어쩌면 이러한 깨달음이 있었기에 서서히 이루 어져 왔던 것 같아. 전에는 무턱대고 지식 자체만을 가르치려고 했다면, 이 제는 그 지식이 왜 의미가 있는지에 초점을 맞추어 가르치게 되었어. 그리 고 학생들 스스로 사고하고 의미를 발견해 가도록 이끄는 쪽으로 수업의 방 식을 바꾸게 되었지.

학생들에 대한 생활 지도나 인성 교육도 마찬가지야. 전 같으면 이래라 저래라 잔소리를 끊임없이 늘어놓았을 텐데, 이젠 그러지 않아. 대신 학생 들의 가치관을 바꿀 수 있는 교육을 해 보려고 해. 그렇게만 된다면 나머지 일들은 학생들 스스로 생각해서 자연스럽게 좋은 쪽으로 변화되어 갈 것이 라고 믿게 됐기 때문이야.

과학고에 와서 4년째 접어드는 올해 처음 학급 담임을 맡게 되었는데, 반 학생들에게 거의 잔소리를 하지 않았어. 대신 한 학기에 서너 번 '정신 교 육'이라는 거창한 이름으로 학생들을 깨우쳐 주려고 했지. 요즘 들어 그 정신 교육의 빈도가 좀 늘었는데, 내가 정신 교육을 하겠다고 하면 왠지 우 리 반 학생들의 앉아 있는 자세나 눈빛부터 달라지는 것 같더라구.

학기 초에 가장 먼저 하는 정신 교육을 예로 들어 보면, 마침 그 때가 반 장, 부반장, 부서장 등 학급의 임원을 뽑을 때라서 리더십에 대해 이야기를 해. 내가 고등학교 때 윤리 선생님으로부터 인상 깊게 들은 말씀을 인용한 것인데, 이야기에 앞서 먼저 다음 그림을 칠판에 그려.

어느 추석날 저녁이었는데, 서울에서 출발한 버스 한 대가 외딴 산길을 넘어가고 있었어. 교통 체증으로 인해 시간이 많이 지체되어 승객들은 지쳐 있었지. 그림에서 보듯이 이제 마지막 고개만 넘으면 그리운 가족들이 기다리는 집으로 가게 돼. 그런데 난데없이 낙석들이 버스 앞을 가로막고 있었어. 사람들은 모두 큰일 났다 싶었지. 특히 맨 뒷좌석에 탄 두 사람은 "도대체 우리나라는 제대로 된 게 없어.", "맞아, 도로 관리를 이따위로 하는 공무원 놈들은 모조리 해고해야 해.", "휴일이라 중장비를 부르기도 어렵겠네." 하며 불만을 터뜨렸지.

그런데 조금 뒤에 버스 중간쯤에 앉아 있던 한 젊은이가 버스에서 내리더니, 돌들을 산 밑으로 굴리며 치우기 시작했어. 낙석들이 많았기에 사람들은 어리둥절해 했고, 특히 맨 뒷좌석의 두 사람은 "병신, 그런다고 돼?" 하며 비아냥거렸지. 그래도 젊은이는 돌을 치우는 일을 멈추지 않았어.

시간이 흐르고 버스 안의 사람들 중에서 일부가 "저 젊은이만 저렇게 애쓰는데, 미안하네." 하며 하나 둘 버스에서 내려 같이 일을 돕기 시작했어. 점점 더 많은 사람들이 참여하게 되었고, 결국 돌을 모두 치우지는 못

했지만 버스가 지나갈 만한 통로를 만들게 되었어. 사람들은 버스에 올라 모두 기쁜 마음으로 고향으로 가게 되었지. 맨 뒷좌석의 두 사람은 어떻게 되었냐고? 응, 불평한 것을 빼고는 아무것도 한 일이 없는 그들은 마지막에도 이렇게 뇌까렸지. "제기랄, 그래도 한 시간이나 더 늦어졌네."

내가 왜 이 이야기를 학급이 꾸려진 후 가장 먼저 학생들에게 했을지 짐작이 가지? 함께 만들어가는 학급이니까 리더십과 팔로워십이 중요하다는 점을 말하고 싶었던 거야. 이야기를 들려주고 칠판에 다음과 같이 쓰지.

리더 : 먼저 실천하는 사람
팔로워 : 함께 참여하는 사람

우리 학급의 리더는 선생님도, 반장도, 부반장도 아니라 누가 됐건 앞서의 젊은이처럼 먼저 실천하는 사람이야. 그러한 사람이야말로 진정한 리더이고, 우리가 살아가는 세상을 조금 더 아름답게 만드는 사람들이지.

그리고 리더 못지않게 팔로워도 중요해. 함께 참여한 사람들이 있었기에 낙석들을 치우고 모두 고향으로 갈 수 있었던 거야. 나도 고등학교 때 윤리 선생님으로부터 이 말씀을 듣고 우리 반을 위해 뭔가 실천할 일이 없을까 생각해 보다가, 교실 칠판을 지우게 됐지. 주번이 아니었는데도 고등학교 시절 내내 매 시간 수업을 마치면 칠판을 지웠고, 대학교에 가서도 강의가 끝나면 칠판을 지웠어. 심지어 교사가 된 후 교육대학원에 다닐 때도 지웠는데, 나중엔 자동으로 지워지는 물칠판이 나오더라구. 하하.

아참, 버스 맨 뒷좌석의 두 사람은 사실 내가 나중에 만들어 덧붙인 거야. 함께 살아가는 것이 삶인데, 학생들에게 절대로 그런 사람이 되어서는 안 된다고 강조하기 위해서였지.

벽을 느끼다

기왕 정신 교육에 대한 이야기를 꺼냈으니, 지금껏 내가 한 정신 교육 중에서 나름대로는 가장 의미를 두었던 이야기를 해 볼게. 2학기 들어 첫 정신 교육에서 우리 반 학생들에게 꼭 필요하겠다 싶어서 한 이야기인데, 앞으로 당신에게 들려줄 내 깨달음과도 큰 관련이 있어.

대략 30여 년 전쯤의 중학생 시절 무렵이었던 것 같은데, 내가 어떤 책에서 본 것인지 기억조차 분명치 않은 어떤 그림이 잊히지 않고 가슴에 남아 있어.

그림 속에는 어느 바다에 섬이 하나 있고, 거기에 한 아이가 있어. 아이가 어떻게 섬에 있게 되었는지는 모르겠어. 하늘에서 떨어졌는지, 혹은 원래부터 그 섬에 있었는지는 중요하지 않아. 중요한 것은 아름다운 자연 속에서 아이는 말할 수 없이 행복했다는 점이야. 드넓게 펼쳐진 푸른 바다를 보노라면 가슴이 뛰었고, 파도가 모래사장을 간질일 때면 하얗게 부서지는 물보라가 다정하게 느껴졌어. 무시로 날아드는 갈매기들의 즐거운 노랫소리를 들을 수 있었고, 먼 바다로 나아가는 배를 보며 부푼 꿈을 그려 보기도 했어. 밤이면 하늘을 눈부시게 수놓은 별들을 바라보며, 야자나무를 스쳐지나는 바람을 전령 삼아 별들에게까지 이야기를 건네곤 했어. 이처럼 아이는 자신을 둘러싼 모든 것들로부터 아름다움을 느끼며 행복했었지.

그런데 당신과 내가 그러하였고, 우리의 아이들 역시 그러하듯이 이 아이도 자라면서 무언가 배워 지식을 쌓고, 경험을 통해 자기 생각들을 만들어가게 돼. 사실 우리들 모두 자라면서 책도 읽고 학교에 가서 공부도 하면서 지식을 넓히고, 나름대로 이것저것 경험도 해 보면서 살아가는 방식을 배워왔잖아. 물론 이러한 것들은 세상을 살아가기 위해서 꼭 필요한 것들이라고 할 수 있겠지.

그런데 이러한 지식과 경험이 점점 쌓여서 아이를 가두게 돼. 그림의 모든 것은 여전히 똑같은데, 마치 외부로부터 자신을 보호하는 집을 짓기 위한 보이지 않는 벽돌들이 쌓여 에스키모들의 이글루 모습처럼 아이를 둘러싸게 된 그림으로 바뀌게 되는 거지. 그러자 아이는 더 이상 행복하지 않게 돼. 바다도, 하늘도, 배도, 갈매기도, 별들도, 바람도 모두 예전처럼 느낄 수 없게 된 탓이야. 이 그림이 상징하는 것은 우리 어른들이 그렇듯이, 이 그림 속의 아이도 지식과 경험을 통해 자기의 세계를 만들어 가지만 그것이 하나의 벽이 될 수도 있다는 뜻일 거야.

우리 학생들이 온종일 책과 씨름을 하면서도 정작 소중한 것들을 잃어버리고 있지는 않나, 세상을 바라보는 눈이 오히려 어두워지고 있지는 않나 하는 생각에 섬 소년의 이야기를 통해 꼭 깨닫게 해 주고 싶었어. 그래서 진정을 담아 이야기를 하다 보면, 나도 모르게 울컥하는 마음이 들어 학생들 앞에서 울먹이기도 했었지.

"얘들아, 저기 창밖을 좀 보아라. 우윳빛 하늘도, 아침 햇살 속에 깨어나는 나무들도, 지저귀며 날아다니는 새들도, 그 모든 것들은 여전히 너무나 아름답다. 그런데 이 아름다운 세상 속에서 하루에 몇 번이나 감동을 하며 살고 있니? 너희들이 처음 바다를 보았을 때를 떠올려 보아라. 드넓게 펼쳐진 바다를 처음 대했을 때, 얼마나 가슴 뛰는 경이로움을 느꼈었는지 말이야. 그런데 지금 이렇게 성장한 너희들의 눈에 바다가 얼마나 감동을 주니? 유치원 때를 떠올려 보아라. 유치원에서 처음으로 친구들과 선생님이라는 존재를 만났고, 말과 숫자를 배워 가며 즐거움도 느꼈을 거야. 그러나 지금 너희 옆에 있는 친구들, 날마다 만나는 선생님들, 너희들이 배우는 것들, 너희들 눈에 보이는 모든 것들이 너희에게 얼마나 감동을 주고 있니? 모든 것은 어린 시절이나 지금이나 변함없이 아름다운데, 섬의 아이처럼 그 아름다움을 보는 눈을 우리가 잃어 가는 것은 아닐까?"

내가 교직 생활을 시작한 지 얼마 안 되어 만든 명언(?)이 있어. 바로 "이 세상에서 내가 훌륭해지는 것을 막을 수 있는 존재는 오직 나 자신뿐이다."라는 말이야. 비슷한 말로 "내가 행복해지는 것을 막을 수 있는 사람 역시 나 자신뿐이다.", 혹은 나쁘게 말해서 "내가 형편없는 삶을 살도록 방치하는 것 역시 나 자신뿐이다."라고 할 수도 있겠지. 이 그림을 통해 나는 말했어. "너희들은 가능성 그 자체야. 끝없이 훌륭해질 수도 있고, 끝없이 행복해질 수도 있잖아. 그 섬 아이처럼 보이지 않는 좁은 벽 안에 자신을 가두지만 않는다면, 너희들은 그 무엇도 될 수 있고, 그 어떤 행복도 느낄 수 있을 거야."

깨달음을 얻기 전까지는 아이들에게 그렇게 말했던 나 역시도 스스로를 좁은 벽 안에 가두며 살아왔다는 것을 실감하지 못했어. 그러나 적어도 어린 시절 가슴에 담아 두었던 그 그림을 가끔씩 떠올리기는 했기에 아주 꽉 막힌 삶을 살아오지는 않을 수 있었던 것 같고, 교육자로서 학생들의 마음을 조금이나마 이해하려는 마음을 가질 수 있었던 것 같아. 특히 올해 들어서 학생들을 대하는 나의 태도가 조금씩 변하고 있음을 느낄 수 있었는데, 다음 두 가지 일들을 예로 들 수 있어.

여러 측면에서 생각하다

우리 반 학생들 중에서 학기 초부터 눈에 띄는 친구가 있었는데, 이 친구의 장점은 성격이 쾌활해서 교우 관계도 좋고 수업 시간에 조별 활동을 할 때도 적극적으로 앞장서서 활동을 이끈다는 점이야. 또한 화학 올림피아드를 목표로 하고 있어서 학습실에 가 보면 늘 두꺼운 교재와 씨름하며 아주 열심히 공부를 하고 있어. 그런데 이러한 장점이 있음에도 불구하고 겉으로 보이는 모습 때문에 오해를 받을 소지가 있어. 예를 들어 교실에서 책상에 엎드려 있거나, 다리를 책상 위에 올리고 몸은 의자에 비스듬히 기대고 앉아 있을 때가 많아. 왜 그렇게 앉느냐고 물어보니, 자기는 허리가 아파서 그런다고 했어. 그 친구한테 선생님이 앞에 있을 때의 자세에 대해 딱 한 번 짧게 얘기한 적이 있긴 하지만, 그 외에 잔소리는 하지 않았어. 잔소리가 도대체 사람의 마음을 얼마나 바꿔 놓을 수 있겠어? 사실 전에는 학생들에게 잔소리도 많이 하고 엄하게 야단치기도 했었는데, 이젠 그러질 않아. 스스로 느끼고 진정으로 깨닫지 않는다면 소용이 없지 않을까?

올해 들어 잔소리 대신에 무언가 깨닫게 하려고 이따금 앞서 말한 정신교육을 하거나, 아니면 조례 시간에 학생들이 매일 한 명씩 앞에 나와 조례를 진행하며 자신이 하고 싶은 이야기를 하도록 하고, 나는 그 동안 빗자루를 들고 교실 청소를 했지. 지금도 고3 때 담임선생님께서 가끔 우리 교실을 몸소 청소해 주시던 일이 기억에 남아 있거든. 그분이 어떤 잔소리를 하셨는지는 별로 기억이 없지만 말이야.

어쨌든 이 친구의 자세는 크게 달라지지 않았고, 그 외에도 좀 개선이 필요하다고 생각되는 일들이 있었어. 예를 들면 학급 단체 사진을 촬영해야 해서 모두 모였는데, 그 친구는 나타나지 않았어. 전화도 하고 기다렸지만 그 친구가 오지 않아서 결국 지금 교무실에 걸려 있는 단체 사진에 그 친구만 빠져 있지. 나중에 물어보니 기숙사에서 자느라 전화를 못 받았다고 했어. 사실 이 친구는 사진 찍기를 좋아해서 늘 카메라를 메고 다니며 친구들의 사진을 찍어 주는 좋은 면도 있었는데, 막상 함께 사진을 찍어야 하는 약속을 어겼기에 아쉬웠어. 또 아침 조례 때 지각하는 일이 잦기도 했는데, 그에 대해서 특별히 신경을 쓰지는 않는지 자리에 앉으면 조례가 진행되는 동안 자기가 가져온 빵과 음료수를 먹곤 했어.

이 친구의 태도를 개선해 줄 필요성을 느끼면서도 딱히 뾰족한 방법이 떠오르지 않아 조금 아쉽기는 했지만, 그럭저럭 이 친구를 비롯한 우리 반 학생들과 많은 추억을 쌓으며 즐거운 한 학기를 보냈고 서로에 대한 정도 많이 생겼지. 그러다가 2학기가 시작되고 얼마 지나지 않아 이 친구를 변화시킬 기회가 찾아왔어.

이 친구는 1학기에 이어서 2학기에도 내가 맡은 문학 강의를 신청해서 수강하고 있었는데, 어느 날 2교시 문학 수업 시간에 들어오지 않은 거야. 몇 번이나 전화를 했는데도 받지 않아 걱정스러운 마음으로 수업을 진행하다가 결국 이 친구를 찾아 나섰지. 학습실에 매트를 깔아 놓고 잠을 자고 있는 것을 보고, 잠이 번쩍 달아나도록 "야, 너 지금 뭐 하는 거야?" 하고 소리를 쳤지. 일부러 더 화가 난 척도 해 가며 한참 야단을 친 후에, 반성문을 써서 가져오라고 했어.

이 친구는 서너 시간 뒤에 반 쪽 분량의 반성문을 써 왔어. 알람 소리를 못 들었는데 오늘 특별히 피곤해서이기도 하지만, 자신의 마음이 헤이해진 탓이므로 앞으로 성실히 생활할 것을 약속하겠다는 내용이었어. 그렇게 생각했다니, 그럼 앞으로는 오늘과 같은 일이 있어서는 안 된다는 내용으로 몇 마디 훈계했어. 그리고 혹시 나에게 말하고 싶은 이야기가 있으면 해 보라고 했지. 짐작한 대로 이 친구는 "선생님, 결과 처리 안 해 주시면 안 돼요?"라고 말했지. 사실 무단으로 수업을 빼먹었다는 결과 처리를 당하게 되면 그것이 고등학교 생활기록부에 남게 되고, 대학에 진학할 때도 영향을 미치게 돼.

나는 그 친구에게 말했어.

"네가 그 말을 쉽게 꺼내는 것은 네 행동에 대해 아직 제대로 반성하지 못하고 있음을 너 스스로가 드러내는 것이다. 정말 자신이 한 행동이 어떤 의미였는지 여러 모로 생각해 본 사람이라면 그런 말이 쉽게 나올 수 없을 거야. 내가 너에게 시간을 줄 테니까, 정말 결과 처리를 하는 것이 옳은지, 그렇지 않은 것이 옳은지 너 스스로 판단을 해서 결정을 내리게 되면 그 후에 나에게 와서 다시 이야기를 해라.

여러 모로 생각해 본다는 것을 예를 들면 너와 같은 이유로, 혹은 아프거나 다른 이유로 결과 처리를 당한 다른 친구들의 입장에서는 어떻게 생각할지, 또 너에게 결과 처리를 하지 않으면 일종의 불합리한 행위를 하게 되는 교사인 나의 입장에서는 어떨지, 네가 앞으로 교수가 되겠다는 생각도 하고 있으니 네가 가르치는 학생이 이런 일을 했다면 너는 어떻게 처리할 것인지를 생각해 보라는 거야. 무엇보다 가장 중요한 것은 네 인생을 놓고 볼 때, 이번에 결과 처리를 받는 것이 과연 어떠한 의미를 지니고 있으며, 궁극적으로 어떠한 결과를 가져올지 스스로 고민해 보라는 말이다."

이렇게 이야기를 나눈 후 그 친구를 만날 때마다 "이번 일을 통해 네 자신과 삶에 대해 깊이 있게 생각하는 기회를 얻었다고 생각하렴." 하고 격려를 하며 사고가 성숙하도록 유도했어. 그리고 열흘 정도 그 친구가 결정을 내리고 나를 찾아오기를 기다리다가, 그 친구에게 심적 부담이 될 수도 있을 시간이 너무 길다 싶어서 그 친구에게 가서 대화를 나눴지.

"아직 너 스스로 결정을 못 내렸니?"

"예, 생각은 많이 해 보았는데, 정말 결정을 내리기가 어려워요."

나는 대략 이렇게 이야기했지.

"그래, 쉽지 않은 문제일 거야. 그러나 네가 많이 생각해 보았다니, 그 과정에서 분명 너 스스로 무언가 깨달은 점이 있었을 거라고 본다. 사실 나도 고등학교 2학년 때 점심을 먹은 후 학교 도서실에서 공부를 하다가 나도 모르게 잠깐 졸고 있을 때 수업 종이 울린 적이 있었어. 허겁지겁 교실로 뛰어갔지만 영어 선생님이 이미 출석부에 무단 결과 표시를 하신 후였어.

그때는 나도 어린 마음에 선생님을 찾아가서 사정을 말씀드렸지. 선생님은 단호하게 결과 처리를 바꿔 주시지 않으셨어. 몇 번 더 선생님을 찾아갔던 기억이고, 나중에는 울기까지 했더니 그제야 선생님은 앞으로는 종이 치기 전에 자리에 앉아 있으라시며 출석부의 결과 표시를 지워 주셨어.

그때는 오로지 결과 처리를 당하면 안 되겠다는 생각뿐이었지만, 지금 돌이켜 보면 그때 내가 결과 처리를 당했더라도 내 삶에는 거의 아무런 영향이 없었을 거야. 결과 처리를 당하느냐 안 당하느냐보다 더 중요한 것은 그 일에 대해 얼마나 깊게 생각을 하고, 이를 통해 스스로 얼마나 성숙하느냐는 점이야. 사람은 누구나 잘못을 할 수 있어. 그러나 그에 대해 스스로 반성하지 않는다면 그것이야말로 정말 잘못된 일이야.

그간 내가 별반 잔소리는 안 했다만, 눈을 뜨고 있으니 네 행동들은 다 보일 수밖에 없어. 학급 사진을 찍을 때 약속 시간에 나타나지 않았던 일, 조례 때 지각을 반복하면서도 아무렇지도 않게 빵과 음료수를 먹던 일, 그리고 책상에 다리를 올리고 앉아 있는 자세. 그런 너의 모습을 나만 보는 것이 아니라 우리 반의 모든 친구들 역시 보고 있어. 말은 안 하지만 속으로는 너에 대해서 뭔가 평가를 내리고 있겠지. 너는 장점을 많이 가지고 있는데, 이런 일들로 인해서 그 장점들이 퇴색될 수도 있는 거야. 무엇보다 네 스스로 자신을 돌아보고 개선하려는 마음이 없다면 결코 훌륭한 사람이 되기 힘들단다."

이런 이야기들을 나누고 헤어졌는데, 그 후로는 이 친구의 태도가 많이 달라졌어. 눈빛부터 달라졌지. 생기를 띠게 됐다고나 할까? 지각하는 일도 거의 없어졌고, 수업 시간에도 더욱 열의를 보였어. 나에게도 마음을 열고 서로 만날 때마다 웃음을 나누거나 끌어안게도 되었어. 내가 정신 교육을 할 때에도 아주 열심히 들어. 물론 누구나 그렇듯이 모든 단점들이 단번에 없어지는 건 아니야.

얼마 후 이 친구는 학습실에서 게임을 하다가 사감선생님께 적발되었는데, 그 전에도 두 번이나 적발된 일이 있어서 삼진 아웃에 걸려 2주간 기숙사 퇴사를 당하게 되었어. 멀리 떨어진 집에서 통학을 해야 하므로 이 친구로서도 힘든 일이고, 학급에 그런 일이 있으면 담임인 나에게도 번거로운 일들이 생기게 돼. 그런데도 그 일이 걱정거리나 기분 나쁜 일로 느껴지지 않는 거야. 왜냐하면 그 친구가 이번에 또 작다면 작고 크다면 큰 잘못을 하긴 했지만, 난 분명 그 친구가 성숙해 가고 있음을 확신할 수 있었거든.

그 친구의 어머니께 전화를 걸어 댁의 아드님이 게임에 3번이나 걸려 다음주부터 2주간 기숙사에서 쫓겨나게 생겼다는 말씀을 드릴 때도 내가 이런 이야기를 하니까 전화 통화가 매우 유쾌했을 정도였어. 나중엔 어머니도 나처럼 대학에서 국문학을 전공했었다는 이야기도 나누고, 서로 깔깔깔 웃으며 농담도 주고받다가 전화를 끊었지. 마지막 인사말은 "그럼, 어머니 오늘도 즐거운 하루 되세요~."였어. 아무튼 이 친구와 관련된 일로 인해서 나 역시도 자기 행동에 대해 여러 측면에서 생각해 보는 일의 중요성을 느끼게 되었지.

크게 보고 세밀하게 살피다

우리 반의 또 한 명의 특별한 친구 이야기를 해 볼게. 이 친구야말로 정말 '다재 다능'이라는 말이 어울리는 친구야. 과학 분야의 영재로 선발되어 우리 학교를 다니고 있는데, 초등학교 때부터 스키를 배웠나 봐. 우리 학교는 2월에 새 학기가 시작되는데, 며칠 후 이 친구가 갑자기 전국체전에 나간다고 해서 깜짝 놀랐지. 이 친구가 경기를 끝내고 학교에 복귀할 무렵에 혹시나 해서 전화를 해 보니, 프리스타일스키 부문에서 2위를 했다지 않아! 메신저로 학교 선생님들께도 이 소식을 알렸더니 많은 분들이 놀라워하셨어.

미술에 대한 재능도 뛰어나서 이 친구가 그린 그림을 보면 깜짝 놀라게 돼. 볼펜 한 자루만 있어도 대단한 작품을 만들어 내지. 학기 초에 학습실에 가 보면, 이 친구는 여러 동아리들의 홍보 포스터를 대신 그려 주고 있어. 매일 아침 한 명씩 돌아가며 뭔가 다른 친구들에게 들려줄 이야기를 할 때 이 친구는 '그림을 잘 그리는 요령'에 대해서 짧게나마 강의를 하기도 했지. 그 이야기를 들어 보니, 정말 그림을 잘 그리는 데 도움이 되겠더라구. 이 친구에게 다만 한 가지 아쉬운 점을 들자면 자신의 잡다한 미술 도구들이나 작품을 만드는 과정에서 나오는 쓰레기들을 치우지 않아서 이 친구가 속한 학습실이 늘 지저분하다는 거야.

이 친구는 적극적인 성격에다 리더십도 지니고 있는데, 왜 전에 내가 집에서 반짇고리를 가져간 적이 있잖아. 바로 이 친구가 나에게 빌려달라고 했던 거야. 그 반짇고리로 전통 한선(韓船)의 돛을 만든 뒤에, 이 친구가 우리 반의 다른 두 친구를 이끌고 전국과학전람회에 나갔는데 '전통 한선(韓船)의 과학성'에 대한 연구 발표로 1위를 차지하기도 했었지.

1학기 초에는 아동 공부방에 가서 공부를 도와주는 봉사동아리를 만들어 나에게 지도 교사가 되어 달라고 하기에 허락했더니 그 후로 1, 2학년들을 이끌고 매주 봉사활동도 다녀.

최근에도 이 친구는 또 하나의 일을 벌였어. 중간고사 후에 매년 축구 동아리에서 주최하는 축구 대회가 열리는데, 야구 동아리는 불과 작년에 생겼기에 야구 대회는 없었지. 그런데 이 친구가 또 야구 동아리 대표여서 새로 야구 대회를 만든 거야. 전교생을 대상으로 열심히 홍보를 하여 참가 팀들을 모집하고, 자신이 각종 야구 도구며 라인을 그을 스프레이 페인트까지 잔뜩 준비해서 대회를 열었지. 내게 감독관이 되어 달라고 하기에 운동장에 나가 보니까 심판이며 대회 진행이며 모두 이 친구 혼자서 다 하고 있었어. 학생들이 즐겁게 야구를 하는 것을 보니 참 좋더라구. 다만 한 가지 마음에 걸렸던 것은 포수의 얼굴을 보호하는 마스크는 있는데 가슴을 보호하는 안전 장구가 없어서 위험해 보였다는 점이야.

그런데 다음날 강당에서 학년 전체 조례를 진행할 때 문제가 벌어졌어. 학년 조례에서는 학생들이 주도가 되어 서로 논의가 필요한 점들을 이야기하고 끝부분에 자유롭게 건의 사항도 받는데, 이 친구가 마이크를 잡더니 이렇게 말했어.

"어젯밤에 우리 학습실에 교감선생님께서 오셔서 야구 도구들이 어지럽게 널려 있다고 매우 화를 내시고 갔는데, 사실 사물함이 작아서 다 들어가지 않기 때문이었습니다. 화를 내실 것이 아니라 사물함을 큰 것으로 바꿔 주는 것이 우선이라고 생각합니다."

그 뒤 다른 학생들의 건의 사항도 듣고 있을 때 교감선생님께서 강당에 나타나셨고, 학생들 앞의 단상에 올라가셔서 말씀을 하셨어. "공부하는 학습실인데 여러분들이 제대로 관리를 하지 않아 지저분해지고 있다. 특히 2학년 1반(우리 반) 학습실은 심한데, 공부하는 학습실에 웬 야구 도구들이 널려 있고, 또 도대체 스프레이 페인트는 어디에 쓰려고 학습실에 두는지 모르겠다. 모두 치우고 앞으로 학습실을 깨끗하게 관리하기 바란다."

나는 속으로 뜨끔해서 교감선생님께서 내 앞을 지나가실 때, "죄송합니다. 앞으로는 깨끗이 하도록 지도하겠습니다." 하고 고개를 조아렸는데, 교감선생님의 언짢으신 마음은 풀어 드리지 못한 것 같아서 마음이 조금 무거웠어. 사실 학교에서의 내 주요 업무 중의 하나가 학습실들을 관리하는 것인데, 우리 반 학생들이 사용하는 두 개의 학습실 중 하나는 늘 제일 깨끗한 편이었고, 이 친구가 속한 학습실은 늘 가장 지저분한 편이었어. 그 전부터도 학년 부장님께 여러 번 그 학습실이 지저분하다는 말씀을 들었고,

나도 학생들에게 수차례 학습실을 깨끗이 관리할 것을 당부하기는 했지만 별로 개선되지는 않았지.

조례가 끝나고 학생들은 수업을 들으러 가고, 나는 마침 빈 시간이어서 그 학습실로 갔지. 밤에 교감선생님께 야단을 맞았다는데도 학습실은 여전히 지저분했어. 야구 도구들이 나와 있고, 특히 그 친구의 옷들이 바닥에 몇 벌 구겨진 상태로 널려 있기도 했지. 그 방에 있던 학생에게 물어보니 그 친구의 물건들이 많아서 지금도 다른 두 학생들의 사물함까지 빌려서 그 친구의 물건들을 보관하고 있다고 했어. 그 친구 혼자서 세 개의 사물함을 쓰고 있다는 말이었지. 나 혼자 학습실에 남아 빗자루를 들고 청소를 하는데, 예전 같으면 화가 날 만한 상황인데도 이상하게 화가 나지 않는 거야. 교감선생님이나 학년 부장님께 지적을 받으면서도 우리 반 학생들에게 내색을 하지 않게 된 내가 왠지 영화 '죽은 시인의 사회' 속의 키팅 선생님처럼 변하고 있는 것은 아닐까 피식 웃음도 나오더라구.

아무튼 청소를 하며 그 친구를 비롯한 학생들에게 '대관소찰(大觀小察)', 즉 '크게 보되 세밀하게 살피라' 는 말의 중요성을 꼭 깨닫게 해 주어야겠다는 생각이 들기는 했지. 올해 우리 반 학생들에게 나름대로 정신 교육도 하고 큰 꿈을 가지라고 이끌었는데, 소소한 일들을 잘 처리해야 한다는 것은 강조하지 못했던 거지. 마침 몇 시간 뒤에 그 친구가 과제물을 프린트해 달라는 부탁을 하려고 교무실로 나를 찾아왔기에 이야기를 나눌 기회가 생겼어.

"너는 정말 많은 재능이 있고, 네가 하는 일들이 참 뜻 깊은 일들이라는 것을 나는 잘 이해한다. 무엇이든 도전하려고 하는 자세를 지닌 너는 나중에 정말 놀라운 일을 해 낼 수 있을 거야. 그러나 큰 댐도 작은 구멍으로 무너질 수가 있다는 점을 생각해 보기 바란다. 네가 아무리 큰 포부와 좋은 뜻으로 무언가를 하려고 해도, 작은 부분들을 놓친다면 일을 그르칠 수 있어.

예를 들어 네가 이번에 야구 대회를 연 것은 좋은 일이지만, 포수의 가슴을 보호하는 안전 장구가 없다는 점 때문에 생각지도 못한 낭패를 겪을 수도 있어. 사람의 일은 모르는 거잖아. 누군가 크게 다치기라도 한다면 아무리 좋은 뜻으로 야구 대회를 열었다고 해도 용납받기 어려워. 또 아침에 교감선생님께서도 말씀하셨지만, 네가 야구 대회를 열었다고 해서 함께 쓰는 공간인 학습실을 야구 도구들로 어지럽혀도 되는 것은 아니지. 정 보관할 데가 없으면 교무실에 있는 내 사물함에라도 넣어 두렴.

그리고 학년 부장님께서 학생들을 위해 학교에 건의해서 사물함을 새것으로 바꾸어 주신 지 두어 달밖에 안 되었는데, 네가 공개적인 자리에서 또 더 큰 것으로 바꾸어 달라고 건의한 것도 옳은 일이었는지 생각해 봐. 다른 학생들은 지금의 사물함으로도 별 부족함 없이 사용하고 있는데, 네가 사물함이 작다고 느꼈다고 해서 더 큰 것으로 바꾸어 달라고 요구하는 것은 자기중심적인 사고라고 할 수도 있어. 너는 다른 학생들보다 폭넓게 생각하고 또 적극적으로 생활하고 있으니까 나중에 큰 업적을 이룰 거야. 그런데 이런 작은 일들을 놓치게 되면 그것이 네 발목을 잡을 수도 있기 때문에 말한 마디, 행동 하나라도 세밀하게 살펴서 신중히 해야 한단다."

고맙게도 이 친구가 나의 말을 잘 받아들여 주었고, 아침에 학습실에 가 보면 학습실의 쓰레기통을 가지고 나와서 열심히 분리수거를 하고 있는 이 친구의 모습을 여러 번 볼 수 있었어. 또 매주 수요일 아침에 학습실들을 점검하는데, 우리 반의 경우 1학기에는 자기의 자리가 깨끗한 학생들에게 칭찬점을 주다가 2학기부터는 두 개의 학습실 중에서 더 깨끗한 학습실의 전원에게 칭찬점을 주는 방식으로 바꾸었지. 자기 자리만 깨끗이 관리하는 것은 교육적이지 않다고 생각했기 때문인데, 놀라운 것은 가장 더럽던 이 친구의 학습실이 가장 깨끗하던 다른 학습실보다 더 깨끗해져서 칭찬점을 주게 된 일이야.

생각한 것을 바로 실천하다

학생들 얘기가 나온 김에 한 명만 더 이야기할게. 당신에게 내가 며칠 전에 문자 메시지로 사진을 보냈던 그 학생 이야기야. 내가 볼 때 이 친구는 그간 내가 만나 본 학생들 중에서도 아주 특별한 학생이야. 동료 선생님들께 이 학생에 대해 물어보면 부정적으로 평가하는 경우가 많아. "호불호(好不好)가 너무 분명하다.", "개성이 강해서 다른 사람들과 자연스럽게 어울리지 못한다.", 앞의 친구처럼 "학습실을 지저분하게 만든다." 등의 평가가 일반적이지.

이 친구는 우리 반은 아니지만, 내 강의를 세 학기나 수강하고 있어서 내 나름대로는 이 친구에 대해 조금 안다고 생각해. 특히 지난 1학기 때 내 수업을 들은 학생들에게 노벨과학에세이를 써 보라고 하고 내가 조언과 함께 첨삭 지도해 준 일이 있는데, 그때 이 친구가 쓴 에세이를 보고 깜짝 놀랐어. 앞부분만 떠올려 보면 대략 이런 내용이었어.

'지금 제 옆에는 저의 사랑하는 애완 허브 '꽃돌이' 가 창문 너머에서 불어오는 봄바람을 맞으며 따사로운 햇살을 즐기고 있습니다. 시계를 조금만 뒤로 돌려 볼게요. 꽃돌이는 점점 작아져서 조그마한 씨앗이 되어 깜깜한 흙속에 묻혀 있습니다. 그랬던 꽃돌이가 어느새 제 옆에서 귀여운 모습으로 웃고 있게 된 놀라운 기적이 어떻게 가능했을까요? 그 신비로움을 밝혀 낸 사람이 바로 누구입니다.'

다른 학생들 중에서도 내용의 깊이가 있고 참신한 글을 쓰는 경우가 있기는 하지만, 이 친구처럼 글을 쓰는 학생은 거의 없어. 특히 과학에세이라는 특징 때문에 학생들의 글들이 대부분 마른 빵처럼 딱딱하지. 나조차도 이 친구처럼 발상하거나 이 친구처럼 글을 쓰지는 못해. 왜냐하면 이런 글을 쓰는 능력은 누가 가르쳐 주거나 혹은 열심히 연습을 한다고 해서 쉽게 얻어질 수 있는 게 아니기 때문이야. 바로 남다른 감성이 있어야 한다는 말이지.

감성이라는 것은 어쩌면 타고 나는 것일 수도 있고, 성장하는 과정에서 정말 아름답고 정서적인 자극을 많이 받으면서 자연스럽게 갖게 되는 것일 수도 있겠지. 아무튼 이 친구는 과학을 전공하는 학생답지 않게 남다른 감성을 지니고 있다고 생각했어. 21세기는 감성의 가치가 가장 부각되는 시대라고 하는데, 이 친구야말로 얼마나 큰 자산을 가지고 있는지 몰라. 그런데 아쉽게도 나중에 알고 보니 이 친구는 내가 그렇게 호평했던 자신의 에세이를 대회에 출품하지도 않았어. 올해 나에게 에세이 첨삭을 받은 학생 중에서 두 명이 대상을 받았어. 세 부문 중에서 생물 부문은 마땅한 작품이 없어서 대상작을 선정하지 않았다고 하고, 물리와 화학 두 부문만 대상작을 선정했다는 말을 전해 듣고 나도 깜짝 놀랐지. 이 친구의 에세이가 생물 분야였는데, 만약 제출했다면 어떻게 됐을까 상상해 보니 재미있었어.

이 친구와 내가 가까워지게 된 것은 에세이를 첨삭해 줄 무렵이었는데, 이 친구가 자신의 노트북을 가져와 나에게 자기가 감상한 영화 파일을 여러 편 주는 거야. 알고 보니 이 친구는 영화광이더라구. 정말 많은 영화를 본 듯하고, 요즘은 매우 독특한 영화들까지 보고 나에게 그 내용을 이야기해 주기도 했어. 독서 수준도 다른 학생들보다 훨씬 높아. 엊그제는 제임스 조이스의 '율리시스'를 읽고 있어서 물어보니, 전에 어렵게 읽었던 책이어서 다시 한 번 읽어 보고 있다고 하더라구. 한번은 음악실에 갔더니 이 친구가 있어. 무슨 악기를 연주하느냐고 물으니, 자기는 악기 연주를 못하는데, 대신 친구들이 작곡한 음악에 가사를 써 주는 역할을 한다고 했어.

이 친구와 나는 최근 들어 대화를 자주 나누는데, 내가 이런저런 이야기를 하면 잘 들어 주고 또 자기 생각도 매우 신중하게 말해. 인문사회 분야에도 관심이 많아서 각계의 저명인사들의 강연을 듣고 이에 대해 온라인상에서 토론을 펼치는 '열린 논단'에도 열의를 갖고 참여하는 듯해.

　이 친구를 통해 내가 깨달은 것이 있는데, 바로 생각한 것을 바로 실천에 옮기는 일이 중요하다는 점이야. 누가 뭐래도 난 이 친구가 참 좋게 느껴졌고, 서로 가까워지면서 이런 생각이 들었어. '내가 사랑하는 딸 예슬이에게 아빠로서 해 줄 수 있는 가장 값진 선물은 무엇일까? 나는 언젠가 예슬이의 곁을 떠나게 될 테니, 인생의 좋은 동반자를 만들어 주는 것이야말로 가장 값진 선물이 아닐까?' 결국 이 친구를 우리 예슬이와 맺어 주면 어떨까 생각하게 되었지.

　그래서 우선은 이 친구에게 내 마음을 진솔하게 털어 놓았어.

　"나에게는 가장 소중한 보물인 내 딸이 있는데, 이름은 김예슬이다. 처음 딸을 낳고 얼마나 예뻤는지 딸을 바닥에 내려놓지도 않고 내 배 위에 올려놓고 키웠다. 그러던 어느 날 딸이 막 걸음마를 시작할 무렵, 내가 잠시 출장을 가느라고 집을 비운 사이에 호기심 많던 딸이 유리로 된 스탠드를 잡아당겨 유리가 깨지면서 얼굴에 큰 상처를 입었다. 연락을 받고 병원으로 달려갔더니, 의사 선생님이 딸의 얼굴을 스무 바늘이나 꿰맬 때 아빠인 나더러 꼭 붙들고 있으라고 했다. 잔뜩 겁에 질린 딸이 어찌나 발버둥을 치는지 정말 힘든 시간이었고, 또한 가슴이 찢어졌다. 지금껏 내가 살아오는 동안 지옥을 경험한 때가 두 번 있었는데, 한 번이 사 년 전에 물에 빠진 쌍둥이 형을 찾아 밤새 빗속을 헤매다가 어슴푸레한 새벽녘에서야 물위에 떠오른 형을 발견했던 때였고, 다른 한 번이 그때였다.

　내 딸이라서가 아니라 그런 상처를 가지고도 우리 예슬이는 참 예쁘게 컸다. 제 엄마가 집을 비우면 설거지며 집안 청소도 하고, 동생 예찬이에게 잔소리를 해 가며 공부도 시킨다. 요즘은 사춘기를 맞이해서 아빠와 대화도 잘 나누려 하지 않지만, 정말 착하고 예쁜 아이다. 얼굴의 상처가 있기는 하지만 나중에 수술을 하면 없어질 것이고, 지금 초등학교 6학년이어서 너와 나이 차이가 5살이 나지만 그 정도는 결혼을 하는 데 별다른 문제가 되지 않을 것이다.

그리고 나는 네가 꼭 내 딸과 결혼하기를 바라는 것도 아니다. 다만 나는 언젠가 딸의 곁을 떠날 테니까, 네가 내 딸의 맨토이든 친구이든 되어서 지금 나와 네가 대화를 나누고 있는 것처럼 서로 마음을 주고받으며 행복한 삶을 살아가기를 바랄 뿐이다."

이렇게 이야기하니까 정말 이 친구가 진심으로 받아들여 주고 꼭 그렇게 하겠노라고 약속을 하는 거야. 그래서 곧바로 교무실에 있는 사진첩에서 그 친구가 고등학교에 입학할 때 찍은 증명사진을 찾아 스마트폰으로 촬영을 해서 당신과 예슬이에게 보냈지. 내가 사랑하는 제자인데, 사윗감으로 점찍었다고 하면서 말이야. 당신과 예슬이의 반응이 정반대였는데, 당신은 참 잘생겼다고 했고, 예슬이는 너무 못생겼다고 했지. 그날 퇴근해서 실물은 연기자 배용준처럼 잘 생겼다고 해도 예슬이는 믿지 않으려 했지. 아마도 튕기는 게 아닐까 싶기도 해.

지금도 그 친구를 만날 때면 "어이, 사위!"라고 농담조로 부르며 친하게 지내고 있어. 조만간 그 친구의 부모님께 허락을 받은 후 주말에 우리 집에 가서 밥도 먹고 같이 잠도 자며 즐거운 시간을 보내자고 했지. 아무튼 이 친구를 만나게 된 것이 나에게(또한 예슬이에게?) 소중한 인연인 듯하고, 이 친구를 통해 내가 생각한 바를 바로 실천하는 일의 중요성을 느꼈지. 아무리 좋은 생각을 했더라도 실천을 미루다 보면 결국 영원히 실천할 수 없게 되는 것 같아.

악기 연주에 문외한이던 내가 최근 색소폰을 배울 수 있었던 것도 생각을 바로 실천에 옮겼기 때문이야. 악기 하나쯤 배우는 것도 좋겠다고 생각한 것은 지난 9월 초에 내가 존경하는 김형석 교장선생님의 정년을 축하드리기 위해 예전에 송내고등학교에서 함께 근무하시던 선생님들이 마련하신 식사 자리에서였어. 신설학교였던 송내고 시절에는 '김형석 교감선생님'이셨는데 1년 만에 도교육청 장학사로 자리를 옮기셔서 실제로 같이 근무한 시간은 짧았지. 그럼에도 불구하고 10년만의 식사 자리에는 그때 같이 근무하시던 선생님들이 대부분 오셨어. 심지어 당시의 학생도 두 명이나 왔지. 그만큼 당시 교감선생님께서 우리 선생님들이나 학생들을 동생처럼, 자식처럼 아껴 주셨기 때문에 그런 일이 가능했을 거야. 예슬이가 폐렴에 걸려 딱 하루 병원에 입원했을 때도 밤 10시가 넘어서 병문안을 오시기도 했잖아.

교장선생님께서는 식사 자리를 마련해 주어 고맙다는 말씀과 함께, 당신의 정년 퇴임사에서(퇴임식도 안 하셨다지만) 짧게 하셨다는 말씀을 들려주셨지. 바로 선생님들에게는 학생들의 영혼을 울리는 수업을, 행정직원들에게는 정성이 담긴 지원 행정을 마지막으로 부탁하셨다는 거야. 말씀을 하시고는 오카리나로 노래를 세 곡 연주해 주셨어. 어떻게 오카리나를 배우게 되셨는지 여쭈어 보니, 그간 바쁘게만 살아오다가 정년을 앞두고 틈틈이 집에서 연습했다고 말씀하셨어. 우리 후배 교사들을 위해 오카리나를 연주해 주시는 교장선생님의 모습이 참 아름다워 보였기에 그때 나도 악기를 하나 배워야겠다는 생각이 들었지.

그런 일이 있고 9월 말의 어느 날, 몇 분 선생님들과 점심에 자장면을 먹으러 갔어. 그런데 자장면 집에 가는 길에 '색소폰 동호회'라는 간판을 본 거야. 다른 선생님들께는 먼저 가 계시라고 하고, 나는 바로 간판에 적힌 전화번호로 전화를 걸었지. 동호회 총무님께서 전화를 받았고, 내가 색소폰을 배우고 싶다고 하니까 마침 자신이 근처에 와 있다며 잠시 후 나타나셨어. 총무님으로부터 잠깐 동호회 활동에 대해 안내를 받고 바로 가입 신청서를 작성했지. 그리고 이틀 뒤 인천에 가서 색소폰을 사 와서 연습을 시작하게 된 거야.

색소폰 연주를 취미로 삼게 되면서 많은 것들이 달라졌어. 나도 악기를 연주하게 되었다는 뿌듯함도 있었고, 음악을 가까이 하다 보니 딱딱해져만 갔던 사고도 조금씩 말랑말랑해지는 느낌이라고 할까. 나 스스로 좀 더 감성적으로 변하게 된 것 같기도 하고, 사람들과도 전보다 더 마음을 열고 소통하게 된 것도 같아. 무엇보다 가장 중요한 것은 내가 보내는 하루하루가 예전보다 더욱 행복해지고 있다는 거지.

요즘 나는 사람들을 만날 때마다 색소폰 연주를 취미로 삼으니 참 좋다고 선전하고 있어. 얼마 전 동호회에서 색소폰 연주회를 했는데, 나도 '행복한 사람'과 '시월의 어느 멋진 날에'를 연주했지. 연주회 다음날 내가 색소폰을 연주하는 사진을 담아 나와 친한 많은 사람들에게 문자 메시지로 뿌리기도 했어. 하지만 내 말을 들은 사람들 중 대부분은 아마 죽을 때까지 색소폰을 잡아 보지도 못할 거야. 왜냐하면 앞에서도 말했듯이, 생각을 바로 실천에 옮기지 않으면 결국 영원히 실천하지 못하기 때문이지.

삶의 행복을 깨닫다

최근에 내게 있었던 일들을 간단히 정리하려고 했는데, 막상 이야기해 보니 간단치가 않네. 마지막으로 삶의 행복이 무엇인지 조금이나마 깨달을 수 있었던 경험에 대해 들려주고 싶어. 3주 전쯤 학생들 칠십여 명, 선생님들

아홉 분과 함께 강화도로 2박 3일간 자연탐사를 다녀온 이야기야.

원래 자연탐사는 1학기에 계획되어 있었는데, 세월호 침몰 사건으로 인해 무기한 연기됐었지. 그러다가 2학기에 들어서 급작스럽게 추진하게 되었는데, 준비 기간도 짧고 세월호 사건 이후 체험학습에 대한 안전관리 규정도 까다로워져서 준비에 어려움이 많았어.

내가 지도하는 동아리를 포함한 세 동아리가 연합하여 강화도로 가기로 했는데, 선생님들이 대부분 바쁘신 상황이어서 그나마 시간적 여유가 있던 내가 나서서 숙소며 탐사지 선정, 외부 강사 섭외 등의 일을 하게 되었지. 그런데 나도 강화도에 가 본 지가 10년이 넘었기에 도대체 어디서 어떻게 탐사 활동을 해야 하는지 참 막막했어. 인터넷 사이트들도 뒤져 보고, 여기 저기 전화도 해 보고 하다가 우연히 인천광역시 교육청에서 운영하는 청소년 해양생태 체험장이 있다는 것을 알게 되었어.

인천의 학생들을 위한 시설이었지만 혹시나 하는 마음에 전화를 걸었고, 거기에 근무하시는 김상준 선생님을 알게 되어 사정을 말씀드렸어. 고맙게도 김상준 선생님은 다른 일정이 있기는 하지만 학생들의 교육을 위한 일이니까 협조해 주시겠다고 흔쾌히 허락하셨어. 게다가 강화도의 갯벌을 연구하시는 강사님까지 소개를 해 주시고, 탐사 준비 과정에서도 내가 전화나 문자 메시지로 이러저러한 점들을 여쭈어 보면 늘 친절하게 안내해 주셨지.

선생님의 여러 도움으로 탐사 준비를 착착 진행할 수 있었는데, 실제로 2박 3일의 탐사 기간에는 더 많은 도움을 주셨어. 학생들이 갯벌에 들어가 탐사를 하느라 온통 진흙을 뒤집어썼는데 바닷가에 연결된 수도를 틀어서 잘 씻도록 해 주셨고, 점심으로 도시락을 배달해 먹을 때는 춥지 않고 편하게 식사할 수 있는 식당도 내주셨어. 심지어 음식물 쓰레기와 재활용품을 담을 봉투까지 가져다주실 정도였지.

선생님 덕분에 탐사를 잘 마치고 우리들을 태운 버스가 출발하려 하는데,

선생님이 갑자기 나를 부르셨어. 건물 뒤편의 주차장으로 따라갔더니, 선생님이 차 문을 여셨어. 차 안에는 호박 한 덩이와 고구마 한 상자가 실려 있었어. 선생님은 그 고구마 상자를 나에게 건네주시며 강화도에 오신 손님인 우리 학생들과 선생님들께 강화도 고구마 맛을 선물로 드리겠다고 하시는 거야.

내가 그동안 받은 것들도 너무 감사하고 오히려 뭐라도 드리지 못해 죄송하다고 말씀드리며 극구 사양해도 끝내 고구마를 주셨어. 그런데 이 고구마는 어디서 나신 것이냐고 여쭈어 보니, 아는 분이 직접 일구신 건데, 먹어 보라고 주셨다고 했어. 자기는 앞으로도 강화도 고구마를 먹을 기회가 많으니까 꼭 우리 학생들, 선생님들과 맛있게 쪄 먹으라고 하셨어. 선생님께 감사의 인사를 드리고 버스에 올라 체험장을 나서는데 선생님은 버스가 사라질 때까지 우리들에게 손을 흔들어 주셨어.

숙소로 돌아와 저녁에 선생님이 주신 고구마 한 상자를 씻는데, 정말 고구마 개수가 많더라구. 학생들을 불러서 고구마를 나눠 주고, 선생님들도 많이 드시고도 남아서 숙소에서 일하시는 분들께도 남은 고구마들을 드렸을 정도였어. 한참이나 싱크대 앞에 구부정하게 서서 고구마를 씻느라 허리에 통증을 느끼다가 문득 이런 생각이 들었어.

'나라면 과연 그 선생님처럼 했을까? 생전 처음 보는 사람들이고 앞으로 두 번 다시 만날 일도 없는 사람들인데. 자기도 선물로 받은 고구마를, 두 상자도 아니고 한 상자뿐인 고구마를 통째로 선물할 수 있었을까?' 몇 번을 생각해 봐도 나는 그렇게는 하지 못했을 거라는 결론이었지. 그 순간 김상준 선생님의 마음이 얼마나 큰지, 그에 비해 내 마음이 얼마나 작은지 명확히 비교할 수 있겠더라구. 그리곤 울컥하며 눈시울이 뜨거워졌어.

'난 정말로 그동안 인생을 헛살았구나! 내 나름대로는 크게 잘못 살지는 않았다고 느껴왔지만, 지금 생각해 보니 정말 손바닥 크기보다 작은 마음을 가지고 부끄러운 줄도 모르고 살았구나! 그 선생님은 나보다도 젊은 분인데도 이처럼 넓은 가슴으로 살아가는데, 난 정말 못난이로 헛된 인생을 살아왔구나!'

그동안 살아오면서 부끄러웠던 일도, 후회되는 일도 많았고, 수많은 실수와 잘못들을 범하며 살아오기는 했지만, 김상준 선생님을 만나고서야 나는 비로소 내 인생이 통째로 잘못되어 있었다는 큰 부끄러움을 느낄 수 있었던 거지.

학교에 돌아온 후에도 김상준 선생님이 계속 마음에 남아 있었는데, 마침 다음 날 선생님들 중의 한 분이 부모님께서 농사지으신 배즙을 판매하셨어. 김상준 선생님이 우리들에게 베푸신 정에 대한 작은 감사함의 표시로 배즙 한 상자를 택배로 보내 드렸지. 그랬더니 이틀 후 김상준 선생님으로부터 다음과 같은 문자 메시지가 왔어.

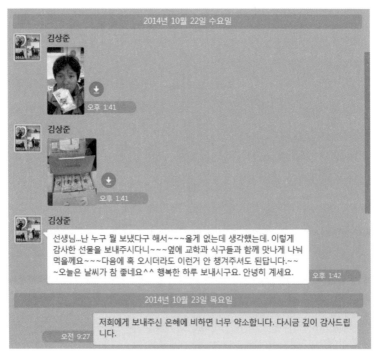

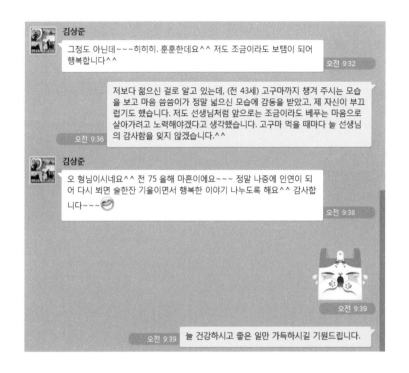

이렇게 메시지를 주고받는 과정에서 또 한 가지 깨달은 점이 있어. 바로 삶의 행복이 무엇이냐는 거지. 김상준 선생님의 베풂에 나 같은 사람도 느끼는 게 있고, 그 마음에 자연스럽게 감동되어 나 역시 작은 정을 전해드리게 돼. 그에 대해 그분이 답한 글을 읽어 보면, "히히히, 훈훈한데요^^ 저도 조금이라도 보탬이 되어 행복합니다^^" 라고 되어 있잖아. 그 글을 보고 나는 진정한 행복이란 어떤 것인지 깨닫게 되었어.

'아, 바로 이게 행복이구나! 마음을 열고 베풀며 사는 삶. 그 과정에서 자연스럽게 만들어지는 사람 사이의 정. 서로 정을 나누고 따스함을 느끼며 살아가는 삶. 이것이 진정한 행복이구나.'

베푸는 자세의 중요성에 대해서는 귀가 닳도록 들어 왔지만, 정작 그것이나 자신의 삶을 행복하게 만드는 일이었음을 절실하게 느끼게 되었던 거지.

이 일이 있던 주의 토요일, 나는 학생들에게 주말 프로그램의 하나로 자기소개서 작성법에 대한 강의를 하게 되었어. 그때 김상준 선생님과 만났던 이야기를 했지.

"자기소개서를 잘 쓸 수 있는 사람이라면 자신이 원하는 대학에 충분히 들어갈 수 있다. 그런데, 자기소개서를 잘 쓴다는 것은 단순히 글을 잘 쓰는 재능이 있다는 것을 의미하지 않는다. 자기소개서를 잘 쓰려면, 정말 잘 살아야 하는 것이다.

김상준 선생님은 비록 다른 지역의 학생들이지만 귀찮게 여기지 않고 교육을 위해서 흔쾌히 시설물을 내주시고 여러 가지 수고로움을 아끼지 않으셨다. 이런 적극적인 면모를 지닌 사람이라면 어떤 대학이나 직장에서도 환영할 것이다. 또한 자기가 가진 정보를 다른 사람을 위해서 공유하고 소통하려는 마음을 가지고 있으며, 무엇보다 베풀 줄 아는 인간미를 지니고 있으므로 어떤 직장에서도 동료들과 화합하며 성과를 이루어 갈 수 있다.

여러분들이 자기소개서를 잘 쓰는 방법을 배우려 하기 전에, 어떻게 사는 것이 잘 사는 것인지 고민해 보고 그렇게 살도록 노력해야 정말 자기소개서를 잘 쓸 수 있다. 나는 나이 사십이 넘어 내가 살아온 삶에 대해 뼈저리게 후회했는데, 너희들은 나처럼 어리석은 인생을 살지 말기 바란다."

그랬더니, 그날 강의를 들은 학생들 중의 한 명은 자기소개서에 쓸 내용이 별로 없었는데 오늘 강의를 들은 내용을 써야겠다고 말했어. 하하.

지금까지 최근에 나에게 찾아온 변화를 이야기했는데, 너무 길어서 듣기에 지루했을 거야. 조금 쉬었다가 내가 2박 3일간의 출장에서 정말 큰 깨달음을 얻고 다시 태어나게 된 이야기를 해 줄게. 점점 흥미로운 이야기가 펼쳐질 테니까 기대해 줘.

2장

깨닫다

아득한 옛날에도,
지금도,
그리고 먼 훗날에도
나는 여기에 있다.

끝없이 비우고 채우다

아내와 함께 몇 분 동안 페퍼민트차를 마시며 쉬다가 나는 다시 이야기를 시작했다.

지금부터 내가 깨달음을 얻게 된 이야기를 시작할 텐데, 그에 앞서 내가 깨달음을 얻을 수 있었던 이유가 무엇인지 말해 줄게. 나와 당신이 하루 종일 걸어 다니며 연예를 하던 때에 나는 쉴 새 없이 이야기를 떠벌렸고, 당신은 잘 들어 주었지. 집에 돌아와서도 잠들기 전까지 전화로 이야기를 나눴고, 그것도 모자라서 날마다 당신에게 긴 편지를 썼어. 만약 당신이 내 이야기를 잘 들어 주지 않는 타입이었다면 나와 결혼하지 못했을 거야. 하하.

돌아보면 지금까지 살아오면서 나는 끊임없이 내 말을 들어 줄 누군가를 찾아 왔던 것 같아. 나와 가장 많은 이야기를 나눈 사람은 나와 가장 많이 싸우며 함께 자랐던 형만이 형과 당신일 테지만, 그 외에도 내 곁에는 항상 내 이야기를 들어 주는 사람들이 있었어. 대학생 때는 이 책을 출판해 주기로 한 고찬규 형과 4년 내내 붙어 다니면서 많은 이야기를 했어. 함께 시 창작 동아리에서 활동도 했는데, 찬규 형과 달리 나는 시를 쓰는 재능이 없었던 것 같아. 대신 말하기를 좋아했으니, 그 때부터 수필이라도 썼더라면 더 좋았겠지.

교사가 되어 첫 근무지였던 중학교에서는 한인수 형님과 4년간 볼링 모임, 인라인 스케이트 모임, 독서 모임 등을 만들어 즐겁게 지내면서 많은 이야기를 했지. 그 모임들 중에서 독서 모임이 가장 안 되기는 했어. 다들 바빴으니까. 인수 형님은 내 수다를 들어 주시는 한편으로 자유로운 영혼의 소유자이셨기에 나에게도 특이한 발상의 이야기들을 많이 들려주시곤 했어.

인수 형님과는 4년 동안 학생부에서 함께 근무했어. 앞의 3년은 인수 형님이 부장을 맡으셨는데, 마지막 해는 서로 바꿔서 해 보자고 하시며 자신이 계원이 되고 나에게 부장을 맡기셨지. 지금도 다른 선생님들께 이 이야기를 하면 놀라워하고 웃어.

그리고 당신도 알다시피 최근의 4년간은 지금 가장 친한 벗인 김창수 선생님과 수많은 이야기를 나눴어. 4년 전 이 학교에 함께 전근 온 이후 우리 둘이 하루 종일 붙여 다녀서 사람들이 신기하게 여길 정도야. 얼마 전 내가 숙직하는 날이라고 한 말도 거짓말이었는데, 사실은 김샘의 숙직 날이었어. 숙직실에서 김샘과 밤늦도록 이야기를 나누다가 한 침대에서 곯아떨어졌지. 그만큼 어디를 가나 김샘과 붙어 다녔어. 일단 아침에 일찍 출근해서 학교에서 같이 식사를 하고 학교 안에 있는 연못가에서 커피 타임을 가져. 점심도 같이 먹고 산책을 하며 또 이야기를 나눠. 저녁도 같이 먹고 이야기를 나누고 그날의 일처리를 마친 후 퇴근하지. 그 중간에도 종종 만나 이야기를 나누기도 해. 말이 많은 내가 이런저런 이야기들을 김샘에게 하면 김샘은 늘 차분하게 잘 듣고 있다가 꼭 필요한 조언을 해 주거나, 책을 많이 읽는 사람이어서 새로운 정보들을 주곤 해.

다른 사람들에게는 김샘을 나의 고수(鼓手)라고 소개하는데, 적절한 비유인 것 같아. 고수가 북을 쳐 장단을 맞춰 주어야 소리꾼이 소리를 할 수 있듯이, 김샘이 내 이야기를 들어 주고 반응을 해 주었기에 최근 4년간 수많은 이야기를 나눌 수 있었고, 그 과정에서 내 생각이 더 깊어질 수 있었던 것 같아.

김샘은 나와 여러 모로 다른 면이 있는데, 그래서 더 좋은 것 같아. 나는 김샘을 아폴론에, 나를 디오니소스에 비유하기도 하는데 김샘과 나는 성격도, 습관도 상반된 면이 있어. 김샘도 술을 즐기기는 하는데, 한 번도 나처럼 취하도록 마시는 것을 본 적이 없어. 또 나는 주로 말을 하거나 책을 쓰는 데 시간을 보내는 반면, 김샘은 주로 책이나 신문을 읽은 데 시간을 보내. 나는 즉흥적이고 감정적인 면이 많은데, 김샘은 신중하고 이성적인 면이 많아. 내가 돈키호테라면 김샘은 햄릿이라고 할 수도 있겠지. 이렇게 다르기 때문에 내가 아무 말이나 마구 쏟아내도 김샘은 차분히 듣고 있다가 적절하게 대응을 해 주는 거야.

누군가에게 자기가 배우거나 깨달은 내용을 이야기하는 것이 듣는 사람에게는 이득이지만 말하는 사람에게는 손해라고 생각할 수도 있는데, 내 생각은 달라. 듣는 사람에게도 이롭겠지만 그보다는 말하는 사람에게 더 이롭다고 할 수 있어. 유일하게 인간만이 정교한 언어를 통해 서로 소통하는 존재야. 그 때문에 인간이 만물의 영장이 될 수 있었던 거지. 자기가 들은 내용은 시간이 지나면 거의 잊어버리는데, 자기가 말한 내용은 시간이 지나도 기억할 수 있다고도 해. 가장 중요한 것은 말을 하는 과정에서 사고가 활발해지게 되고, 따라서 생각을 더욱 발전시킬 수 있다는 점이지. 내가 지금 당신에게 말을 하는 이 순간도 마찬가지야. 당신을 포함해서 끊임없이 내 말을 들어 준 사람들이 있었기에 나의 생각이 발전할 수 있었던 거야.

고인 물은 결국 썩기 마련이야. 자기가 알고 있는 것을 다른 사람들에게 알려 주는 것이 손해라고 생각하는 이기적인 사람은 결코 발전할 수 없어.

그 사람의 마음은 고인 물이 썩어가듯 차차 썩어 갈 것이고, 스스로 자기가 만든 벽에 갇혀 답답한 인생을 살아가게 될 거야. 누구나 훌륭한 사람이 될 수 있는데, 자기만 생각하는 이기적인 마음이야말로 가장 큰 장애물인 것 같아. 끊임없이 비워야 해. 끊임없이 비워야 새로운 물을 채울 수 있어. 버리는 것이 곧 얻는 것이야. 가진 것을 버려야만 새로운 것을 얻을 수 있지.

단점을 장점으로 여기다

방금 내가 한 말은 일종의 역설인데, 사실 우리 삶이라는 것이 온통 역설로 되어 있다고도 할 수 있어. '지는 것이 이기는 것이다.', '가르치는 것이 배우는 것이다.', '알고 있다고 생각하는 것이 모르는 것이다.' 등등 어떻게 생각하느냐에 따라서 모순적인 말이 진실일 수도 있어. 최근에 낸 면접 문제 중에도 이처럼 뒤집어서 생각해 보도록 한 것이 있었는데, 매우 간단한 문제였어.

[문제] 다음 글을 읽고 물음에 답하시오.

음식이 가득 들어 있는 그릇과 빈 그릇을 각각 떠올려 보자. "두 그릇 중, 어떤 그릇이 더 가치가 있을까?"라는 질문을 던진다면, 아마도 대부분의 사람들은 앞의 것이라고 답할 것이다.

상식적으로 보아도 이러한 답변이 틀렸다고 할 수는 없다. 그러나 생각하기에 따라서는 뒤의 것이 더 가치가 있다고 답할 수도 있다. 지금은 아무 것도 담겨 있지 않는 빈 그릇일 뿐이지만, 그만큼 앞으로 무엇이든 담을 수 있다는 가능성을 지니고 있기도 하다. 즉, 빈 그릇은 귀한 황금도, 생명을 살리는 약도 담을 수 있는 가능성을 지니고 있지만, 음식으로 가득 찬 그릇은 그렇지 않은 것이다.

이처럼 우리 자신이나 우리를 둘러싼 모든 것들은 생각하기에 따라서 모자람이 가치가 되기도 하고, 단점이 장점이 되기도 하는 것이다.

윗글을 참고하여 자신의 단점을 세 가지만 들고, 이러한 단점이 각각 어떠한 장점이 될 수 있는지 발표하시오.

처음에는 쉬운 문제도 하나 있어야겠다 싶어서 이 문제를 떠올렸는데, 실제로 문제를 내고 보니 결코 쉽지 않은 문제였어. 예시 답안을 다음과 같이 만들어 보기는 했지만, 막상 내가 면접관 앞에서 이 문제에 답해야 한다고 생각해 보니 어렵더라구.

1. 나는 다른 아이들에 비해 키가 작아서 때때로 위축감이 들기도 한다. 그러나 키가 작은 대신 튼튼한 몸을 만들기 위해 꾸준히 노력한다면, 누구 못지않게 건강하고 멋진 몸을 가질 수 있을 것이다.

2. 나는 학습의 기초가 부족해서 교과 성적이 그리 좋지 않다. 그러나 그 때문에 다른 친구들보다 겸손한 자세로 더 열심히 공부해 나가야겠다는 마음가짐을 갖고 있으며, 공부 외에도 행복한 삶을 위해 나를 어떻게 발전시켜 나가야 할지 끊임없이 생각하고 있다.

3. 나는 성격이 내성적이어서 처음 만난 사람들에게 쉽게 말을 건네지도 못하고 친구도 많지 않다. 그러나 이러한 나의 성격을 내 자신도 잘 알고 있기 때문에 친구를 많이 사귀지는 못하지만 한번 사귄 친구를 정말 소중히 여기고 친구와의 우정을 오래도록 간직하려는 자세를 지니고 있다.

나를 포함해서 스스로 자기가 잘났다고 생각해 본 적이 있는 사람이라면, 이 문제에 대해 진지하게 생각해 볼 필요도 있을 것 같아. 이 문제를 다시 뒤집어서 자신의 장점을 세 가지만 들고, 이러한 장점이 각각 어떠한 단점이 될 수 있는지 생각해 보는 것도 좋겠지. 또 우리는 흔히 다른 사람의 단점이나 장점에 대해 속단하는 면이 있는데, 다른 사람을 대할 때에도 이처

럼 생각해 본다면 서로를 더 잘 이해할 수 있고 화목하게 지내는 데 도움이
될 듯해.

　사람들은 모두 자기 자신이나 세상을 인식하는 나름대로의 틀을 가지고
있는데, 그 틀을 바꾸기란 참 어려운 일이야. 자신에게 정말 이로운 충고를
들어도 그것을 진정으로 받아들이고 자신을 변화시킬 수 있는 사람은 많지
않은 것 같아. 세상을 바라보는 관점이나 삶에 대한 인식 역시 쉽게 바뀌지
않지. 요즘 들어 내가 깨달은 바를 주변 사람들에게 열심히 떠들고 다니는
데, 내 말을 들은 사람들 중에서 정말 내 말을 마음으로 받아들이는 사람은
많지 않았어. 행동으로 변화되는 사람은 더 없었지. 왜 그럴까? 의문이 들
었는데 다음과 같은 것이 원인이 아닐까 싶어.

집에 만족하다

　지금까지는 나도 돈을 많이 벌고 싶고, 큰 집을 갖고 싶다고 생각해 왔는
데, 이상하게도 얼마 전부터 이런 생각이 조금씩 변화되기 시작했어. 예를
들어 한번은 김창수 선생님과 산책을 할 때 넓은 정원이 딸린 으리으리한
저택 앞을 지나게 되었어. 그때 불쑥 김샘에게 물었지.

　"김샘, 저 집을 공짜로 준다면 받을 거야?"

　"주면 좋지."

　"그래? 그런데, 이상하게 난 이제 저런 집을 공짜로 줘도 받지 않을 것
같기도 해. 사실 지금 살고 있는 스무 평 남짓한 아파트도 생활하는 데 별
불편함이 없거든. 우리 식구 네 명이 오순도순 지내기엔 딱 좋은 크기 같
아. 지금보다 집이 더 넓어진다고 해서 특별히 뭐가 좋아질지도 모르겠고,

오히려 관리해야 하는 어려움이나 내 분수에 어울리지 않게 지나치게 큰 집을 지니고 있다는 부담감이 더 클 것 같아."

이런 대화를 나누기도 한 거야. 또 이제는 많은 돈을 벌게 되는 것이 썩 좋아 보이지는 않아. 지금처럼 별로 쪼들린다는 느낌이 없을 정도로만 살 수 있어도 나쁘지 않을 것 같아. 돈이 많아지면 더 번거로워질 것 같기도 하고 말이야.

얼마 전에 어떤 문제집을 검토해 달라고 해서 살펴보다가 '아파트 중독'이라는 지문을 읽은 적이 있어. 프랑스의 한 지리학자는 우리나라를 '아파트 공화국'이라고 부르는데, 그 이유는 국민의 절반 이상이 아파트에 살고 있으며, 국민의 70퍼센트 이상이 아파트에 살고 싶어 하기 때문이래. 아파트가 도시의 주택 형태로 알맞은 면이 있기는 하지만, 한적한 시골마을에까지 아파트들이 들어서고 있는 것은 우리나라만의 특이한 점이래. 그러면서도 많은 사람들은 아파트를 떠나 마당이 있는 집에 살아 보는 것이 꿈이라고 말하는 이상한 상황이지.

이처럼 우리나라 사람들이 아파트를 고집하는 이유로 편의성과 안전성을 들 수 있지만, 그 지문에서는 또 하나의 중요한 원인을 지적하고 있어. 심리학적으로 이러한 아파트 중독증은 우리나라 사람들에게 유난히 높게 나타나는 '고립 불안'과 관련이 있대. 고립 불안은 남들과 다르거나 남들로부터 분리되는 상황에서 느끼는 불안인데, 아파트는 사람들에게 동질감을 줌으로써 이러한 불안감을 줄여 준다는 거야. 같은 형태의 삶을 살아가고 있다는 안심을 준다는 말이지. 그 지문에서는 우리는 아파트가 우리를 만족시키거나 행복하게 해 주는 공간이라기보다는 후회를 덜하게 만들어 주는 공간이라고 일종의 착각을 하고 있다는 점을 지적하고 있어.

생각을 억압하다

생각을 넓혀 보니 이런 것이 우리의 모든 문제를 만들어 내는 원인이기도 한 것 같았어. 우리나라의 학생들이 왜 명문 대학에만 목을 매는지, 청년들은 왜 대기업에만 들어가려고 줄을 서는지, 너나없이 왜 그렇게 돈을 더 많이 벌거나 승진을 하는 데에만 혈안이 되는지도 이런 측면에서 이유를 찾을 수 있지 않을까?

지구상에서 우리나라 사람들처럼 열심히 일하는 사람들도 많지 않을 거야. 나부터가 스스로가 일중독에 걸렸다고 느껴졌을 정도로 일에 파묻혀 살아왔고, 일이 없을 때는 오히려 뭔가 허전하거나 불안하기까지 했으니까 말이야. 남들이 뛰니까 나도 뛰어. 그런데 무언가를 향해 정말 열심히 달려가고는 있는데, 정작 왜 달리고 있는지는 생각하지 못하고 살아왔지.

또 우리나라처럼 갖가지 열풍이 많은 나라도 없을 거야. 나조차도 마라톤 열풍에 빠졌던 적이 있었지만, 그 외에도 등산 열풍, 캠핑 열풍, 성형 수술 열풍 등등 사람들이 뭔가 많이들 한다 싶으면 너도나도 따라 하니까 자꾸만 열풍이라는 것이 생기는 듯해. 또 의류나 가구, 음식이나 음악에 이르기까지 각종 유행에 민감한 것도 비슷한 경우야.

그렇게 너나없이 돈을 비롯한 그 무엇을 쫓아가고, 또 쫓아가는 사람들이 부러워서 또 쫓아가려 하지. 그래서 쉴 새 없이 스스로를 들볶고, 자녀를 들볶고, 동료를 들볶으며 살기는 하지만, 정작 행복을 느끼는 사람들은 많지가 않아. 무언가를 더 가지면 행복하게 될 것이라는 착각에 빠져 지금 누릴 수 있는 행복을 내팽개치고 정신없이 달려가지.

가장 심각한 것은 생각마저도 남들을 따라 하려는 거야. 남들처럼 생각해야 정상이고, 남들과 달리 생각하면 비정상이라는 일종의 자기 억압에 빠져 있지 않느냐는 거지. 아무리 좋은 이야기를 들어도 대부분의 사람들은 그렇게 생각하지 않거나 현실에서 그렇게 살고 있지 않으니, 자기만 그렇게 생각하거나 그렇게 실천해 보는 것을 정말로 두렵게 느끼지. 많은 사람들이 그렇게 생각하고, 그렇게 살고 있다고 해서 자기도 그렇게 해야 한다는 법은 없는데도 말이야. 그러면 자기 인생은 어디에 간 거야? 삶은 한 번 뿐인데. 남들과 똑같이 살 것이라면 이 세상에 굳이 '나' 라는 사람이 또 있어야 할 이유는 없는 거잖아. 괜히 인구만 하나 더 늘리는 일이 아닐까?

한편으로 이런 생각도 들어. 나는 정말 절실하게 깨달음을 얻었고, 이로 인해 이전의 삶에서는 느끼지 못하던 엄청난 행복감을 느끼고 있어. 그래서 내 깨달음을 책으로 써서 공짜로라도 나눠 주고 많은 사람들에게 읽게 해서 참된 행복을 선물하고 싶어. 그런데 내가 우리말로 책을 쓰기 때문에 우리나라 사람들이 내가 하려는 말의 의미를 가장 잘 이해할 테지만, 우리나라 사람들 중에는 웬만해서는 마음을 바꾸려 하지 않는 사람들도 많기 때문에 오히려 다른 나라에서보다 공감을 못 받지 않을까 싶기도 해. 어떻게 하면 공감을 받을 수 있을지 더 깊이 고민하고, 내 생각이 전달될 수 있도록 노력해 봐야겠어. 절실하게 꿈꾸는 일은 언젠가 결국 이루어지게 된다잖아.

오래, 깊게 사귀다

나의 절친 김창수 선생님 이야기를 하다가 여기까지 왔네. 아무튼 지난 4년간은 당신과 함께한 시간보다 김샘과 함께한 시간이 더 많았을 정도로 우리는 깊은 우정을 나눠 왔어. 그런데 김샘이 내년에 학교를 옮기려고 해. 지난번 숙직 때도, 또 이번에 함께 출장을 갔을 때도, 그 외에도 여러 번

나는 김샘의 결정을 바꾸어 보려고 많이 설득했어. 그러나 김샘은 워낙 신중하게 결정하는 사람인 만큼, 한번 내린 결정을 쉽게 바꾸지는 않을 거야.

그러나 김샘이 학교를 옮기더라도 우리의 우정은 계속 이어질 거야. 김샘이 나에게는 그만큼 소중한 사람이지. 김샘이 4년 동안이나 내 말을 들어주고 조언도 해 주었기에, 오늘의 내가 있다고 생각해. 이번에 출장에서 김샘과 나는 다른 팀이었기에 우리 팀의 선생님들께 김샘을 소개했어. 5명의 우리 팀원 중에서 한 분만 여자 선생님이었는데, 그분으로부터 '하브루타'에 대한 이야기를 들었지. 세계적인 업적들을 이루고 있는 유태인들의 교육 비결이 어려서부터 질문과 토론을 통해 생각하는 힘을 길러 주는 하브루타 교육 방식인데, 특히 김샘과 나처럼 어릴 때부터 두 친구가 서로 끊임없이 대화하고 토론하면서 자라는 것을 강조한대. 두 친구는 나중에 떨어지더라도 서로 전화나 메일을 주고받으며 계속 대화를 이어 간다는 거야.

맞아, 참 좋은 방법이야. 직장의 여러 동료들과도 대화를 나누지만 사실 일상적인 대화나 인사치레의 말들이 대부분이야. 적어도 우리나라에서는 식사 자리에서 철학을 소재로 얘기하는 것이 썩 어울리지는 않잖아. 반면 김샘은 그간 수없이 나와 대화를 나누었기 때문에 내가 어떤 말을 던져도 왜 그렇게 말하는지를 잘 이해하는 유일한 직장 동료야. 또 김샘과는 이전부터 많은 대화가 축적되어 있기 때문에 갈수록 수준 높은 대화를 나누며 서로 발전해 갈 수가 있지. 나중에 우리 아이들에게도 많은 친구를 사귀는 것도 중요하지만, 평생을 함께하며 깊은 우정을 나누는 친구를 꼭 만들어야 한다는 점을 강조해야겠어.

김샘이 우리 학교를 떠나더라도 우리의 우정이 계속 이어지게 하는 방법으로 김샘에게 함께 색소폰을 배우자고 제안을 했는데, 김샘이 그러겠다고 했지. 그리고 김샘에게는 딸이 둘 있잖아. 술자리에서의 약속이었지만, 그중 유치원에 다니는 큰딸이 우리 아들과 맺어지는 데 김샘도 협조하기로 했어.

나는 김샘의 딸을 보지는 못했지만, 김샘을 닮아 딸도 예쁘고 총명할 거야. 김샘은 지난번에 당신이 집을 비웠을 때 우리 집에 왔는데, 그때 예찬이를 보았지. 순수하고 과학에 대한 지식도 풍부한 것 같다며 예찬이를 칭찬해 주었어.

인간에 대해 생각하다

김샘과 그간 나누었던 많은 이야기들 중에서, 실재로 책으로 써 보려고 했던 것도 있어. 거창하게 들릴지 모르겠지만, 인간이란 어떤 존재인가에 대한 책을 쓰려고 했었지. '인간이 과연 어떤 존재인가?' 라는 물음에 답할 수 있다면, '인간은 어떻게 살아야 하는가?' 라는 물음에도 답할 수 있을 것 같았기에, 이에 대해 우리가 나누었던 대화는 다른 어떤 대화보다도 진지했어. 그때가 2년 전 가을이었는데, 아쉽게도 한창 대화를 나누다가 바쁜 일들이 밀려온 탓에 중단됐었지.

사실 이 물음에 대해 생각하게 된 것은 초임 학교에서 자유분방한 영혼의 소유자이신 한인수 형님이 '나' 와 '너' 라는 두 글자를 합쳐 '너' 라는 글자를 만들어 보면 어떨까 하신 말씀에서 시작되었어. 그때 인수 형님과 이 글자를 두고 한참 이야기를 나눈 것 같기는 한데, 형님과 다른 학교로 갈라지게 되면서 몇 년 동안 잊고 있었지. 그런데 김창수 선생님과 대화를 하는 과정에서 그 얘기가 다시 나오게 된 거야.

책을 만들 생각을 한 후 표지로 적당할 만한 디자인을 찾아보다가 다음과 비슷한 그림을 골랐을 정도로 인간이라는 존재는 '나' , 혹은 '너' 라는 이름으로 구분되거나, 혹은 '우리' 라는 이름으로 거칠게 묶이기에는 너무나 묘하게 연결된 존재인 것 같아. 인수 형님이 떠올린 글자의 모양처럼 'ㄴ十' 라고 하는 것이 가장 적절할 듯해.

'나' 와 '너' 를 지나치게 구분하거나, 혹은 '나' 도 '너' 도 깊이 고려하지 않은 채 그냥 '우리' 로 뭉뚱그리기보다는 인간이 정말 어떤 존재인지 깊이 고민하고, 그래서 어떻게 살아야 하는지 스스로 마음먹는 일이 중요한 것 같아. 이 이야기도 책에 써야겠어.

(그래서 사족이 될 수도 있겠지만, 2년 전 기록해 두었던 'ㄴ十' 책의 구성에 대해 마인드맵을 해 본 내용과, 김창수 선생님과 나누었던 대화를 덧붙인다.)

| 구성 |

제목 : 'ㄴ十' (ㄴ십자)

서론 혹은 제목의 변(辯)

- 책의 제목에 (ㄴ십자)를 덧붙인 이유는 'ㄴ十' 를 발음할 수 없기 때문이다.(ㄴ플러스라고 해도 될 듯하다.)
- 'ㄴ十' 는 한인수 선생님이 떠올린 글자인데, 인간 존재를 가장 상징적으로 표현할 수 있는 듯하다.
- 인간을 가리키는 말은 대략 세 가지 부류이다. '나', '너', 그리고 '우리'

- 그런데 실제로는 절대적인 '나'도 '너'도 존재하지 않는다.
- '우리'라는 존재 양식은 '나'도 '너'도 아니다. '우리'는 하나의 추상적 개념인데, 이 역시 절대적인 존재 양식이 아니다. '우리'라는 말을 쓸 때의 의미는 상황에 따라 달라지며, 심지어 '우리'에 속한 이들끼리도 '우리'를 각각 다르게 인식한다.

문제 제기하기

- 우리가 어떤 존재라고 말할 수 있는 사람은 누구인가?(여기서의 '우리'는 나와 독자, 혹은 이를 포함한 모든 사람들을 한시적으로 부르는 개념일 듯하다.)
- 그간 철학자들이건, 심리학자들이건, 혹은 어떤 특정한 사람이건 우리의 존재를 각각 어떻게 정의해 왔나?
- 그럼에도 불구하고 우리가 어떤 존재인지 여전히 혼동되는 이유는 무엇인가?
- 우리가 어떤 존재인지 모르면서 우리가 어떻게 살아야 하는지를 말할 수 있는가?(이건 성공의 기준, 삶의 방향을 정하는 문제와 관련된다.)
- 과연 타인과 나를 분리할 수 있는가?

삶의 양상 살펴보기

- '나'를 위해 사는 사람, '너'를 위해 사는 사람, '우리'를 위해 사는 사람(자기중심적인 사람, 타자 중심적인 사람)
- 자립적(주체적) 삶과 고립된(소외된) 삶의 혼동
- 많은 이웃과 정을 나누었던 전통 사회의 삶과 옆집에 누가 살고 있는지도 모르는 현대인의 삶
- 남을 의식하는 사람과 의식하지 않으려는 사람

- 자식을 위해, 남편을 위해 산다는 주부(결국 자신을 위해 살고 있으면서도 일종의 자기 착각이 아닐까?)
- 부와 명성 등 외적인 것에 집착하는 사람과 그렇지 않은 사람
- 유년기, 청년기, 장년기, 노년기의 우리의 인식과 삶의 방식
- 원시, 중세, 봉건, 근대, 현대 사회의 인간에 대한 인식과 삶의 양상
- 동양과 서양, 공산주의와 자본주의 사회의 인간에 대한 인식과 삶의 양상
- 미래 사회에서 인간에 대한 인식과 삶의 양상은 어떻게 변화될 것인가?
- 다양한 인간관계 양상 살펴보기

  (부부, 독신자, 친구, 부모와 자식, 직장 동료, 스승과 제자, 길에서 잠시 만난 사람, 몸 파는 사람과 사는 사람, 스타와 팬, 정치가와 시민, 부자와 가난한 자, 도둑이나 사기꾼, 거짓말을 하는 사람과 그에 속는 사람, 지배하는 자와 지배당하는 자, 이용하는 자와 이용당하는 자, 무인도에서 사는 사람)
- 사람과 사람이 아닌 것들의 관계(예를 들면 애완동물이나 가로수로부터, 공기나 신에 이르기까지)
- 인간과 인간을 매개하는 돈
- 개인과 집단의 관계(소속집단, 준거집단, 이익집단, 친목집단, 가정, 직장, 학교, 지역사회, 국가, 세계)
- 인간의 존재에 대한 각 종교의 인식의 공통점과 차이점
- 법과 제도는 인간 존재를 어떻게 규정하고, 인간의 삶에 어떻게 기능하는가?
- 문화 혹은 관습, 언어에 반영된 인간관 살펴보기
- 혼자 누리는 문화와 함께 누리는 문화는 각각 어떤 것들인가?
- 단독자에게 관습이 존재할 수 있는가?

- 교육은 어떤 인간을 길러 내려고 하는가?
- 인간 존재를 어떻게 규정하느냐에 따라 각각 어떤 장점과 문제점이 있는 가?
- 이론적 접근

  라깡 : 인간은 타자의 욕망을 욕망한다.

  헤겔 : 인정 욕망

  부처 : 천상천하 유아독존

  아리스토텔레스 : 사회적 존재

  예수 : 서로 사랑하라

  니체 : 초월자

  사르트르 : 단독자

  프로이드 : 자아

  융 : 가면과 진실(사회적 존재로서의 가면과 개인 실존의 양면성)

  메슬로우 : 욕구 사다리 이론(특히 인정의 욕구, 자아실현의 욕구)

  노자의 도, 공자의 도

  플라톤 : 이데아

  장자, 루크레티우스 : 개체 간의 관계성

  들뢰즈 : 리좀. 개체의 만남. 동일성의 표상의 틀을 깨고 '차이'가 지닌 의미 강조(개념이라는 동일성의 원리에 억압되지 않는 '차이' 자체를 내세움. - 어린왕자와 여우)

  네그리 : 대중이라는 개념과 다른 다중의 개념

  하버마스 : '의사소통'의 인간, 합리성과 합법성
- 설문 조사(심리 연구 보고서, 임상적 사례, 각종 학술 자료 검토)

  당신은 스스로(나)를 어떻게 규정하고 있나?

  당신에게 타인(너)는 어떤 존재인가?

당신에게 '우리'는 어떤 존재인가?

당신과 직장 동료 등 타인의 관계 양상은 어떠한가?

당신은 타인과 어떤 관계 양상을 맺으며 살아가고 싶은가?

당신의 행복을 이루는 데 있어서 타인은 어떤 기능을 한다고 보는가?

당신이 타인의 생각을 조종할 수 있다면?

어느 날 갑자기 당신이 사라져 버린다면 타인들은 어떻게 반응할까?

당신은 타인을 언제 의식하는가?

혼자 있을 때와 타인을 의식할 때 행동에 어떤 차이가 있는가?

결과 정리

- 인간 존재를 바라보는 주요 관점들
- 각각의 인간관의 특징과 장단점
- 다양하고 개별적으로 보이는 삶의 양상을 몇 가지로 분류하기
- 인간관이 개인과 사회에 미치는 영향

제안

- '나' 존재관이 지닌 특성
- '나' 존재관이 타당함을 뒷받침하는 근거
- '나' 존재관 지닐 때 개인의 인식과 삶의 양상에 나타날 변화
- '나' 존재관을 공유할 때 사회의 변화(또한 사회의 변화로 인해 다시 개인의 삶에 가져올 변화)

이 책을 읽은 후의 변화

- 책을 읽음으로써 당신은 각각의 존재관이 지닌 특징과 장단점을 이해하였는가?

- 책을 읽고 당신은 '나' 존재관이 가장 타당하다고 생각하게 되었는가?
- 당신은 '나' 존재관을 스스로 내면화하고 싶은가?
- '나' 존재관을 받아들일 때, 당신의 삶은 어떻게 변화될 것인가?
- '나' 존재관 외에 당신 스스로 떠올린 존재관이 있다면 무엇인가? 혹은 어떤 존재관을 갖고 싶은가?

| 대화 |

2012.09.06. 점심시간 산책 중

내일부터 진행될 토론 수업의 주제로 어떤 것이 좋을까 생각하던 형수가 창수에게 불쑥 다음과 같은 질문을 던지면서 이야기가 시작되었다.

형수 : 김샘, '인간은 사회적 성공을 위해 노력해야 한다.'는 주제로 토론하면 어떨까?"

창수 : (토론거리로 썩 적절하진 않을 듯하다는 표정으로) 글쎄, 사람에 따라서 다르겠지. 어떤 사람은 남들의 시선을 의식하며 사는데, 어떤 사람은 그렇지 않잖아."

형수 : 응, 그래. 내가 '사회적 성공'이라고 이름 붙인 의도 자체가 '다른 사람들의 눈으로 볼 때 성공한 듯이 보이는 것'을 뜻하려던 것이었어. 많은 사람들이 사회적 성공을 꿈꾸고 있기는 하지만, 개중에는 이러한 것을 중요하게 여기지 않는 사람들도 있잖아. 굳이 타자의 시선을 의식하지 않고 사는 사람들도 있다는 거지.

창수 : 전에 내가 소개했던 책 '욕망해도 괜찮아'에도 그 비슷한 내용이

있어. 저자가 교수인데, 자신이 명문대를 나온 학생들을 편애한다는 소문이 돌자, 강의 시간에 학생들에게 "자네들이 날 오해하는 것 같은데, 나는 학생들이 어느 대학을 나왔는지를 기억할 만큼 학생들에게 관심이 많지 않다네." 라고 말했대. 사실 우리가 생각하는 것보다 사람들은 타자에 대해 별 관심이 없지. 그들에게 타자는 중요하지가 않아. 뒤에서 이러쿵저러쿵 해도 단지 가십거리로 삼는 것일 뿐, 타자가 자기에게 중요한 존재라고 생각해서 떠들고 있는 것은 아니야.

형수 : 그도 그래. 그런데 인간이 사회적 동물임을 부인할 수 없듯, 여전히 타자를 의식하고 타자로부터 영향을 받으며 사는 것도 사실이야. '인간은 타자의 욕망을 욕망한다.' 는 라깡의 말대로 인간은 타자를 의식하는 특성을 갖고 태어나는 동물이야. 다들 누군가를 의식하고 그에 맞추어 살려고 하는 모습들이 있어. 그래서 남에 눈에 그럴싸하게 보이는 성공도 하려는 거지.

창수 : 전에 논술 출제 때, 인상 깊었던 장면이 있었어. 어떤 선생님이 "교장이나 교감이 대단해 보이지만, 학교 밖에서 보면 별 것도 아니다." 라는 얘기를 하자, 또 다른 선생님이 "남들 눈에 어떻게 보이느냐가 중요한 게 아니라, 자신이 되고 싶으면 되는 거 아냐? 교장이든 교감이든 말이야." 라고 했는데, 그 말이 맞는 것 같아. 사실 중요한 것은 남들의 눈에 어떻게 보이느냐가 아니라, 자기가 정말 어떻게 살고 싶으냐야.

대화의 흐름은 대략 타자를 의식하는 삶과 그렇지 않은 삶이 있다는 내용으로 이어졌다. 그러다가 성당을 지날 때쯤 화제가 변하기 시작했다.

형수 : 그래서 독자적 삶이니, 주체적 삶이니 하고 이야기를 하지. 그게 중요하다고 생각하니까. 그런데, 아파트에서 옆집 사람 얼굴도 모르고 살아가는 사람들을 보면, 그들이 과연 독자적이고 주체적으로 산다고 할 수 있을까? 오히려 타자로부터 어떤 간섭이나 귀찮음도 겪지 않으려는 생각에 경도되어 스스로 고립되고 있다고 해야 하지 않을까?

창수 : 그래.

형수 : 그런 경우는 독자적이거나 주체적인 삶이 아니라, 고립적이거나 고독한 삶이라고 해야겠지. 사람들은 어쩔 수 없이 서로 관계를 맺고 사는 동시에, 남들의 시선에 아랑곳하지 않고 자신만의 주체적 삶을 살아야 한다는 양면적 속성을 지니고 있어. 그래서 문제가 좀 복잡해지는데, 스스로 인간이란 존재를 어떻게 규정하느냐에 따라 삶의 방식이 크게 달라지겠지.

전에 내 올해의 목표가 '삶의 목표를 정하는 것'이라고 말한 적이 있지? 그런데 그게 쉽지 않아. 내가 결국 어떤 존재이냐, 혹은 어떤 존재여야 하느냐에 대한 의문이 풀리지 않기에 어떻게 살아야 하느냐에 대한 목표를 정할 수가 없어. 별 고민 없이 "정년퇴직 후에는 호젓한 산속 저수지를 하나 얻어서 낚시터나 하며 살아야지."라고 말하기도 했지만, 그게 정말 내가 원하는 삶인지도 자신이 없어. '스스로 고립되고 다른 사람들과의 관계에서 단절되는 건 아닌가?', '그런 삶이 과연 바람직한가?'라는 물음에 확신 있게 대답할 수 없어.

창수 : 그런 사람도 있어. 카이스트를 나온 남편과 서울대를 나온 아내가 어느 날 갑자기 지리산 속으로 들어가 농사를 지으며 살면서 썼다는 책의 제목이 '이보다 더 좋을 수 없다'야. 영화의 제목 말구

말이야.

형수 : 어쨌거나, 우리가 어떤 존재인지 고민해 볼만해. 사실 우리는 독자
적으로 존재하면서 또한 타자와의 관계 속에서 존재하잖아. 예전에
친했던 선생님 중에 한 분이 이런 글자를 떠올린 적이 있어. (손가
락으로 ㄴ과 십자 모양을 허공에 그려 보며) 이렇게 말이야.

　어찌 보면 인간은 '나' 라는 존재로 존재하지 않아. 결코 '나'
단독으로 존재할 수 없지. '너' 라는 존재도 마찬가지겠지. 다른
사람들이 인식하는 '너' 인 것이지, '너' 가 홀로 독립된 존재이
겠어? '우리' 라는 개념으로 '나' 와 '너' 를 함께 묶어서 생각
하기도 하는데, 이 역시도 '나' 와 '너' 를 온전히 합한 개념이 될
수는 없어. '우리' 라는 추상적 집단의 개념은 '나' 와 '너' 로
환원될 수도 없으니까 그것은 또 다른 개념일 수밖에 없겠지. 그리
고 서로 '우리' 라고 동일하게 말하고 있다고 해도 상황에 따라,
혹은 그 '우리' 속에 포함된 개인마다 '우리' 의 개념을 달리 인식
할 수 있다는 점이 특이해. 그만큼 왜곡되기도 쉬운 개념이겠지.

　그런 점에서 '나' , '너' , '우리' 라는 개념은 인간 존재를
알맞게 가리킬 수 있는 개념이 아닌 것 같고, 일종의 허상인 듯해.
이와 달리 '너' 야 말로 우리의 존재를 가장 잘 표현할 수 있는
기호 같지 않아? 분리될 수 없는 두 가지 존재인 '나' 와 '너' 를
압축적으로 표현하는 것 같잖아.

창수 : 그럴듯해. 메모지가 있으면 적어 두면 좋을 것 같아.

형수 : 메모할 수는 없고 잘 기억했다가 나중에 이 주제에 대한 책을 써 보
면 어떨까? 어제 술자리에서 대학 시절의 교수님과 삶의 목적에 대
한 이야기를 나누다가, "그럼 책을 한번 써 봐라." 는 얘기도 들었
는데, 책을 써 보는 것도 나쁘지 않겠어.

창수 : 괜찮겠어.

형수 : 그래, 같이 써 보자.

  그 후 교무실에 돌아와 창수가 다음 시간 수업을 준비하는 동안 형수는 책의 구성에 대해 마인드맵을 했다. 그리고 정작 내일의 토론 수업 준비는 하지 않고, 다시 앞의 대화를 컴퓨터에 기록했다. 창수가 수업을 끝내고 돌아오기 4분 전!

2012.09.06. 오후 4시 경. 식물원 쪽의 정자

  창수가 수업을 마치고 나오자, 형수는 앞의 내용을 출력한 것을 창수에게 내밀며 읽어 보라고 했다. 그리고 커피를 한 잔씩 타서 식물원 쪽 정자로 갔다. 사람들의 발걸음이 드문데다, 박 넝쿨이 우거져 호젓한 곳이다.

형수 : 읽어보니 어때? 혹시 더할 부분이 없을까?

창수 : 짧은 시간 동안 많이도 했네. 글쎄, 더할 게 있다기보다는 난 그 부분이 제일 중요한 것 같아. '우리가 어떤 존재인지 모르면서 우리가 어떻게 살아야 하는지를 말할 수 있는가?'라는 질문 말이야. 정말 우리들은 자신이 어떤 존재인지도 모르고 살면서도 어떻게 살겠다는 둥, 어떻게 살라는 둥 말하지. 학교에서 학생들을 가르칠 때도 그렇잖아. 그저 열심히 하라고 말이야. 르네 지라르 알아?

형수 : 글쎄, 욕망의 삼각형 이론을 얘기한 사람이란 정도밖에.

창수 : 르네 지라르가 인간은 무엇을 욕망하는지도, 무엇을 원망하는지도 모른다고 했는데, 사실 대부분의 사람들이 그런 것 같아.

형수 : 나도 내가 정말 뭘 원하는지 모르겠어. 내가 어떤 존재인지도 정의할 수 없으니까 말이야. 그래서 우리가 이 문제에 대해 물고 늘어져야 하는 거겠지. 의문이 풀릴 때까지 시간이 얼마나 걸릴지 모르겠지만, 적어도 내가 어떤 존재인지를 내 스스로 정의할 수 있어야 나머지 인생을 살아갈 자신이 생길 것 같아.

그건 그렇고, 우리가 책을 낸다면 제목은 괜찮아? (허공에 대고 '나ㅕ' 를 쓰면서) 이거 말이야.

창수 : 응, 괜찮은 것 같아.

형수 : 이걸 '니은 십자' 라고밖에 읽을 수 없으니 쩝. 뭐라고 발음할 수 있으면 좋을 텐데.

'구성' 을 다시 한 번 들여다보며, 몇 가지 이야기를 더 나눴다.

형수 : 그런데 온전히 '나' 로 존재하는 부분이 우리에게 있을까? 타자와 상관없이 그저 '나' 로만 존재하는 부분 말이야.

창수 : 글쎄, 그런 게 뭐가 있을까?

형수 : 신체? 신체 자체는 물론 내 것이지만, 부모라는 타자로부터 물려받았고, 또 다른 사람들에게 멋지게 보이기 위해 신체를 가꾸는 점에서 보면 온전히 나의 것이라고 할 수도 없겠네. 표정 하나하나에도 신경을 쓰고 선탠으로 그을려 건강한 구릿빛 피부로 변화시키기도 하지.

창수 : 그래. 화장이나 의상에 얼마나 신경들을 많이 써.

형수 : 수컷 공작새는 참 화려하지. 그래야 암컷에게 멋진 수컷으로 보이니까. 그런 면에서 공작새와 인간은 유사하지만, 공작새는 타고난 신체 그대로를 활용해서 잘 보이려고 하는 데 반해, 인간은 그 외의

것들을 인위적으로 더 붙이거나 신체를 변형하기까지 한다는 점에서는 차이가 좀 나네. 동물보다 인간이 훨씬 더 타자를 의식해서일 거야. 타자가 없으면 외모에도 신경을 쓰지 않겠지? 무인도에서 자신의 애완견과 함께 있을 때, 애완견을 고려해서 머리 손질을 하진 않을 거잖아.

창수 : 하하하.

형수 : 그런 점에서 개도 타자이긴 하지만 사람과는 좀 다르네. 그렇지만 개라고 해서 그 대상에게 전혀 신경을 쓰지 않는 것도 아니야. 애완견 앞에서 아무런 거리낌 없이 성적인 행위를 할 수 있는 사람이 많지는 않을 거야. 동물과 사람 모두 나에게 영향을 미치는 타자인데, 다만 그 정도가 다른 것 같아. 다른 사람도 자기처럼 생각하고, 자기를 평가할 수 있는 능력을 지니고 있다는 점을 알기에 사람을 더 의식하겠지.

창수 : (고개를 살짝 끄덕인다.)

형수 : 나의 감정 역시 타자와 관계 속에서 만들어지지. 사랑, 우정, 신뢰를 비롯한 인간의 감정들이 모두 그렇듯 말이야. 그렇게 생각하면 내 감정마저도 오로지 내 것이 아니네. 나만의 감정이란 게 있을까? 있다면 외로움 정도일까?

창수 : 외로움도 타자가 있다가 없어지는 타자의 부재로 인한 것이니까, 또 타자와 관련되겠지.

형수 : 그래. 그럼 본능적인 것들은 어떨까? 예를 들면 식욕과 같은 욕구나, 시각과 같은 감각 능력 같은 거 말이야.

창수 : 글쎄.

형수 : 식욕은 분명 내 안의 욕구야. 나 혼자 가지고 있는 것에 해당하네. 그런데 그 식욕이 현실에서 발현될 때는 반드시 또 타자와 관계를

맺어. 누군가 만들어 놓은 음식으로 식욕이 충족되거나, 아니면 먹지 말라고 금지되어서 라깡의 말대로 금지된 욕구가 욕망으로 변하기도 하겠지.

창수 : 감각도 그래. 문화마다 동일한 감각적 자극이라도 달리 받아들이기도 하잖아.

형수 : 그래. 무지개가 그런 경우라지. 우리에겐 7가지 색으로 보이지만, 무지개를 표현하는 색이 두 가지밖에 없는 종족에게는 무지개가 두 가지 색으로 보인다는 거야. 이와 유사한 사례가 많아.

　

여기까지 대화를 통해 현재로서는 '온전히 '나'로 존재하는 부분이 있는 가?'라는 질문에 대해 '아니다.'라는 쪽에 동의할 수 있었다.

　

형수 : 그런데 말이야. 우리가 '나' 존재론에 대해 앞으로 더 고민해서 책을 쓸 것과 관련해서 두 가지 근본적인 의문이 제기될 것 같아. '구성'의 '제안'이나 '이 책을 읽은 후의 변화'를 적다가 떠오른 생각이야.

　　첫째로, '나' 존재론이 절대적인 것인가 하는 문제야. '개체 자체'를 강조하는 견해들과 '개체들 간의 관계'를 강조하는 견해들이 이미 있는데, '나' 존재론은 이미 있는 그 두 가지를 단순히 합쳐 놓은 것에 지나지 않느냐는 것이지. '너무나 당연한 것을 조금 달리 표현한 것에 불과하지 않느냐?' 이런 문제 제기야.

　　그러면 사람들이 그러겠지. "니들이 그렇게 생각하려면 그렇게 해라. 나는 나대로 존재가 이것이다 하고 생각하고 살란다." 누구나 저마다의 존재론을 상정할 수 있고, '나' 존재론 역시 수많은 존재론들 중에 하나인 개똥철학에 불과하지 않을까 하는 의구심이 들어.

창수 : 그럴 수 있겠네. 정말 책을 많이 읽고 공부를 깊이 해 봐야겠어.

형수 : 그래. 그렇게 해 본 후에야 우리 생각이 과연 의미 있는 것인지 판단할 수 있겠지. 이 역시 그저 그런 인식 중의 하나인지, 아니면 정말 다른 존재론들과 달리 절대적으로 타당한 것이라고 말할 수 있는 것인지 말이야. 그러려면 다른 존재론들은 어떤 것들이며, 그것들의 장단점은 무엇인지를 정말 깊이 고찰하고 비교하는 것이 필요하겠지.

　둘째로, 만약에 우리가 최종적으로 판단한 결과 '나ㅕ' 존재론이 가장 타당한 존재론이라고 우리 스스로가 믿게 되었다고 치자. 그러면 또 이런 의문이 생겨. '나ㅕ' 존재론의 목적이 어디까지냐 하는 의문인데, '인간이 이러저러한 존재다.' 혹은 '인간에 대해 이렇게 정의하는 것이 가장 타당하다.'는 인식론적 측면에서 끝낼 것이냐, 아니면 '이게 타당하니까 이것을 받아들여라.' 혹은 '이에 따라 살아가야 한다.'고 하는 윤리적 측면까지 나아가야 하느냐는 의문이 들어.

창수 : 글쎄, 그것도 우리가 해 봐야 알 수 있지 않을까?

형수 : 그래. 이러한 인식이 진리라면, 이는 분명 윤리적 차원으로 확대될 수밖에 없을 듯한데, 역시 우리가 고민해서 '나ㅕ' 존재론이 얼마나 타당한가에 대해 확고하게 결론을 내릴 수 있을 때 답할 수 있는 문제일 거야.

　예상보다 이야기가 길어졌다. 다른 문제들은 앞으로 독서와 대화를 통해 자연스럽게, 그리고 무작위로 접근해 가기로 하고 교무실로 돌아왔다.

2012.09.13. 오전 10시 30경. 식물원 쪽의 정자

비가 내린다. 찬 기운이 느껴지는 게 가을비로서는 손색이 없다. 요즘 창수는 감기에 걸려 몸이 좋지 않다. 어제는 병원에 다녀왔다고 했고, 오늘은 아내 역시 감기로 아프기 때문에 일찍 퇴근해야겠다고 한다. 가을이 되어서 그런지 화제는 내년에 어떤 부서로 가게 될지에 대한 것으로 시작된다.

형수 : 내년에는 우리가 교무부를 떠날 수 있을까?

창수 : 내년에도 교무부에 또 있으라는 건 너무 심하잖아. 보내 주지 않을까?

형수 : 우리가 갈 만한 데가 별로 없잖아. 입학관리부라면 모를까. 내년에 입학관리부가 지하실로 옮기게 된다는데, 원하는 사람이 별로 없다면 거기라도 갈 수 있지 않을까? 그 외엔 별로 희망이 없어 보여.

창수 : 글쎄, 김샘이라면 갈 데가 있잖아. 국어 선생님들은 담임도 더러 하니 학년부에라도 갈 수 있지 않을까?

형수 : 김샘은 어디에 가고 싶은데? (서로 김샘이라 불러 조금 헷갈릴 것이다.)

창수 : 난 인문예술부에 가면 좋겠어. 도서관 옆에 있게 되면 좋을 것 같아.

도서관 얘기가 나온 후 사서 교사가 되면 어떨까라는 얘기를 한참 했다. 부전공으로 하는 방법이나 사설 기관에서 사서 자격증을 따는 방법도 있을 것 같다는 얘기.

형수 : 어제 조벽 교수의 '희망 특강' 이라는 책을 읽었는데, 우리가 생각하는 주제에 들어맞는 내용이 있었어. 사람에 대해 쓴 짧은 챕터였

는데, 인간(人間)을 단지 사람 인(人)이라고 하지 않고, 인간(人間)이라고 일컫는 것에서 보듯이 인간은 관계성에 의해 비로소 인간으로 존재한다고 하는 내용이었어. 그리고 보면 서양과 달리 동양에서는 나와 타자의 관계성을 중시했다는 점에서 참 깊은 인식이 있었던 것 같아. 사람이라는 글자 자체도 그렇잖아?

창수 : 그렇지. 사람 인(人)자 자체가 두 사람이 서로 기대고 있는 모양으로 되어 있지.

형수 : 응. 동양에서는 이미 글자 하나에도 인간 존재에 대한 인식을 담아내고 있어. 반면 서양은 좀 다른 것 같아. 플라톤 이래의 서양 주류 철학에서 인간의 관계성이 그리 중시된 것 같지는 않아. 루크레티우스와 같은 비주류가 오히려 사람들 사이의 관계성, 그 얽힘을 강조한 듯해. 실존주의에서도 흔히 '단독자'니, '던져진 존재'니 해서 존재의 고립성을 강조하고 있어. 그래서 인간이 고독한 존재라고 말이야.

창수 : 그래. 이런 생각들을 그때그때 적어 두어야겠어. 책을 읽다가 중요한 내용이다 싶어도 기록해 놓지 않으면 나중에 떠올리기가 어려워. 반면에 이런 생각들을 잘 모아 놓으면 그 자체로 좋은 책이 될 거야.

　정자의 벤치에서 일어나 우산을 쓰고 부스러지는 가을비 속을 가로질러 돌아오며 형수는 이런 생각이 들었다. 가을비라고 부르는 것도 빗방울 하나를 가리키지 않는다. 그 무수한 빗방울들이 함께 떨어져 내리는 현상을 말하지 않는가. 그것도 꼭 가을 속에.

형수 : 지난주부터 내가 '메타적 사고'에 대해서 쓰려고 했던 글 있잖아.

금방 쓸 수 있을 것 같은데 요즘 교과서 작업으로 좀체 시간을 못 내겠네. 그 글에서 말하려고 했던 메타적 사고도 역시 타자들과의 관계성 속에서 가능한 것 같아.

창수 : 그래, 메타의 개념에서 자신의 행위를 스스로 성찰해 본다는 것도 결국 타자에게 미칠 영향을 고려하여 사고해 보는 것이겠지. 타자의 존재를 염두에 두지 않는다면 메타적 사고 자체가 불가능할 거야.

형수 : 그래. 나의 말이나 행위가 타자에게 어떤 의미로 다가갈 것인지, 내 행위로 인해서 타자와 나의 관계가 어떻게 변화하게 될지, 혹은 타자의 행위가 나에게 정말 어떤 의미가 있는지 등을 생각해 보는 것이 메타적 사고라고 한다면, 이는 분명 '나' 라는 존재를 타자와 분리하지 않고 연장선에서 인식할 때 가능하겠지.

중앙 현관을 들어서며, 형수는 잊어버리기 전에 그 '메타적 사고' 에 대한 글을 써서 창수에게 보여 주어야겠다고 생각했다.

2012.09.13. 12시 경. 점심 직후

비가 와서 산책을 못하고 다시 정자로 가기로 했다. 창수가 자기 몫의 커피의 반을 덜어 형수에게 주었다. 건물 중앙 계단을 내려오며 형수가 말했다.

형수 : 김샘, 또 생각났어. 한 번에 너무 많이 생각나면 나중에 정리하기 힘들어지는데 자꾸 생각이 나네.

창수 : (웃으며) 또 뭐가?

형수 : 음, 들어 봐. 먼저 질문을 하나 할게. 김샘은 작년의 김샘과 지금의

김샘이 동일인으로 느껴져, 아니면 다른 사람으로 느껴져? 그 다른 정도를 비교할 기준이 없으니, 예를 들면 쌍둥이 두 명의 차이만큼 이나 달리 느껴지느냐 말이야.

창수 : 작년의 나와 지금의 나가 다르긴 하겠지. 하지만 쌍둥이 두 명의 차이만큼은 아닌 것 같아.

형수 : 그래. 일반적인 상황이라면 그게 정상이겠지. 하지만 그렇지 않을 때도 있을 거야. 예를 들어 외모의 차이로 보자면, 만약 내가 당장이라도 전신에 심한 화상을 입었다면 전혀 달리 보일 거야. 지금 김샘과 나의 외모 차이보다 더 큰 차이가 사고 이전과 이후의 나에게서 관찰되겠지.

생각의 차이도 그럴 수 있어. 나에게 어떤 심각한 문제 상황이나 감당하기 어려운 비극이 일 년간 계속된다고 쳐. 그러면 일 년 후의 나는 지금 김샘과 내가 가진 생각의 차이 이상으로 생각이 극단적으로 변해 있을지도 몰라.

창수 : 그럴 수도 있겠지.

형수 : 그래서 내가 제기하는 의문은 '나' 라고 하는 존재의 동일성을 어떻게 규정할 수 있느냐는 문제야. 시간의 흐름에 따라 완전히 다른 사람처럼 될 수도 있는데, 내가 어떻게 나의 존재성을 절대적인 것으로 여겨 의심하지 않을 수 있느냐는 의문이지.

다시 정자의 벤치에 앉는다. 엉덩이 받침만 있는 것이어서 사실 벤치라고 부르기도 뭣하지만, 어쨌든 형수와 창수의 엉덩이에 의해 적잖이 닳아질 것도 같다.

형수 : 김샘도 그렇겠지만, 나는 나 자신의 존재가 조금씩 변화되어 오기는

했지만, 본질적으로는 바뀌지 않고 이어져 왔다고 여겨 왔어. 예나 지금이나 나는 나지 어떤 다른 사람이 아니지 않느냐는 거지. 자신이 스스로를 어떻게 인식하느냐를 '자아' 라고 한다면, 나는 사춘기 무렵에 그 자아가 형성된 것 같아.

그 이전의 어린 시절은 내가 어떻게 느끼고 생각했는지 잘 기억이 안 나. 하지만 사춘기 이후에는 내가 일종의 연장선 위에 있어서 그때와 비교할 때 완전히 다른 사고를 하는 사람으로 바뀌지는 않았다는 느낌이 들어.

물론 사춘기 이후 지금에 이르기까지 수많은 사람들을 만나 이런 저런 사건들을 겪고, 하는 일이나 생활환경도 바뀌었어. 그 과정에서 내 생각이 바뀌거나 사고의 폭이 넓어지기도 했겠지만, 근본적인 자아관의 변화는 없었던 것 같아. 그래서 과거의 나와 오늘의 나를 동일한 존재로 여겨져 왔던 듯해.

평소에도 그런 편이지만, 차분한 창수와 달리 요즘 형수는 더 말이 많아졌다.

형수 : 그런데, 이러한 생각과 달리 우리의 존재는 결코 고정 불변의 절대적인 것이 아닌 것 같다는 생각이 들어. 우선 신체적으로도 어제의 나와 오늘의 나는 결코 같지 않아.

어제 이시형 박사가 지은 '행복한 독종' 이라는 책을 읽었는데, 그에 따르면 우리 몸은 겉보기엔 변화가 없는 것 같지만 세포 수준에선 어느 한순간도 같은 몸이 아니래. 우리 몸을 구성하는 세포는 낡으면 모두 새로 교환되는데, 뼈는 2년, 근육 세포 4개월, 혈구는 3개월, 심지어 맛을 보는 혀의 세포는 매일 새롭게 바뀐대. 최소한

2년 전의 나와 지금의 나는 신체적으로 완전히 바뀌어 있다고 할 수 있는 거지.

창수 : (흥미로워하는 표정을 짓는다.)

형수 : 정신적으로도 그래. 나는 내 자신의 자아가 사춘기 이후 지금까지 쭉 이어져 왔다고 생각했지만, 사실 중학생 시절의 나와 지금의 내가 얼마나 다르냐는 말이야. 아까 비교 대상으로 쌍둥이들의 차이 예로 든 것을 넘어서, 김샘과 나의 차이보다 더 큰 차이가 있을 것 같기도 해.

　　그래서 이렇게 결론지을 수 있을 듯해. ' 나' 라는 존재는 절대적이지 않다. 다만 타자들에 의해 끊임없이 생성되고 변화되는 과정에 있을 뿐이다.' 라고 말이야. 사실 성장하면서 내가 만난 사람들이나 내가 겪었던 사건, 나를 둘러싼 환경들이 나를 만들어 온 거야. 그리고 예나 지금이나 '김형수' 라는 이름으로 불리기도 하지만, 전과 달리 지금은 '선생님', '아빠', '여보' 등으로 훨씬 더 많이 불려.

창수 : (묵묵히 듣고 있다.)

형수 : 또 이렇게 물어볼 수도 있어. 김샘은 김샘의 존재를 어떻게 증명할 수 있지?

창수 : (이건 또 무슨 소리냐는 듯한 표정을 짓는다.) …… 글쎄?

형수 : 나 스스로는 나를 증명할 수 없지 않아? 내가 나는 누구라고 어떻게 스스로를 증명할 수 있겠어? 오히려 나를 증명하는 것은 나 외의 타자들이지. 예를 들면 우리 어머니는 다른 사람들에게 '형수는 어떠어떠한 아들이다', 학생들은 '어떠어떠한 선생님이다', 자식들은 '어떠어떠한 아빠다' 라고 말하여 나를 증명하고 나의 증인이 되지. 마치 우리나라에서 주민등록증이 우리의 존재를 증명해 주듯이

말이야. 나는 결코 그 수많은 측면의 나를 나 혼자서 온전히 증명할
길이 없어. 예를 들어 내가 표류해서 갑자기 아프리카 해안에 떠밀
려갔다고 쳐. 거기서 만난 부족원들에게 도대체 내가 어떤 존재라고
말할 수 있고, 또 증명할 수가 있냔 말이야.

'김형수가 어떤 사람이다.'라는 내용도 그래. 김형수 자체로만으
로는 어떻다고 할 수 없고 다른 사람들과의 비교 속에서 어떻다고
할 수 있어. 예를 들어 '김형수는 말이 많은 사람이다.'라고 말한
다 해도 그 역시 다른 일반적인 사람들에 비해 말이 많다는 말이잖
아.

창수 : 그래. 결국 수많은 남들이 나를 증명해 줄 수밖에 없는 것 같아.

형수 : 그런데 말이야. 우리는 이것을 깨닫지 못하고 살아가는 거야. 그래
서 자기 자신의 존재는 절대적이라는 큰 착각에 빠져 살아가는 거
지. 결코 스스로 존재하지도 않고, 스스로를 증명하지도 못하면서
말이야. 이런 데서 갖가지 문제들이 생겨나는 게 아닐까?

창수 : 자기를 마치 대단한 존재처럼 여기고 타인들과의 관계를 소홀히 하
는 사람들이 그런 경우에 해당하겠지.

형수 : 그래. 사실은 정도의 차이가 있겠지만, 우리들 모두는 그렇게 자기
중심적이 되어 가고, 그래서 더 고독하다고 느끼며 살아가는 것 같
아.

창수 : 응. (웃으며) 이러다 철학자 될 거 같아.

(기록을 여기까지밖에 못 했다. 그 이후에도 이런 저런 대화를 계속 하기
는 했지만 기록을 미루다 보니 계속 미루게 되었다.)

왜 그래야 하는지 생각하다.

그럼 지금부터 내가 깨달음을 얻은 2박 3일간의 출장에 대한 이야기를 할게. 이 출장에서 내가 무슨 일을 했는지 당신은 알고 있지만, 보안을 유지해야 하므로 다른 사람들에게는 밝힐 수 없어. 뭐 그리 큰일을 하러 간 것도 아니었고, 시간이 지나면 밝혀도 되겠지. 우리 팀은 팀장인신 교감선생님과 검토 역할을 맡으신 부장님(이분은 철학 박사이셔), 그리고 작업을 하는 세 선생님, 즉 나와 중학교에 계시는 젊은 남자 선생님, 초등학교에 계시는 여자 선생님으로 구성되어 있어.

출장을 가기 전날인 목요일에는 일이 밀려서 10시까지 학교에 있다가 색소폰 클럽으로 갔어. 연습을 하러 갔다기보다는 녹음을 하러 간 것이었는데, 그 이유는 전 주에 있었던 이번 출장의 사전 모임에서 내가 색소폰을 배우고 있다고 자랑하니까 초등학교 선생님이 꼭 들어 보고 싶다고 하셔서 그러면 출장 때 색소폰 연주를 들려드리겠다고 약속했기 때문이지. 그런데 생각해 보니 다른 팀들이 작업을 하는데 색소폰을 가져가서 연주하는 것이 좋지 않게 비춰질 것 같아서 대신 스마트폰에 녹음을 해 가기로 한 거지.

막상 녹음을 하려니 금방 될 것 같으면서도 자꾸만 실수가 생겨서 의외로 시간이 많이 걸리더라구. 한참 동안 진땀을 뺀 후에야 간신히 세 곡을 녹음해 가서 우리 팀원들께 들려드리기는 했는데, 내가 들어 봐도 소리가 그리 만족스럽진 않았어. 연습을 더 많이 한 후에 멋진 연주를 들려드리는 게 좋았을 것 같기도 했지만, 원래 내가 즉흥적이잖아. 소리는 좋지 않아도 연주를 통해 내 마음을 나눌 수 있었다는 점은 좋았던 것 같아.

출장을 떠나는 날인 금요일도 오전부터 바빴어. 오전 수업을 마치고 마트에 가서 출장에 쓸 물품을 사오느라 김샘과 같이 점심을 먹지도 못했고, 또 앞서 말한 학생들의 동영상 발표가 진행된 오후 수업을 서둘러 마친 후 김 샘 차를 얻어 타고 출장지로 향했지. 출장지까지는 대략 한 시간 정도 걸렸 는데, 김샘이 운전을 하고 나는 그 옆에 앉아 역시나 계속 떠들었어.

기억에 남는 대화는 크게 두 가지인데, 그중 한 가지는 내가 난데없이 김 샘에게 이런 이야기를 한 거야.

"김샘, 나 요즘 이상하게 이런 생각이 들어."

"무슨 생각?"

"어, 지금까지의 내 삶에서 일어났던 일들을 모두 받아들이고 싶다는 뭐 그런 생각이야. 지금껏 살아오면서 내 스스로 생각해 봐도 후회스럽거나 낯 이 뜨거운 잘못도 많이 저질렀고, 기쁜 일도 많았지만 갈등이나 슬픈 일도 많았지. 그래서 최근까지도 그런 일들이 내게 없었더라면 좋았을까, 혹은 그런 기억들이 모두 지워질 수 있다면 얼마나 좋을까 생각해 왔지.

그런데 이상하게 요즘은 그 모든 일들이 내 가슴에 남은 흉터처럼, 혹은 어깨를 짓누르는 버거움처럼 느껴지지 않아. 어쩔 수 없이 내가 겪었어야 했을 일들이었고, 그 일들을 통해 미우나 고우나 지금의 내가 만들어져 온 듯해."

"무슨 일이든 어떻게 받아들이느냐가 중요하겠지."

"그래. 그렇게 생각하니 요즘은 전보다 마음이 훨씬 편해졌고, 특별히 신경이 쓰이거나 갈등을 하게 되는 일도 별로 없어졌어. 예를 들어 내가 전 에 얘기한 교통안전 광고처럼 아침에 출근을 하다가 신호등에 걸려도 기분 이 좋아.

전에는 아침부터 신호등에 자꾸 걸리거나 혹은 컵이 깨지는 등의 일이 일 어나면 오늘은 왠지 불길한 일이 생길 것 같다고 생각했었는데, 이제는 오 히려 그 반대가 됐어. 내가 출근하는 길에 신호등이 네다섯 개가 있는데, 어떤 날은 그 모든 신호등이 파란불이야. 전 같으면 기분이 좋았을 텐데,

이제는 그럴 때 오히려 더 조심스러운 마음이 드는 거야.

그리고 요즘엔 왠지 좋은 일이 자꾸 일어나는 것 같기는 한데, 그렇다고 좋지 않은 일이 일어나지 않는 건 아니야. 예전의 나라면 화를 내거나 걱정했을 만한 일들도 꾸준히 일어나고 있기는 하지만, 그런 일들도 별 일이 아니라고 생각되거나 혹은 나에게 꼭 일어나야만 하는 일로 여겨지는 거야.

예를 들어 엊그제도 아내가 작년에 사서 몇 번 입고 세탁소에 맡겼던 내 겨울 점퍼가 없어졌다고 하더라구. 그 세탁소는 단골손님의 옷을 오랫동안 보관해 주는 장점이 있는데, 대신 옷을 맡기거나 찾아갔음을 확인하는 무슨 증서 같은 것이 없기는 해. 몇 년간 거래를 하는 동안 우리 집 옷은 한 번도 잃어버린 적이 없었는데, 이번에 그런 일이 생긴 거야. 세탁소 사장님이 한 번 더 찾아보시겠다고 했다고는 하지만 아내는 아무래도 옷을 못 찾을 것 같다고 하더라구. 이런 이야기를 듣는데도 별로 느낌이 없어. 옷을 찾거나 못 찾거나가 무슨 큰 문제로 여겨지지 않는 거야. 걱정한들 어차피 못 찾을 옷이라면 무슨 소용이겠어. 아무튼 요새 이렇게 생각이 바뀌고 있어서 그런지 마음이 편해지더라구."

"그럴 수도 있겠네."

"그리고 김샘, 또 이런 생각도 들어. 보통 '이럴 땐 이렇게 해야 한다.' 혹은 '이렇게 하는 것이 옳다.'라고 말하잖아. 그런 말들이 다 이유가 있는 것 같더라구. 그런데 그 이유가 뭔지 스스로 깊이 생각해 보아야만 정말 그렇게 행동할 수 있게 되는 것 같아.

예를 들어 전에 내가 김샘에게 이런 문제도 좋겠다고 한 것 중에서, '실명 기부가 바람직한가, 익명 기부가 바람직한가?'라는 질문 있잖아. 그 질문에 대해서 "성경에도 오른손이 하는 일을 왼손이 모르게 하라는 말이 있고, 도덕적으로도 익명 기부가 가치 있는 일이다."라고 답할 수도 있겠지. 그러나 그냥 성경에 있다거나 도덕적으로 옳은 일이니까 그렇게 해야 한다고 말하면 끝인가? 기독교를 믿지 않는 사람도 많고, 꼭 도덕적으로 살아야 하는 법은 없다고 생각하는 사람도 많잖아.

그냥 하는 것이 아니라, 스스로 왜 그것이 옳은 일인지 냉철하게 판단해 보고, '아, 정말 이래서 옳구나!' 하고 깨달아야만 비로소 그 일을 진정으로 실천할 수 있는 것 같아.

두 가지 기부의 방식을 대상으로 내가 한번 어떤 것이 옳은지에 대한 판단 근거를 말해 볼게. 우선 기부를 하는 본인에게 실명 기부보다 익명 기부가 더 큰 행복감을 느끼게 할 거야. 요샌 과학이 발달해서 이를 쉽게 증명할 수 있지. 해 보지는 않았지만, 분명 뇌파나 뇌에서 나오는 호르몬을 비교해 보면 남에게 보여 주면서 기부를 할 때보다 아무도 모르게 기부를 할 때의 행복감이 더 클 거야. 아무도 알아주지 않지만 내 스스로 정말 뿌듯한 일을 하고 있다는 자긍심은 더없는 행복감을 느끼게 하겠지. 종종 언론을 통해 올해도 이름을 밝히지 않는 어떤 사람이 거액의 현금을 고아원에 기탁하고 갔다는 등의 보도를 접할 수 있잖아. 그런 사람이야말로 익명 기부가 주는 행복감을 만끽하는 사람이지. 마치 익명 기부에 중독되었다고나 할까. 게다가 기부를 받는 사람의 입장에서도 익명 기부를 받으면, 기부를 받았다는 심적인 부담이 없이 더 고마운 마음이 들 거야.

이번에는 실명 기부에 대해 생각해 보자. 실명 기부도 물론 좋은 일이야. 최근에 세계적으로 확산되었던 아이스버킷챌린지가 대표적인 경우지. 유명 인사나 연예인들처럼 사람들에게 많이 알려진 이들이 실명 기부를 함으로써 더 많은 사람들의 동참을 이끌어 낼 수 있다는 것이 실명 기부의 가장 큰 장점이겠지. 그런데 실명 기부의 치명적인 약점이 있어. 많은 사람들의 동참을 유도한다는 좋은 뜻으로 시작하기도 하고, 혹은 기업의 경우라면 기부도 하고 회사에 대한 좋은 이미지도 만들 수 있으니 일석이조이기도 하겠지. 그런데 자꾸 실명 기부를 하다 보면 결국 거기에서 벗어나지 못하게 될 수 있어. 누군가 보아 주지 않으면 선뜻 기부를 하지 않게 될 수 있고, 그러다 보면 기부라는 행위 자체보다 누군가에게 그 행위를 보여 주는 데 신경을 쓰게 될 수 있다는 거지. 기업에서도 기부 자체보다는 회사의 이미지를 어떻게 하면 더 좋게 만드느냐에 관심을 갖게 될 수 있지. 본말이 전도되는 상황에 이르게 된다고나 할까? 그렇게 되면 정작 자기 눈앞에 도움이 절실한 사람을 만나도 선뜻 돕지 못하게 될지 몰라.

그리고 이러한 개인적 차원의 문제들은 자연스럽게 사회적 차원으로 이어지게 돼. 극단적으로 생각해서 모든 사람이 익명 기부만 하는 사회와 실명 기부만 하는 사회가 있다고 가정한다면, 둘 중 어떤 사회가 더 좋은 사회일까? 대답은 자명해져. 실명 기부도 분명 가치 있는 일이지만, 익명 기부가 더 가치 있는 일이야. 그래서 성경에 '오른손이 하는 일을 왼손이 모르게 하라.'는 말이 있는 것일 테고, 아무도 그 말을 반박할 수 없는 것 같아.

또 이런 생각도 해 보았어. 성경에 쓰인 말 중에서 가장 실천하기 어려운 말이 뭘까? 아마 '원수를 사랑하라.'는 말이 아닐까? '왼 뺨을 때리면, 오른 뺨도 대 주라.'는 말도 비슷하기는 한데, '원수를 사랑하라.'는 말이야말로 인간이 실천하기 어려운 말인 것 같아. 그럼 이번에는 이 말이 정말 옳은지에 대해서도 따져 볼게.

내가 제일 사랑하는 가족을 무참하게 죽인 원수가 있다고 가정하자. 막상 나에게 그런 일이 생긴다면 나 역시 인간이기 때문에 생각조차 마비되겠지만, 지금이니까 생각해 볼 수 있어. 가장 우선적으로 고려해야 할 것은 내 자신에게 원수를 사랑하는 것이 정말 좋은 일인지 판단하는 일이겠지. 나는 대략 세 가지 경우 중에 하나를 선택할 수 있을 거야. 첫째는 원수를 찾아가 죽이는 일이고, 둘째는 원수를 죽이지는 않지만 내가 죽을 때까지 그 원수를 증오하고 저주하는 일이야. 마지막 하나는 용서하기가 정말 힘들겠지만 원수를 용서하는 일이야. 이 세 가지 선택은 각각 나에게 어떤 결과를 가져올까?

첫 번째 경우, 일단 지금 우리의 법에 의하면 나는 원수를 죽여서는 안 돼. 법의 심판을 받도록 하되 사적으로 원수를 갚으면 안 되도록 하고 있잖아. 이런 법을 만든 것 역시 전체적인 사회 질서를 유지하기 위해서 어쩔 수 없는 일이었겠지. 아무튼 그 법을 어기고 원수를 죽였다고 쳐. 그 일이 발각되건 그렇지 않건 간에 변하지 않는 것은 나 역시 살인을 했다는 사실이야. 그리고 또 하나 변하지 않는 건 원수를 죽였다고 해서, 사랑하는 가족이 다시 살아 돌아오지는 않는다는 사실이야.

두 번째 경우, 원수를 죽이지는 않지만 내가 죽을 때까지 원수를 증오하고 저주한다면 법적으로는 아무런 문제도 없겠지. 대부분의 사람들 역시 그런 나를 이해하고 공감할 수 있을 거야. 그런데 그런 나의 행동이 원수와 나에게 각각 어떠한 결과를 가져오지? 원수는 내가 증오하거나 저주하더라도 아무런 변화가 없어. 반면 나는 원수를 증오하고 이를 갈면서 죽을 때까지 불행한 시간들을 보내게 되겠지. 원수를 증오하고 저주한 행위가 오히려 나 자신에게 최악의 삶을 가져오는 것인데, 이는 원수를 벌하는 것이 아니라 오히려 나 자신을 벌하는 것과도 같아. 내가 가장 사랑하는 가족들의 입장에서도 그래. 그들이 비록 죽었지만 만약 그런 내 모습을 볼 수 있다면 얼마나 안타까워할까.

선택은 하나 남았어. 원수를 용서하는 일이야. 정말 용서하기 힘들겠지만, 결국 내가 원수를 용서하게 되었다면 아마도 그때 비로소 나는 평안을 맞이하고 있겠지. 이처럼 기적 같은 일은 가끔 소설이나 영화에서 볼 수 있지만, 아마 현실에서도 우리가 생각하는 것보다 많은 사람들이 이미 원수를 용서하고 살아가고 있을지도 모르겠어. 더 놀라운 기적이 일어나서 세상의 모든 사람들이 원수를 사랑해야겠다는 마음을 스스로 받아들이게 된다면 그때의 세상은 어떻게 달라질까? 천국이 따로 없겠지. 그래서 '원수를 사랑하라.' 는 성경의 말씀은 진리이고, 아무도 반박할 수 없는 것 같아.

생각해 보면 우리가 윤리나 도덕이라고 부르는 것들이 있는 이유는 그것이 우리들 자신에게, 또한 우리가 살아가는 세상에 정말 필요하고 가치 있기 때문인 것 같아. 그런데 우리가 아무 생각 없이 윤리와 도덕을 자기의 것으로 받아들이고 삶 속에서 실천할 수는 없는 것 같아. 정말 이것이 왜 옳은지 스스로 냉철하게 판단하고 스스로를 납득시킬 수 있을 때에만 가능한 일이겠지. 아마 철학자들이 존재하는 이유도 왜 우리가 그렇게 살아야 하는지 알아듣기 쉽게, 그리고 반박할 수 없게 설명하기 위해서일 거야."

다른 선택도 있음을 깨닫다

이런 이야기들을 하다 보니 어느 새 출장지에 도착했어. 작년에도 동일한 출장으로 그곳에 갔었고, 그 전에도 낚시를 하러 갔던 곳이야. 도착한 후 우리 팀 선생님들과 반갑게 인사를 나누고 저녁 식사 후부터 작업을 시작했어. 사실 우리 팀은 출장 전에 이미 작업을 많이 진척해서 들어갔기 때문에 비교적 여유가 있는 편이었지. 작업을 하는 틈틈이, 또 작업이 끝나고 밤늦은 시간까지 2박 3일간 정말 많은 대화를 나누었지. 우리 팀 선생님들로부터도 여러 가지 좋은 말씀을 듣기도 했지만, 주로 내가 겪었던 일이라든가 내가 깨달았던 것들을 쉴 새 없이 쏟아냈어. 나중에 헤어질 때 중학교 선생님은 2박 3일간 아라비안나이트를 들었던 기분이라고 말했을 정도였어.

이야기를 하면 할수록 그 과정에서 더 좋은 생각이나 아이디어를 떠올리게 되었는데, 정말 전에는 한 번도 생각해 보지 못했던 생각을 하게 된 거야. 우리 팀 선생님들이 내 이야기들을 듣고 공감해 주셨기에, 이런 이야기들을 보다 많은 사람들에게 하면 좋겠다는 생각을 하게 된 거지.

사실 난 올해 들어서 학생들과 마음을 나누며 즐거움을 느끼게 되었고, 내가 가르치는 학생들이 변화되고 발전하는 모습을 보며 이전에 느끼지 못하던 보람도 느끼게 되었어. 늘 바쁘게 살고는 있지만 그런 내 삶이 만족스러웠지. 우리 학교에 언제까지 있을 수 있을지는 모르겠지만, 이대로 학교에 남아서 지금처럼 살 수 있다면 좋겠다고 생각하고 있었어.

그렇지만 아직까지 우리나라에는 나이가 들어서도 평교사로 남아 있다는 것에 대해 부정적으로 인식하는 경향이 있잖아. 유능한 사람들은 장학사를 거치거나 승진 점수를 채워 교감, 교장으로 승진하는데, 능력이 모자라거나 노력이 부족해서 평교사로 남아 있는 것 아니냐는 인식이 그것이지. 동료 교사들이나 학생들의 시선뿐 아니라, 가족이나 친척들의 시선도 의식할 수밖에 없어. 물론 일선에서 학생들을 교육한다는 보람과 기쁨으로 승진에 뜻을 두지 않는 분들도 적지는 않지만, 보통은 나처럼 승진에 대한 미련을 버리기가 쉽진 않아. 사실 이번에 교육감님이 바뀌신 후 장학사 시험이 내년 1월로 앞당겨졌는데, 나도 한번 시험을 볼까 생각하기도 했어. 승진 점수 관리를 안 해온 나로서는 승진을 하려면 그 길밖에 없으니까.

그런데 나에게 평교사로 남느냐, 아니면 장학사를 거쳐 교감, 교장으로 승진하느냐의 두 가지 선택밖에 없다는 고정된 생각이 이번 기회에 깨지게 된 거야. 내가 아니더라도 장학사를 거쳐 교장, 교감으로 승진하겠다는 열망을 가진 사람은 차고 넘쳐. 또 내가 교장까지 승진을 하고 63세가 되어 정년퇴직을 했다고 쳐. 그게 과연 내가 꿈꿀 만한 일인가 생각해 보니, 그렇지 않은 것 같았어. 많은 사람들이 달려가는 길을 나 역시도 아무 생각 없이 쫓아가고 있었던 거야. 정말 그렇게 살게 된다면 내 인생이 너무 아까울 것 같고, 나중에 후회하게 될 것 같더라구.

그렇다면 평교사로 남아? 평교사로 우리 학교에 남아서 지금처럼 학생들을 가르치는 기쁨을 느끼며 살아도 되겠지만, 한 번뿐인 삶인데 좀 더 의미 있는 일을 해 보면 어떨까 생각을 했지. 요즘 들어 사람들을 만나면 무언가 많은 말을 쏟아내고 싶은 마음이 저절로 드는데, 강사가 바로 그런 사람이잖아. 내가 강사가 될 결심을 하게 되려고 그랬는지도 모르겠지만, 2학기에 나는 어떤 강사님을 두 번이나 뵈었어.

성함도 기억 못하지만 그 강사님이 학생들에게 성희롱, 성폭력 예방 강연을 하러 오셨을 때 한 번 뵈었고, 얼마 후 또 교직원들을 상대로 양성 평등 교육을 하러 오셨을 때도 뵈었지. 알고 보니 작년에도 우리 학교에 오셔서 강연을 하셨고, 일 년에 1,000회 이상 강연을 하시는 우리나라 1위 강사님 이시래. 그 강사님의 특징은 여러 사람에게 질문을 던지시는 거야. 예를 들면 ' '성(性)' 하면 떠오르는 색은 무엇이고, 그 이유는?' 이런 질문은 10 ~20명에게 물어보는 거야. 다양한 답변이 나오는데, 그 자체로도 재미있어. 그리고 참신한 답변을 하는 사람에게는 상으로 과자도 주셔.

우리 팀 선생님들께도 그 강사님 이야기를 하고, 농담 반 진담 반으로 "저도 교사 그만두고 강사가 되면 어떨까요?" 라고 물어보았어. 그랬더니, 중학교 선생님은 "아, 선생님이 강사가 되면 어울릴 것 같아요." 라고 말했고, 교감선생님께서는 "교사를 그만두고 강사를 하기보다는 교사를 하면서 강의도 다니면 되지 않느냐?" 고 조언을 해 주셨어.

마음을 움직이겠다고 생각하다

조언을 듣고 보니 맞는 말씀 같아. 사실 2, 3년 전까지만 해도 다른 학교 학생들을 대상으로 논술이나 수능을 대비한 강의를 다니기도 했었고, 다른 학교 선생님들을 대상으로도 평가 기법에 대한 강의를 다니기도 했잖아. 그러다가 일이 바빠져서 강의 요청이 들어와도 거절하곤 했었는데, 이제 그런 강의도 다니고 그 외에도 내가 깨달은 바에 대한 강의도 다니면 되는 거였어. 당장 교사를 그만두는 것보다는 교사 생활과 외부 강의를 병행하다가 도저히 두 가지를 함께하기 힘들어지면, 그 때 자연스럽게 교직을 떠나서 강사가 되는 게 더 좋겠다는 생각이 들었어.

내가 강사가 되더라도 그 강사님처럼 우리나라 1위 강사가 되기는 쉽지 않겠지만, 내 나름대로 '이런 강사가 되고 싶다.'는 바람은 있어. 바로 사람의 마음을 움직이는 강사가 되고 싶은 거야. 내 강의를 들은 사람이 스스로 마음을 움직이고 자신의 삶을 변화시키는 그런 강의를 하고 싶어.

예를 들면 학교 폭력이나 따돌림을 예방하려는 목적의 강연들이 많은데, '폭력을 행사하거나 따돌리는 행위를 하면 법에 따라 엄중한 처벌을 받는다.', 혹은 '여러분의 폭력이나 따돌림으로 인해 누군가는 정말 고통스러워한다.'와 같은 말은 사람의 마음을 움직이는 데 한계가 있는 것 같아. 학생들 스스로 정말 왜 학교 폭력이나 따돌림을 해서는 안 되는지 깨닫게 해야만 행동을 변화시킬 수 있지.

언제부턴가 나에게 매일 두 통의 이메일이 날아오는데, '따뜻한 하루'와 '사랑 밭 새벽 편지'라는 데서 오는 편지들이야. 최근에 받은 편지 중에 '거북이를 사랑한 토끼'라는 제목의 편지가 있었어. '토끼와 거북이' 우화의 숨은 이야기로, 대략 이런 내용이야.

토끼는 거북이를 사랑하는 친구였는데, 거북이가 자신의 느린 걸음에 대해 너무 자책하는 것을 마음 아프게 생각했대. 그래서 거북이에게 자신감을 심어 주려고 거북이의 승부욕을 부추기며 달리기 경주를 제안했대. 토끼는 거북이보다 앞서 달리다가 일부러 자는 척을 했대. 거북이가 자기를 깨워 함께 골인하기를 바랐던 것이지. 그런데 거북이는 토끼를 깨우지 않았고,

결국 거북이가 경주에서 이겼어. 그 후로 사람들에게 거북이는 '근면하고 성실하다.'는 칭찬을 듣게 되었고, 토끼는 '교만하고 경솔하다.'는 비난을 듣게 되었대.

정말 가슴에 와 닿은 이야기는 그 뒤에 나와. 그러나 토끼는 정말로 기뻤대. 자기 친구 거북이가 느리다는 자책감에서 벗어나게 되었고, 또 많은 사람들에게 칭찬을 받아 기뻐했기 때문이래.

학생들에게도 마지막 부분을 강조하고 싶어.

"토끼가 거북이가 느리다는 이유로 거북이를 무시하거나 놀리는 친구였다면, 혹은 거북이와의 경주에서 이기려고만 했다면 토끼는 마지막에 느꼈을 그 기쁨을 느끼지 못했을 것이다. 우리 주변에는 빠른 친구도 있고 느린 친구도 있다. 공부를 잘하는 친구도 있고, 못하는 친구도 있다. 잘생긴 친구가 있는가 하면 못생긴 친구도 있고, 나와 생각이나 취향이 다른 친구도 있다. 친구들을 무시하거나 놀릴 수도 있지만 토끼처럼 할 수도 있다. 어떤 선택을 하느냐는 여러분의 자유다. 부디 선택을 하기 전에 스스로 깊이 생각해 보기를 바랄 뿐이다. 누군가를 무시하고, 놀리고, 증오하는 삶이 여러분에게 행복을 가져다줄 것인가, 아니면 누군가를 이해하고, 감싸 주고, 사랑을 나누는 삶이 여러분에게 행복을 가져다줄 것인가? 한 번뿐인 여러분의 삶을 과연 어떻게 살고 싶은가? 조금만 깊게 생각해 보면 여러분 스스로 답을 얻을 수 있다."

내 이야기를 모든 학생들이 받아들이진 않겠지만, 나로서는 이렇게 이야기하는 것이 최선이라고 생각되고 또 그렇게 할 거야. 학생들의 마음을 움직이기 위해서라면 뭐든지 다 하고 싶어. 김상준 선생님을 만난 후 내 인생을 통째로 후회했다는 고백을 하며 눈물로 호소도 하고 싶고, 색소폰을 더 열심히 배워서 강연 중간에 감동적인 연주도 들려주고 싶어. 또 지금까지는 그렇게 못 했지만, 앞으로는 책도 많이 읽고, 영화도 많이 봐서 학생들의 마음을 움직이는 강사가 되고 싶어.

이런 생각을 하게 되자, 그간 막연하게 장학사를 거쳐 교감, 교장이 되려
고만 했던 것이 내가 갈 길은 아님을 깨닫게 되었어. 나도 모르는 사이에
내 자신에게 평교사와 승진이라는 겨우 두 가지 선택으로 굴레를 씌워 왔던
거야.

'강사가 되어 학생들, 선생님들, 학부모님들에게 내가 깨달은 바를 전하
며 마음을 움직이고 싶다. 그것이 가장 나에겐 행복하고 보람된 삶의 길이
다.' 이런 생각을 하다 보니 어느 새 나는 경기도교육감이 되어 있더라구.
하하하. 경기도의 많은 학생들, 선생님들, 학부모님들을 만나서 이야기하고
마음을 움직이다 보면 언젠가 경기도교육감 선거에 나오면 꼭 당선될 것만
같은 느낌이 들기까지 한 거지.

사랑을 생각하다

출장 첫날에 이런 일들이 있었고, 드디어 내가 깨달음을 얻은 출장 둘째
날, 즉 11월 1일이 되었어. 나는 이날을 내가 다시 태어난 날이라고 생각하
는데, 마침 생일을 기억하기도 좋은 날짜야.

아침 식사 후 김창수 선생님과 잠시 산책을 하게 되었는데, 그때 전날 내
가 사람들의 마음을 움직이겠다는 꿈을 갖게 된 이야기를 했어. 그리고 당
신이 들으면 예민해질 만한 이야기도 나누었는데, 바로 여자 이야기야. 당
신이 걱정할까 봐 결론부터 말하자면 지금은 아무런 문제가 아니니까 부디
편하게 들어 줘.

사실 이번 출장을 오는 날에 이런 일이 있었어. 오전의 한 시간 수업은

학생들이 제출한 문학 비평문을 검토하고 학생들과 개별적으로 대화를 나누는 방식으로 진행했는데, 그중 한 친구가 괴테의 '젊은 베르테르의 슬픔'을 읽고 비평문을 쓴 거야. 작가의 문체, 짜임새 있는 구성 등 모든 것이 좋았지만 책을 다 읽은 후에는 짜증이 났대. 그 이유가 자기는 도저히 베르테르의 행동에 대해 이해할 수가 없다는 거야. 약혼자가 있는 로테를 사랑하고, 그녀가 결혼한 후에도 구애까지 한 행동은 있을 수도 없고 있어서도 안 되는 일이라고 썼더라구. 또 로테의 행동도 이해할 수가 없대. 남편이 있는 여자가 베르테르에게 호감을 느끼는 것 자체가 도저히 이해할 수 없다는 거야. 나는 비평문 중에서 이 두 부분에 밑줄을 표시하고, 맨 뒤에 이런 질문을 적어 주었지. '그렇다면 이 책이 오랜 세월 동안 수많은 사람들의 공감을 받을 수 있었던 이유는 무엇일까?'

그리고 이 친구에게 비평문을 돌려주면서 대화를 나눴어. 내가 밑줄 표시를 한 두 부분을 가리키며 물었지.

"이렇게 쓴 게 정말 네 생각이냐?"

"예."

"그래? 그럼 너는 지금까지 살아오면서 누군가를 한 번이라도 사랑했던 적이 있냐?"

"없는데요."

"그래? 난 네 말이 믿기지 않아. 잘 생각해 보면 사랑이라고 거창하게 이름 붙이지 않아도, 혹은 감정의 정도 차이는 있을지 몰라도 사람은 분명 누군가를 좋아하게 돼 있어. 너 역시 초등학교 때든 중학교 때든 네가 만난 사람들 중에서 분명 한 사람이라도 좋아하는 감정을 느낀 적이 있었을 거야. 괜히 친해지고 싶다거나, 혹은 뭔가 말을 건네 보고 싶다거나, 혹은 그 사람 앞에서는 가슴이 두근거리는 그런 거. 네가 나무나 돌이 아니라면 분명 그런 감정을 한 번이라도 느꼈을 거야."

이 친구가 '그랬나?' 하는 표정을 지었고, 나는 말을 계속했어.

"그리고 너는 베르테르나의 로테가 느낀 사람의 감정이 있을 수도 없고 있어서도 안 되는 일이라고 했지. 그런데 사랑이라는 감정을 과연 우리가 통제할 수 있는 것일까? 이러한 감정은 인간의 본성에서 자연스럽게 흘러나오는 것이기 때문에 막으려 해도 막을 수 없어. 거칠게 말해서 맛있는 음식을 보면 누구나 먹고 싶다는 마음이 생기는 것을 막을 수 없는 것과 비슷하지. 네가 빵을 먹고 있는데, 친구에게 갓 튀긴 치킨이 배달됐어. 바삭바삭 맛있게 튀겨졌고, 고소한 냄새가 코를 찔러. 그럼 당연히 치킨도 먹고 싶다는 생각이 들겠지? 물론 치킨은 친구의 것이기 때문에 친구가 잠시 자리를 비운 사이에 몰래 그 치킨을 먹는 것과 같은 행동은 부도덕한 일이지. 그러나 치킨을 먹고 싶다는 욕구 자체는 어찌할 도리가 없어. 인간이 자신의 욕구에 따라서 아무렇게나 행동하면 문제가 생기기 때문에 윤리나 도덕이 필요하겠지.

사실 이렇게 말하는 나도 요즘 아내 이외의 다른 여자를 좋아하고 있어. 난 아내를 정말 사랑해. 지금의 아내를 만나 결혼한 것이 내 삶의 가장 큰 축복이었다고 생각하고 있고, 또 아내와 같은 날 같은 시에 죽는 것이 소원이기도 해. 그런데도 또 다른 여자를 좋아하는 감정이 생기는 것을 막을 수는 없었어. 물론 사랑하는 아내의 남편으로서, 또 아이들의 아빠로서 넘지 말아야 할 선을 넘을 생각은 조금도 없어. 그럼에도 불구하고 감정 자체를 부정할 수는 없는 거야. 너도 네 스스로의 감정에 대해 조금만 더 마음을 열고 느껴 보면 베르테르의 마음을 이해할 수 있을 것이고, 나중에 더 멋진 사랑을 하게 될 거야."

내가 그 친구에게 말했던 여자는 바로 우리 팀의 유일한 여선생님인 초등학교 선생님이야. 작년 작업도 그분과 함께했었어. 사실 학교에서 매일 대하는 여선생님들도 많지만, 그분들과는 마음속 이야기를 나누기 어려워. 단지 인사말이나 일상적 대화들만 나눌 뿐이지. 그런데 짧은 기간이지만 함께 합숙 작업을 하다 보면 마음을 열고 많은 이야기를 나누게 돼. 그 과정에서 서로가 어떤 사람인지 이해하게 되고 그만큼 정도 깊어져.

작년에 처음 같이 작업을 하면서 농담을 주고받을 정도로 친해졌고, 내 스스로 그 선생님을 좋아한다고 생각해 본 적은 없는 듯하지만, 그 선생님에 대한 느낌이 좋은 편이었어. 신앙심이 깊고 나와는 사고방식이 많이 다르긴 하지만, 얼굴도 곱고 마음씨도 고와. 또 당신처럼 내 말도 잘 들어 주고 이해해 주지. 작년 작업 후 일 년이 지나 이번에도 함께 작업을 하게 되었는데, 지난주 사전 모임에서 다시 만났을 때 참 반갑더라구. 또 함께 작업을 하게 돼서 기뻤어. 그리고 출장을 오기 전에 몇 번 전화 통화나 문자 메시지로 작업에 대한 이야기를 주고받으며 더욱 친근감을 느끼게 되었어. 좀 전의 그 친구와 이야기를 하기 전까지는 내 감정이 뚜렷하지 않은 편이었는데, 막상 이야기를 하고 보니 내가 정말로 그 선생님을 좋아하고 있다는 것을 실감하게 되었지.

(이때, 나에 대해 유달리 촉이 발달한 아내는 사실 요즘 내가 누군가를 좋아하고 있는 듯한 느낌이 들었다고 말했다.)

이번 작업을 할 때도 서로 친하게 지냈고 많은 이야기를 나누며 더 가까워질 수 있었어. 그런데 작업이 끝나면 헤어지게 될 것이고, 다시 일 년 동안 연락이 끊겨. 아니 내년 작업은 같이 못 할 수도 있으니까 영원히 연락이 끊길 수도 있어. 그래서 어떻게 할까 생각하다가 아무래도 내 스스로 판단하기는 어려울 듯해서 산책 중에 나를 가장 잘 이해하는 김창수 선생님에게 이 이야기를 털어놓고 조언을 구했어.

"김샘, 나는 내 아내를 정말로 사랑하지만, 그 선생님에 대해 좋아하는 감정이 있는 것도 사실이야. 내가 그 선생님에게 솔직하게 선생님을 좋아하는 감정이 있다고 말하고, 그렇다고 해서 나는 선생님의 손이라도 잡아보겠다는 마음조차도 없으니까 부담은 갖지 마시고 남녀 사이지만 우정을 맺으면 어떨까 하고 말하는 게 좋겠어, 안 하는 게 좋겠어? 김샘은 이성적인 사람이니까 나에게 조언을 해 줘."

김샘이 한동안 말이 없어. 그래서 내가 대답을 재촉했지.

"그런 말을 하는 했을 때와 하지 않았을 때 앞으로 내 삶이 어떻게 바뀌게 될지, 혹은 윤리적인 측면에서 그런 말을 하는 것이 문제가 되는지 그렇지 않은지 판단을 해 줘."

그랬더니 김샘은 내가 생각하지 못했던 측면에서 이야기를 했어.

"글쎄, 상대방의 입장에서 생각해 보는 것이 제일 중요할 것 같아. 그 선생님도 김샘에 대해 좋은 감정을 가지고 있을 수도 있겠지만, 그 자체는 별개의 문제인 것 같아. 문제는 그 선생님도 김샘처럼 배우자가 있는 사람인데, 남편 이외의 다른 남자에게 좋아한다는 말을 듣게 된다면 그 자체가 그 선생님에게는 큰 부담감으로 느껴지게 된다는 거지. 그래서 내 생각은 그런 말을 안 하는 게 낫다는 거야."

김샘의 말을 듣고 보니 아차 싶었지. 나는 내 생각만 했던 것이고, 하마터면 큰 잘못을 저지를 뻔했던 거야. 나는 김샘에게 정말 좋은 충고였다고 고마움을 전했지. 그리고 김샘의 말을 듣고 생각해 보니, 좋아하는 마음이 드는 것은 막을 수 없지만, 사랑은 혼자 하는 것이 아니기 때문에 그것을 표현하는 것에는 제한이 따른다는 것을 깨닫게 되었어. 또 이런 생각도 들었어. 좋아하는 감정이 있는데, 그것을 그 사람에게 직접적인 말로 표현하는 것과 그렇지 않은 것은 사실 별 차이는 없다는 생각이었지. 좋아하는 마음이 자연스럽게 생겼다면, 그 마음을 그냥 자연스럽게 느끼면 되는 것이지 굳이 말로 표현할 것이냐, 그렇지 않을 것이냐를 두고 고민할 필요가 없다는 생각이었어.

그런데, 말이 많은 나는 그 뒤에 우리 팀 선생님들에게 수많은 이야기를 쏟아내다가 결국 그 이야기까지 하게 되었어. 대신 그 여선생님이 아닌, 다른 데서 만난 어떤 선생님을 좋아하고 있는 것처럼 포장해서 이야기를 했지. 그리고 선생님들이라면 어떤 선택을 하는 게 좋겠냐고 물었더니, 선생님들 역시 말로 표현하지 않는 것이 좋겠다는 의견이셨어. 그리고 그 여선생님께는 선생님은 결혼하신 여자이시니까 그런 고백을 받았다면 어떤 느낌일 것 같으냐고 물어보기도 했지. 나는 우회적인 질문일 것이라 생각하고 물어보았는데, 나중에 김샘에게 이 이야기를 하니, 김샘은 그렇게 질문한 것 자체가 직설적인 것이었다고 하더군. 아무튼 그 질문에 대해 선생님은 쉽게 답변하지 못했고, 대신 "그런데 궁금하네요. 그 여자 분이 누구시죠?" 하고 내게 물었어. 나는 "내 이야기라면 뭐든 솔직하게 털어놓을 수 있지만, 다른 분에 대한 이야기이기 때문에 그분의 프라이버시를 위해 밝히기 어렵습니다." 라고 말하고는 슬쩍 넘어갔지.

(이 책이 출판되면 우리 팀의 모든 선생님께 한 권씩 드리기로 약속을 했기 때문에, 결국 나는 그 때 답하지 못했던 질문에 대답을 하게 될 것이다.)

깨달음을 얻다

이제 드디어 내가 깨달음을 얻은 이야기를 할게. 이날 우리 팀은 오전과 오후에 작업이 많이 진척해서, 저녁 식사 후 한두 시간만 더 하면 작업이 거의 끝나게 되는 상황이었지. 작업실에서 선생님들이 다 모이실 때까지 기다리는 동안, 작업에 필요할까 해서 가져온 책들 중에 한 권을 집어 몇 쪽 읽게 되었어.

책의 제목은 '오연호가 묻고 법륜 스님이 답하다' 였는데, 그 중에서 유독 눈길을 끄는 대목이 있었지. 법륜 스님은 원래 과학자의 꿈을 가지고 계셨는데, 고등학교 1학년 겨울에 불쑥 절로 들어가게 되셨대. 그 계기가 된 것이 후에 법륜 스님의 스승님이 되신 한 스님과의 문답이었는데 대강 이런 내용이야.

당시 학생이던 법륜 스님이 시험을 잘 쳤으면 하는 마음에 법당에서 기도를 하고 나오는데 절의 스님께서 부르셨대. 이 스님은 학생들을 한번 붙잡으면 말씀이 끝이 없으신 분이셔서 "스님, 오늘 저 바쁩니다." 했대. 그랬더니 "그래?" 하시더니 "너 어디에서 왔어?" 이렇게 물으셨대. "도서관에서 왔습니다." 라고 대답하자, "도서관에서 오기 전에는?" 이런 식으로 자꾸 물어서 결국 "어머니 뱃속에서 나왔죠." 하니까, "어머니 뱃속에서 나오기 전에는?" 또 이렇게 물으셨고, 법륜 스님이 "그걸 제가 어떻게 압니까……." 하셨대.

그랬더니 "그러면 너 이제 어디 갈 거니?", "지금 도서관에 가야 됩니다.", "도서관에 갔다가는?" 이런 식으로 자꾸 물으셔서 결국 "죽죠, 뭐." 하니까, 다시 "죽고 난 뒤에는?" 하고 물으셨는데, 법륜 스님이 "모르겠습니다……." 했대. 그랬더니 스님이 벽력같이 고함을 치면서 "야 이놈아, 어디에서 와서 어디로 가는지도 모르는 놈이 바쁘기는 왜 바빠!" 라고 말씀하셨대. 그 얘기를 듣고 나니 법륜 스님의 머리가 띵해졌대. 귀먹고 눈먼 것 같았대.

이 부분을 읽고 있는데, 마침 초등학교 선생님이 문을 열고 들어와 내 옆자리에 앉았어. 좋은 내용인 것 같아서 그 선생님에게도 읽어 보라고 권했지. 선생님이 다 읽고 미소를 짓기에, 갑자기 장난기가 발동해서 나도 이렇게 물었지. "선생님은 어디서 왔어요?" 대답이 없어. 또 물었지. "선생님은 어디로 가요?" 김샘처럼 신중한 분이셔서 그런지 역시 대답이 없어.

그러자 나는 "나에게 그런 질문을 했다면, 나는 지금까지 계속 여기에 있었고, 앞으로도 계속 여기에 있을 거라고 답했을 거예요."라고 말했지. 그리고는 순간적으로 그 말에 대해 그럴싸한 근거를 갖다 붙였어.

"주먹만 했던 우주가 대폭발을 일으켜 지금처럼 광대해졌다고 한다.(주먹만 했다는 것은 잘못된 지식이었다. 마침 지금 이 부분을 워드로 치고 있는데, 마침 같은 교무실에서 일하는 물리 선생님이 저녁 식사를 하고 돌아왔다. 빅뱅 이전에 우주가 정확히 얼마만한 크기였냐고 물어보니, 공간과 시간은 빅뱅 이후에 생겨났기 때문에 그 이전에는 크기가 얼마였다고 말할 수조차 없다고 했다. 내가 그러면 점처럼 작았냐고 다시 물어보니, 수학적으로 점은 크기를 갖지 않기 때문에 그렇게 말할 수도 있겠다고 했다.) 나를 비롯한 우주의 모든 물질은 애초에 거기서 터져 나와서 수많은 변화를 거쳐 지금 여기에 있게 되었다. 따라서 지금 우리가 지각하는 공간의 차이를 무시하면 결국 나는 '여기'에 있었던 것이라고 말할 수 있다.

또 공간에 대한 기준을 넓혀서 우주에서, 혹은 먼 별에서 지금의 나를 보고 있다고 생각해 보자. 내가 "수원의 우리 집에서 이곳으로 왔다."고 한들 우주에서 보면 거의 이동한 것도 아니다. 우리가 미생물을 관찰할 때 미생물이 제아무리 이동한다고 해도 우리 눈에는 거기 있는 것으로 보이는 것과 마찬가지로, 우리 역시 어차피 지구라는 작은 공간 안에 그대로 있는 것에 불과하다.

또 난 어디로 가나? 어디로든 가려 해도 갈 수가 없다. 내가 미국이나 아니면 아프리카로 간들 우주에서 보면 결국 지구라는 작은 공간에 있는 것에 불과하다. 죽어서 내 몸이 썩고 흙이나 먼지, 공기나 물이 되어도 나는 결국 여기에 있을 수밖에 없다. 물질의 상태는 달라지겠지만 영원히 사라지지 않고 여전히 여기, 즉 좁게 말해서 지구, 넓게 말해서 우주라는 이 공간에 있게 된다. 그래서 나는 영원히 여기에 있다고 말할 수 있다."

그 선생님께 이렇게 말하고 보니 내 스스로도 정말 그런 것 같아. '아, 이게 맞는 거구나!' 만약 내가 선생님께 질문을 던지지 않았거나, 혹은 내가 나서서 답변하려 하지 않았더라면 내가 어디서 와서, 어디로 가는지에 대해 이렇게까지 생각해 보지는 못했을 거야. 곧 작업을 시작하고 다른 일들에도 쫓기다 보면 나중에는 질문조차 잊어버릴 수도 있었겠지.

아무튼 이때의 문답을 통해 내 자신이 지금껏 좁은 공간에 갇힌 사고를 해 왔음을 깨닫게 되었고, 동시에 그 공간이라는 장벽을 뛰어넘은 것만 같아서 심장이 쿵쾅거렸어. 이어서 수많은 생각이 떠오르기 시작했어. 불과 30분도 안 되는 시간이었지만, 나는 지금까지의 나와는 완전히 다른 사람으로 다시 태어났음을 느끼게 되었지.

사실 책의 앞부분에 인상 깊었던 구절이 하나 더 있었어. 법륜 스님의 스승님께서 법륜 스님께 "최제우 선생은 그때 100년 앞을 내다보고 동학을 만들었는데, 너는 1,000년 앞을 내다보고 살아야 한다."는 말씀을 했다는 구절이었지.

그 구절을 보고 나는 바로 내년을, 아니 내일을 어떻게 살아야 할지도 모르겠는데 1,000년 앞을 내다보고 산다니 놀랍기도 하고 부끄러운 마음도 들었었지. 그런데 깨달음을 얻고 생각해 보니, 나는 1,000년만이 아니라 영원히 존재하는 것이더라구.

물론 내 육신이야 산산이 흩어지겠지. 또 영혼이 있다는 것을 증명할 수는 없으니까 지금의 나처럼 생각하는 존재로 남을 것이라고 장담할 수도 없겠지. 그러나 예를 들어 얼마나 많은 사람들의 마음을 움직일 수 있을지는 모르겠지만, 교통신호에 걸려도 즐거워할 수 있다는 내 말을 받아들이고 그렇게 살아가는 사람들이 있다면 나는 죽어도 존재하게 돼. 그 사람들은 또 다른 사람들의 마음에 영향을 줄 것이고, 그 영향은 사람들뿐만 아니라 동물이나 식물, 나아가 온갖 사물에 이르기까지 끝없는 영향을 미치게 돼.

생각해 보니 내가 살아가는 동안 세상에 남기는 영향이 좋은 것이든 나쁜 것이든, 그것은 또 다른 작용을 낳고 낳아 결국 영원히 이어지게 돼 있는 거야. 어찌 보면 놀랍고, 또 어찌 보면 두렵기도 한 거지.

이렇게 생각을 하게 되자 공간과 시간이라는 벽이 내 앞에서 허물어지고 있는 듯한 느낌을 받았고, 나는 마치 거창한 깨달음을 얻은 것만 같았어. 그리고 이때 다시 그 그림이 내 머릿속에 떠올랐어. 살아오면서 스스로를 벽 속에 가두어 버린 섬 아이의 그림 말이야. 그 섬 아이는 바로 나 자신이 었어. 그동안 내가 생각하고 행동해 온 모든 것들이 좁은 벽 안에 갇혀서 버둥거려 온 것에 불과하다는 생각이 들었던 거지. 바로 하루 전까지만 해도 경기도교육감이 될 수도 있지 않을까 생각했던 내 자신이 우습게 느껴지기도 했어.

나는 매우 흥분한 상태였어. 나를 둘러싼 벽을 허물었다는 느낌. 보잘것 없는 존재일지라도 나는 영원성을 지닌 절대적인 존재가 아닌가! 나는 컴퓨터 앞에 앉아 거창하게 다음과 같은 내용을 기록했어.

마흔이 넘어 비로소 나는 날개를 달았다.
비로소 확실한 나의 꿈을 꾸게 된 것이다.
무엇이 된다는 것 자체는 그리 중요하지 않다.
중요한 것은 내가 어떤 영향을 남기느냐는 것이다.
결론적으로 나의 꿈은 가장 훌륭하게 살아가는 것이다.
기왕 꿈을 꾸게 되었으니, 나는 가장 큰 꿈을 꾸며 살 것이다.

칸트를 만나다

그리고 우리 팀 선생님들이 다 모이셔서 저녁 작업을 시작하게 되었을 때, 나는 이렇게 말했어.

"선생님들, 제가 깨달은 바가 있어서 그 이야기를 하고 싶은데, 우선은 작업을 해야 하니 작업이 끝나면 말씀드릴게요. 제 나름대로는 방금 전에 큰 깨달음을 얻고 다시 태어난 것 같아요. 제 중대 발표를 기대해 주세요."

그리고 한두 시간 동안 작업을 마무리한 후에 예고한 대로 그 '중대 발표'를 한 거야. 내가 깨달은 내용과, 그래서 갖게 된 내 꿈을 말씀드렸지. 마흔이 넘은 나이에 어린 시절에나 꾸었을 법한 거창한, 아니 황당한 꿈 이야기를 했기에 말하는 나 자신도 우스운 감이 있었지만 나는 진정을 다해 내 꿈을 말했어. 그리고 오늘이 내가 다시 태어난 날이자 내 생애 최고의 날이라고 말씀드렸지. 내 이야기를 들은 우리 팀 선생님들은 정말 '중대 발표'가 맞기는 한 것 같다고 말씀해 주셨어.

나는 선생님들께 지금까지 삶이 무엇인지, 내가 누구인지도 모른 채 살아온 것 같다고 말씀드렸어. 그리고 이제 내 목표는 딱히 무엇이 되려고 하기보다는 나머지 삶을 나를 있게 한 이 세상을 조금이라도 더 좋은 세상으로 만드는 데 쓰고 싶다고 말했어. 그리고 이러한 꿈을 이루기 위해 우선은 내가 깨달은 내용을 사람들에게 말과 글을 통해 전하는 데 힘쓰면서 앞으로 내가 어떤 일을 해야 하는지 생각해 보겠다고 했어. 물론 선생님들이 걱정하시는 것처럼 내일 당장 교사를 그만두지는 않고, 천천히 준비해 갈 것이라고 말씀을 드렸지.

그 외에도 이런 저런 이야기들을 나누다 보니 밤이 깊었는데, 뚜렷하게 기억에 남을 만큼 특별한 일이 하나 더 있어. 내가 철학을 전공하신 부장님께 불쑥 이런 질문을 던진 거야.

"부장님, 우주의 어떤 별이라든가 혹은 다른 차원의 세계가 있는데, 그곳의 생물들은 수시로 자기 복제가 가능한 바이러스들이 진화해서 이루어졌다고 가정해 봅니다. 칸트의 정언 명령처럼 우리는 '무고한 생명을 죽여서는 안 된다.'고 판단하지만, 그 세계에서는 죽음이라는 개념 자체가 성립하지 않기 때문에 이러한 도덕 법칙 역시 절대적이라고 할 수는 없지 않을까요?"

워낙 뜬금없는 질문이었던 탓인지 부장님께서는 선뜻 말씀이 없으셨고, 나는 바람도 쏘일 겸 잠시 베란다로 나왔어. 그리고 저수지 위의 흐린 밤하늘을 바라고 있을 때 정말 신기한 경험을 했어. 갑자기 웬 나직한 목소리가 귓가에 울리는 거야. 하루에도 수많은 생각들이 떠오르기는 하지만 그럴 때와는 느낌이 전혀 달랐어. 실제로 내가 아닌 누군가가 내 귓가에 이야기하는 느낌이었지. 그 나직한 목소리는 내게 이렇게 말했는데, 너무 또렷하게 들려서 내가 그 내용을 그대로 재생했을 정도야.

"그렇다면 세상에 도덕이라는 개념을 설정하는 것 자체가 불가능하다. 인간은 자신이 속한 세계에 몸담고 살아가는 존재이므로, 인간이 추구해야 하는 도덕 법칙 역시 자신이 속한 세계의 특성 속에서 규정될 수밖에 없다."

순간 나에게 이런 말을 들려준 나직한 목소리의 주인공이 칸트라는 생각이 스쳤고, 나는 놀라서 방으로 뛰어 들어오며 부장님께 말했어.

"부장님, 저 방금 칸트를 만났어요."

그리고 부장님께 내가 들은 말을 재생했더니, 부장님은

"어? 그게 정답인데!" 하시며, 칸트의 도덕 법칙 중 세 번째가 바로 '모든 이성적 존재자는 그가 속한 목적의 왕국의 구성원인 것처럼 행위하라.'는 것이라고 말씀하셨어. 그리고 아이처럼 눈을 반짝이면서 물으셨어.

"진짜 칸트를 만났어?"

"예, 칸트 형님이 오셔서 제게 말해 준 것처럼 느껴졌어요."

"그래? 지금 밖에 별 떴나?"

씩 웃으며 베란다로 나가시기에, 나는 뒤에서

"아뇨, 흐려요. 그렇지만 분명 칸트의 목소리였던 것 같아요."

하고 말했지.

부장님의 말씀을 듣고 나 역시 이 세계에 속한 사람이고, 어차피 다른 세계에 대해서는 인식할 수도 없으니까 앞서 내가 떠올렸던 질문은 무의미한 것이었음을 알 수 있었지. 나에게 이런 일이 생긴 것이 신기하기도 해서 잊어버리기 전에 바로 컴퓨터에 기록해 두었어. 그리고 좀 더 이야기들을 나누다가 다른 분들은 먼저 잠이 들었고, 나는 그 날 일어난 일들을 잠시 정리해 본 후 잠자리에 들었어. 여기까지가 내가 깨달음을 얻고 다시 태어난 날에 대한 이야기야. 조금 쉬었다가 두 번째 날에 대한 이야기를 할게.

(그러나 그때만 해도 나는 내게 왜 그런 일이 일어났는지 이해하지 못했다. 그러나 지금 이 부분을 워드로 치고 있는 시점으로부터 3일 전인 11월 15일 토요일에야 조금이나마 그 일의 의미를 이해하게 되었다.)

취미를 바꾸다

(아내가 차 한 잔을 더 마시는 동안 나는 담배를 피우고 돌아왔다. 담배 좀 끊으라는 아내의 말에, 나는 "담배를 끊어서 몇 년 더 살면 뭐가 크게 달라지나? 시간의 벽을 없애 봐. 벽에 똥칠을 하며 몇 년 더 사는 게 과연

얼마나 큰 의미가 있을까?" 하고 받아친 후 다시 이야기를 시작했다.)

그리고 다음날, 내가 다시 태어난 지 둘째 날이자 오늘이 되었어. 늦게 잠들었는데 깨기는 다른 분들보다 한 시간 정도 먼저 깼지. 조용히 욕실로 가서 따뜻한 물로 샤워를 하는데 또 난데없이 이런 말이 떠오르는 거야.

"사람을 낚는 어부가 되라."

어제 내가 생각했던 것들을 한 마디로 압축한 말이었어. 그래야겠다. 당연히 그래야겠다는 생각이, 아니 확신이 들었어. 사실 어차피 색소폰을 배우기 전까지는 내 유일한 취미가 낚시였잖아. 틈만 나면 낚시를 갔고, 큰 고기를 잡으면 사진을 찍어 사람들에게 보내고 자랑하기도 했지.

지금 생각해 보면 그냥 재미 삼아 물에서 잘 놀고 있는 물고기들에게 상처를 입히거나 물고기들을 죽였던 거야. 학교 식당에서 빵 같은 것이 나오면 가져가서 학교 연못의 물고기들에게 던져 주곤 했는데, 그런 행동도 물고기들을 괴롭히는 내 자신에 대한 보상 심리였던 것 같아.

사람을 낚는 어부. 참 멋진 말이잖아? 사람의 마음을 움직이고, 행동을 변화시키고, 내가 느끼는 행복감을 함께 느끼게 하고, 세상을 더 아름답게 만드는 일. 그보다 가치 있는 일은 또 없을 것 같아.

내 스스로 모든 벽을 허물어 버린 듯한 홀가분한 느낌은 정말 날개를 달고 하늘이라도 날 것만 같은 기분이었어. 샤워를 마치자마자 또 컴퓨터 앞으로 달려가 '사람을 낚는 어부가 되라. 물고기 낚시가 취미였던 나, 이젠 사람 낚시다!' 라고 입력하면서 생각해 보니, 내가 봐도 내가 많이 이상해 졌어. 살짝 미친 것 같다고나 할까. 그래서 또 이런 말이 떠올라서 컴퓨터에 기록했어.

'미치면(到) 미친다(狂).'

지금껏 깨닫지 못하던 뭔가 대단한 것을 깨달은(到) 느낌인 동시에 예전의 의식 상태와는 완전히 달라졌기 때문에 미친(狂) 듯한 느낌이 들었던 거지. 그런데 이렇게 쓰고는 어쩐지 어디선가 들어 본 말인 듯해서 인터넷을 검색해 보니, 정민 선생님의 책 제목이 '미쳐야 미친다(不狂不及)' 였어. 순서는 바뀌어 있었지만, 결국 같은 말이었지.

그리고 혼자 바람을 쐬러 정원에 나갔다가 들어오면서 엘리베이터를 기다리고 있는데, 내가 웬 노래를 흥얼거리고 있잖아. 30년도 더 전에 가수 김태곤이 발표했던 '송학사' 라는 노래였어.

산모퉁이 바로 돌아 송학사 있거늘
무얼 그리 갈래 갈래 깊은 산속 헤매나
밤벌레의 울음계곡 달빛 곱게 내려앉나니
그리운 맘 님에게로 어서 달려 가보세

나도 모르게 흥얼거리고 있는 노래 가사를 음미해 보니, 정말 맞는 말이야. 가사에서처럼 송학사는 바로 내 옆에 있었어. 아니 난 이미 송학사에 있던 거야. 다만 눈이 어두워져 송학사에 있으면서도 여기가 송학사인 줄도 모르고 살아왔던 거야. 부질없는 생각들 때문에 수없이 괴로워하기만 했었고, 내 길이 아닌 길을 끝없이 헤맸던 거야. 내가 있는 송학사는 이토록 아름다운데, 아무것도 보지 못하고 나는 정말 어리석게 살아왔음을 느낄 수 있었어.

그 후로는 무엇을 보거나 무슨 생각을 해도 이전에 내가 보고 생각하던 것과는 달라졌어. 새로 태어나 비로소 눈을 뜨고 세상을 바라보게 되었고, 아무것도 막힘없이 생각하게 되었다고나 할까.

사랑을 다시 생각하다

예를 들어 당신이 걱정하고 있을 그 사랑이라는 감정조차도 무의미하게 느껴졌어. 생각해 보니 사랑이라는 감정도 하나의 벽일 뿐이더라구. 우리가 누군가를 사랑한다고 느낄 때, 그 대상에 대해서 우리는 일종의 벽을 만들어. '그 사람의 얼굴은 이러저러하게 예쁘다.', '그 사람의 성격은 이래서 나와 딱 맞는다.', '그 사람은 누구보다 내 말을 잘 들어 주고, 나를 잘 이해한다.' 등등. 그러나 그 사람 자체는 내가 생각하는 그런 사람이 아니야. 그 사람에게는 내가 보지 못하는 수많은 다른 모습들이 존재하지. 다른 사람들 눈에는 내가 보는 것과 달리 보여. 그럼에도 불구하고 나는 내가 본 대로, 내가 느낀 대로 그 사람에 대한 상(像)을 만들어. 그리고 그 상을 그 사람에게 뒤집어씌우고 그 사람은 정말 그렇다고 자기 최면을 걸어.

그러다 보면 세 가지 경우를 만나게 될 거야. 하나는 언제가 될지 모르지만, 내가 씌운 그 상이 허상이었음을 느끼게 되는 거지. '아, 그 사람은 내가 생각하던 그 사람이 아니었구나!' 한동안 허망함에 사로잡히겠지만, 아마 대부분은 돌아서서 허상을 뒤집어씌울 또 다른 대상을 찾게 될 거야.

다른 한 가지는 허상이 씌워 있는 채로 헤어지게 되는 거야. 아쉽지. 다들 이별을 무척이나 슬퍼하잖아. 심지어 신체의 일부가 떨어져 나가는 듯한 고통을 느끼기도 해. 그러나 그 고통마저도 내가 만든 허상에서 나온 것임을 깨닫는 사람은 많지 않을 거야. 그리고 계속 착각을 하지. '그 사람이 내 곁을 떠났다.', '다시는 만날 수 없어서 절망스럽다.' 그것도 아니야. 떠나긴 어딜 떠나. 여기 이 작은 공간에 함께 있잖아. 그 사람의 얼굴을 눈으로 보고, 그 사람의 목소리를 귀로 듣고, 그 사람의 몸을 손으로 만지지는 못하지만, 그런 것 하나하나에 연연하는 것 역시 벽이야. 헤어졌다고 느끼지만, 사실은 헤어지고 싶어도 우리는 영원히 헤어지지 못하는 거야. 여기 함께 있으면서도 서로 간의 그 얼마 되지도 않는 거리가 벽이 되어 영원히 떨어진 것처럼 느끼는 거지. 또 시간의 벽에도 갇혀 있어. '그 사람과 평생을 함께하고 싶었는데, 고작 일 년 만에 이별이라니!' 시간의 길이가 정말 그렇게 중요한가? 시간에 연연하는 것도 벽이야. 영원에 비추어 보면 백 년이든 일 년이든 결국 순간이야.

세 번째는 우리가 가장 바람직하게 생각하는 거야. 사랑의 마음이 변하지도 않고, 사랑하는 사람과 평생 사랑을 나누다가, 백만 분의 일 초도 어긋나지 않는 순간에 함께 죽는 거야. 그러면 이별의 아픔을 느낄 일도 없겠지. 그러나 이런 건 정말이지 꿈같은 일이야. 복권에 백 번 당첨되는 것보다 더 일어나기 힘든 기적 같은 일이지. 사실 평생을 함께 사랑을 나눌 수 있다면, 그 자체로 이미 기적이야. 사랑의 감정도 쉽게 변해. 온도가 늘 일정하지는 않지. 허상이 벗겨지는 듯한 기분을 수없이 느낄 거야. 그러면서도 서로에 대한 의무감으로, 다시 말해서 서로가 서로에게 허상을 씌운 행위에 대한 일종의 책임감으로 사랑을 이어 가려고 노력하겠지. 가끔씩이나마 뜨거웠던 시절의 추억을 떠올려 위안을 삼으면서 말이야.

그래서 사랑의 종류를 구분하는 것 같아. 내가 이야기한 것은 남녀 간의 사랑, 즉 에로스를 두고 한 말이지만, 인간의 사랑은 크게 다르지 않아. 친구 간의 우정, 즉 필로우 역시 조건부 사랑이야. 부모가 자식을 사랑하는 마음은 에로스나 필로우보다 훨씬 깊기는 하지만 역시나 인간의 사랑이야.

많은 부모들이 자신이 만든 허상을 자식에게 뒤집어씌우고 그 허상을 사랑하고 있어. 이와 달리 신의 사랑, 즉 아가페는 절대적이고 영원한 사랑이지. 아무튼 깨달음을 얻고 나서 나는 사랑이라는 감정 역시 하나의 벽이었음을 느끼게 되었고, 당신이 걱정할 필요가 없을 만큼 사랑이라는 것에 대해서 무덤덤해졌어.

또 생각해 보니 사랑뿐만 아니라 내가 느껴 온 모든 감정 역시 내 나름의 벽이었던 것은 아닐까 싶었지. 가까운 예로, 색소폰을 연습한 지 얼마 되지 않아서 발표회에 참여하고 사람들에게 녹음을 해서 들려주기도 했던 내 행동에 대해 스스로 쑥스럽다고도 느꼈는데, 이런 감정 역시 타인의 시선이라는 벽을 뛰어넘지 못했기 때문이야. 우리는 흔히 '이럴 때는 이렇게 느끼게 된다.'는 일종의 암묵적 합의를 하고 있는 것 같기도 해. 이런 것들이 벽이 되기 때문에 우리가 느끼는 감정마저도 온전히 자신의 것은 아니라고 볼 수도 있어.

또 내가 바라보는 것들이 무엇이 됐건, 나에게는 깨달음을 얻기 이전과는 다른 모습으로 다가왔어. 예를 들어 아침 식사를 하고 잠시 숙소 앞을 거닐며 단풍나무를 올려다보는데도 마치 무언가 삶의 이치를

보는 것 같아. 예전에는 가을이 되어 아름답게 물드는 나무들을 보며 부끄러움을 느꼈던 적이 있었어. 우리 사람으로 치면 늙거나 죽음을 맞이하는 순간에도 나무들은 저렇게 아름다운데, 우리들은 너무 추하게 늙어가다가 죽음을 맞이하는 것 같다는 부끄러움이었지.

그런데 이제 나무를 보면 그런 구분조차도 없어져. 나무 한 그루에도 모든 이치가 담겨 있어. 수많은 나뭇잎들은 각각 '나' 와 '너' 이면서, 그 자체로 한 그루의 나무야. 그러다가 하나 둘 가지에서 떨어져 내 눈에는 이별을 하는 모습처럼 보이지. 그러나 이별은 없어. 죽음도 없지. 떨어져 썩어가는 나뭇잎은 대기를 통해 여전히 그 나무와 교류하고 있어. 나뭇잎이 흙이 되고 양분이 되어 다시 그 나무의 뿌리를 타고 올라가 또 다른 '나' 와 '너' 이면서 한 몸인 나무로 변화하는 과정을 끝없이 반복하고 있는 거야. 동시에 그 나무는 대지나 혹은 그 나무를 바라보는 나를 포함한 우주의 모든 존재들과 끝없이 영향을 주고받고 있어. 아니, 하나로 묶여 있다고도 할 수 있겠지.

상징으로 받아들이다

사람들을 대할 때의 내 모습도 이전과는 달라졌어. 우선 내가 전에는 예사로 하던 말들을 더 이상 못하게 되었다는 점을 들 수 있어. 여전히 말을 많이 하기는 하지만, 전처럼 수많은 벽에 갇혀 있으면서도 그 벽을 의식하지 못한 채 늘어놓게 되는 말들은 못하게 된 거야. 대신 남들이 들으면 갑자기 웬 뜬금없는 소리냐는 느낌을 줄 만한 말들만 하고 싶어지는데, 분위기를 맞추어야 하니까 조절하기가 쉽지 않아.

그리고 다른 사람의 말을 들으면 지금 그 사람이 왜 그런 말을 하는지, 왜 그런 것들을 의식하거나 혹은 고민하고 있는지 금방 이해가 돼. 그 사람의 벽이 보이는 느낌이랄까? 그런 이야기를 들으면 나는 시시콜콜하게 따져가며 말하기보다는 그 사람의 생각을 가로막고 있는 벽이 무엇인지 살짝 말을 흘려. 그런데 살짝 말을 흘리는 것만으로는 아무래도 통하지 않는 것 같아. 그래서 강사 말고 상담사가 되어서 본격적으로 사람들의 고민을 들어 주고 벽을 허물어 주는 일을 해도 좋을 것 같다는 생각도 했어.

그리고 나에게 일어나는 일상의 일들이 모두 뭔가 의미를 지니고 있는 것처럼 느껴져. 그간의 일들도 모두 나를 깨닫게 하기 위해 일어났던 일들 같고, 지금 일어나고 있는 일들도 하나하나가 나에게는 뭔가를 깨닫게 하거나 나도 모르는 사이에 나를 이끄는 일들로 느껴지는 거야. 그 대표적인 예를 이야기를 하려면 우선 출장을 마치고 돌아오던 때의 이야기부터 시작해야겠지.

내 사고가 어떻게 바뀌었든 일상은 일상대로 진행돼. 작업한 내용을 마지막으로 한 번 더 검토하고 숙소를 정리한 후에 우리 팀원들과 헤어졌지. 일주일 뒤 토요일에 마지막 회의가 한 번 더 예정되어 있었기 때문에 그때 다시 만나자고 하면서 헤어졌어. 나는 갈 때와 마찬가지로 김창수 선생님의 차를 얻어 타고 돌아왔지.

올 때도 갈 때와 마찬가지로 나는 쉴 새 없이 떠들었어. 그것도 시간이 모자라 중간에 일부러 휴게소에 들러서 한동안 더 떠들다가 왔을 정도야. 하룻밤 사이에 일어난 일들을 이야기하는 데도 시간이 많이 걸렸어. 어제만 해도 강사가 되겠다던 내가 이번에는 가장 훌륭하게 살아가겠다는 거창한 꿈을 갖게 되었음을 내 나름대로는 차분히 설명하려 했지만, 김샘에게는 흥분한 목소리로 들렸을 거야.

그리고 그동안 나의 벗이 되어 주고, 나와 수많은 대화를 나눠 준 김샘이 있었기에 내가 깨달음을 얻을 수 있었다고 고마움을 표현했어. 또 학교를 옮기려 하는 김샘을 설득하는 일 자체가 의미가 있을까 하는 생각이 들기도 했지만, 김샘의 생각을 되돌려보려고도 많은 말을 했어. "이 학교에서 다른 학교로 옮긴다고 한들 과연 얼마나 멀리 가는 것이며, 그게 김샘의 삶에 얼마나 큰 의미인가? 나와 좀 더 대화를 나누면서 함께 진정한 삶과 행복에 대해 생각해 보자. 앞으로 수많은 이야기들을 하고 그런 내용들을 모아 함께 책으로도 쓰고 함께 강연도 다니자." 그리고 굳이 다른 곳으로 갈 필요가 없다는 뜻으로 내가 아침부터 흥얼거렸던 '송학사'를 불러 주기도 했어. 애절하게 노래를 부르며 곁눈질로 살짝 쳐다보니 김샘 눈자위도 빨개졌어. 그러나 김샘은 신중한 사람이라 내가 차에서 내릴 때까지도 성급하게 답을 해 주지는 않았어.

학교에 도착했는데 내가 주차해 둔 지하 주차장의 출입문 셔터가 닫혀 있었어. 주차장 입구의 인터폰으로 보안 요원께 연락을 해서 셔터를 올려달라고 말씀드렸지. 김샘은 지하 주차장에 나를 내려 주고 먼저 집으로 갔고, 나도 차를 빼서 주차장 출구로 나왔어.

그런데 정말 일어나기 드문 일이 일어났어. 그렇게 많이 지하 주차장을 드나들었는데도 한 번도 없던 일이야. 뭐였냐면, 셔터는 열려 있으니 그 앞에 있는 차단 막대기만 통과하면 도로로 나가게 되는

데, 아무리 가까이 가도 차단 막대기가 올라가지 않는 거야. 센서가 있어서 자동차가 접근하면 차단 막대기는 언제든 위로 올라갔는데 말이야. '이거 왜 이렇지?' 하는 동안 뒤를 보니 셔터가 이미 절반 넘게 내려오는 중이야. 약간 언덕이었는데 앞은 차단 막대기로 막혔고, 뒤는 또 셔터로 막혀 있는 중간에서 꼼짝도 못하는 난감한 상황이 되었지. 순간 기분이 정말 묘했어. '이상하다 깨달음을 얻었다고 생각하는 나에게 왜 이런 일이 일어나지?'

어쩔 수 없이 차에서 내려 다시 주차장 입구의 인터폰으로 갔어. 보안 요원께 또 연락을 해서 죄송하지만 이번에는 차단 막대기가 올라가지 않으니 올려 달라고 말씀드렸어. 전화를 끊자 곧 차단 막대기가 올라가더라구. 그래서 다시 차에 타려고 하는데, 갑자기 뒤에서 어떤 학생이 소리쳤어.

"선생님, 죄송한데요, 저 좀 나가게 해 주세요."

놀라서 돌아보니 내려진 셔터 뒤쪽에 어떤 1학년 남학생이 있는 거야. 2, 3학년은 내가 가르쳐서 얼굴을 거의 알고 있는데, 1학년은 그렇지 않아. 그 학생은 나를 알고 있는 듯했지만, 나는 처음 보는 학생이었어. 상황을 짐작해 보건대 그 학생은 셔터가 올라간 사이에 건물로 들어가려고 지하 주차장에 들어갔는데, 일요일이라 주차장에서 건물로 들어가는 문이 닫혀 있어서 들어가지 못하고, 또 다시 나오려고 하니 셔터가 내려가서 갇히게 된 거였어.

"알았어. 잠깐만 기다려."

하고, 또 인터폰으로 전화를 했어. 죄송하지만 그 사이에 한 학생이 지하 주차장에 들어갔다가 셔터가 내려가서 갇히게 되었으니, 이번에는 셔터를 좀 올려 주시라고 부탁드렸지. 보안 요원분도 내가 세 번이나 전화를 해서 황당했겠지만, 어쨌든 곧 셔터가 다시 올라갔고 그 학생은 빠져나오면서 나에게 고맙다는 말을 하고 갔어.

차에 올라 집까지 운전하고 오는 짧은 시간에 나는 방금 내가 겪었던 일이 일종의 상징이 아닐까 하는 생각이 들 수밖에 없었어. 평소처럼 차단 막대기가 열렸더라면 나는 거기 머물러 있지도 않았을 것이고, 나가게 해 달라는 학생의 외침도 듣지 못했을 거야. 그런데 차단 막대기가 나를 막은 덕분에 나는 그 학생이 갇혀 있음을 알게 되었고 그 학생을 꺼내 줄 수 있었어. 내려진 셔터 뒤에서 나를 바라보던 그 학생의 모습이 지금도 눈에 선해. '아, 내가 할 일이 이거구나! 벽에 갇혀 있는 사람들을 꺼내 주는 일. 이 일이 남은 시간 동안 나에게 주어진 일이구나!' 하는 생각이 들었지.

그리고 집에 도착하자마자 당신에게 내가 겪은 일들과 깨달은 일들을 이야기하고 그것을 녹음해서 책으로 써야겠다는 생각도 했어. 우스운 일이 한 가지 더 있는데, 아파트 주차장에 내려 엘리베이터를 타고 집으로 올라가는 동안 엘리베이터 벽에 붙어 있는 거울을 본 거야. 내 모습을 비춰 보며 이런 생각이 들었어. '이상하다 왜 없지? 정말 깨달음을 얻은 것 같은데, 그러면 머리 뒤편에 광채가, 아우라가 있어야 하는 거 아닌가?' 그런데 거울로 살펴봐도 그런 게 안 보여. 안 보이는 것을 이상하게 여기면서도 그런 나 자신이 스스로 생각해 봐도 살짝 미친 것 같은 느낌이 들었지. 아무튼 엘리베이터에서 내린 나는 집을 나서기 전과는 영 딴사람이 되어 현관문을 들어섰고, 당신은 평소처럼 나를 반갑게 맞이해 주었어. 그리고 그 후부터는 당신도 알고 있듯이 지금까지 여기서 당신과 내가 긴 이야기를 나누게 된 거야.

　(마지막 말을 하며 내가 미소를 짓자 아내도 웃었다. 내가 녹음기를 아내에게 내밀며 "당신도 한 말씀 하시지." 라고 하니, 아내는 웃으며 "무슨 한 말씀, 당신이 여러 말씀 하셨는데." 하기에, 내가 "어서 꺼?" 하자, 아내가 고개를 끄덕였고, 나는 녹음기를 껐다.)

3장

살아가다

어둠에서 빛으로
수많은 벽을
하나씩 허물며
끝없이 나아간다.

개념을 벽으로 느끼다

깨달음은 순간이었지만, 그것의 의미를 이해하고 삶에 적용해 가는 과정은 끝이 없는 듯하다. 그 과정은 인간으로서 경험할 수 있는 삶의 마지막 순간인 죽음에 이르기까지 지속될 것이다.

긴 이야기에 대한 녹음을 끝내고도 한동안은 녹음기를 가지고 다니며 내가 말하거나 떠올린 내용들을 수시로 녹음했다. 나는 아내에게 내가 당신의 남편이라는 점보다 내가 깨달은 바를 당신이 받아들이느냐 그렇지 않느냐가 더 중요한 점이라고 했다. 당신도 사고의 틀을 깬다면 영원한 존재가 될 수 있다. 아니, 그렇게 하지 않더라도 당신은 이미 영원한 존재다. 당신을 얽어맬 수 있는 것은 당신 자신밖에 없다는 말을 했다.

아내는 웃으며

"아~, 정신적인 거 어려워."

라고 말했다. 이 농담 같은 말에도 나는 마치 도인이 답을 들려주는 듯한 어조로 아내에게 말했다.

"정신? 정신이라는 것을 따로 구분하려 하는 것도 벽이야. 어찌 보면 정신과 육체는 분리될 수 없다고도 말할 수 있어. 마음이 즐거운 사람은 웃음이 넘치는데, 이는 얼굴 표정을 변화시켜. 늘 웃는 얼굴 표정이 되는 거지. 그런데 이러한 얼굴 표정은 다시 정신에 영향을 미쳐. 웬만해서는 걱정하지 않고 즐거운 마음으로 살아가게 되는 거지. 이처럼 정신과 육체를 구분하는 것 역시 큰 의미가 없어."

상담실을 나와 맞은편에 있는 교무실, 즉 내 자리가 있는 곳으로 왔다.

컴퓨터를 끄기 전에 아내에게 바탕 화면의 사진을 가리키며 물었다.

"이 사진 기억나?"

"이게 언제 적 사진이야?"

"몇 년 전에 우리 가족이 경주를 둘러보고 포항의 바닷가에 갔을 때 찍은 사진이야. 아마도 예찬이가 유치원에 들어갈 무렵이었을 거야."

"그러고 보니, 그런 것 같네."

"책의 표지 사진을 이 사진으로 해야겠어. 예찬이가 즐거워하는 표정이 보이지? 바다에서 처음 모래 장난을 해 보는 것인데 얼마나 신이 났겠어. 사진을 찍기 싫어하는 아이인데도, 이때는 정말 자연스럽게 사진이 찍혔어. 온갖 잡다한 생각들, 어떤 벽에도 구속되지 않고 무언가에 온전히 몰입된 순간이랄까?"

내가 사무실의 컴퓨터를 끄고 스마트폰과 녹음기 등을 주머니에 쑤셔 넣고 일어설 때 아내가 말했다.

"녹음기를 그렇게 가지고 다닐 거야? 그러다 잃어버리겠네."

"잃어버리는 게 뭐지? 녹음기든 뭐든 이 좁은 공간 안에 있어. 도대체 어디 가지를 못해. 다만 이것을 사용하는 사람만 잠시 바뀔 뿐이지. 어차피 애초부터 내 것은 아니었고, 내가 영원히 가질 수 있는 것도 아니잖아. 이걸 잠시 누가 사용하는가는 별로 중요한 문제가 아니야."

(지금(11월 19일) 생각해 보면 내가 계속 이런 식으로 말했더라면 아마도 지금쯤 아내는 나와 그 어떤 대화도 나누려 하지 않았을 것이다.)

주머니에 녹음기를 넣고 다니니 편하기는 했다. 학교를 나와 집까지 차를 몰고 가다가 신호등에 걸렸을 때도 녹음을 했고, 아파트의 엘리베이터를 타고 올라가는 동안에도 녹음을 했다. 그 내용들은 지금 내가 다시 들어 보아도 웬 도인이 떠들고 있나 싶은데, 옆에서 그 말을 듣고 있던 아내는 오죽했을까.

신호등에 걸렸을 때의 녹음은 이런 내용이었다.

"삶과 죽음이라는 개념 역시 벽이다. …… 모든 개념은 그 자체로 벽이다. 죽음이라는 개념을 예로 들어 보면, 그 개념을 만들었기 때문에 두려운 감정이 생기고, 그 두려움은 다시 우리의 행동을 지배한다. 죽기 싫어서 몸에 좋다는 것이라면 별 것을 다 먹기도 하고, 죽기 싫어서 내 대신 남을 죽을 자리에 보내기도 한다. 분명 죽음이라는 현상은 명백히 존재하지만, 우리는 그 현상 자체보다 이를 '죽음'이라고 개념화한 데서 더 큰 영향을 받는다. 죽음이라는 동일한 현상에 대해서도 어떤 개념을 가지고 있느냐에 따라 이에 대한 정서나 행동은 달라질 수 있다. 종교마다, 심지어 사람마다 죽음이라는 개념을 다르게 인식하고 있다는 것이 그 증거다.

생각을 넓혀 보면 우리가 알고 있는 모든 개념들은 우리를 가두는 벽이기도 하다. 우리는 우리가 인식하는 무언가를 사고하고 또한 전달하기 위해 어쩔 수 없이 개념들을 만들 수밖에 없다. 그러나 이런 개념들은 결코 실체를 온전히 담아 낼 수도 없으며, 왜곡되기도 쉽다. 결과적으로 모든 개념들은 우리의 인식을 가로막는 벽이 된다."

엘리베이터 안에서의 녹음 내용은 좀 짧았다. 말이 채 끝나기도 전에 '11층입니다.'라는 안내가 나왔다.

"자유. …… 자유라는 개념도 벽이다. 자유로운 상태와 그렇지 않은 상태를 구분하는 것 자체가 불명확하다. 감옥에서도 자유를 느낄 수 있고, 감옥 밖에서도 구속감을 느낄 수 있다. 자유를 얻고 싶다고 말하기는 하지만, 그 순간에도 자기가 생각하는 자유라는 특정한 개념에 구속되어 있는 줄은 모른다. 유일하게 절대적인 자유가 있다면, 그것은 자유라는 개념의 벽까지도 무너뜨린 상태일 것이다."

매일을 최고의 날로 여기다

집에 도착했다. 식탁에 앉아 아내와 좀 더 대화를 나눴다. 아내가 뭐든 너무 갑자기 변하는 것에 대해 걱정했는데, 그에 대해 나는 이렇게 말했다.

"당신에게 당장 뭐가 돼라, 어떻게 변하라고 하는 것은 아니야. 당신이 변하지 않고 앞으로도 지금까지 살아온 것처럼 살아도 돼. 그건 당신이 선택할 일이야. 그러나 당신이 지금까지의 삶을 돌아보고 무엇이 자신을 가두고 있는 벽인지 깨닫게 된다면, 이전보다 더 좋은 삶을 위해 어떤 선택을 해야 할 것인지가 명확해질 거야.

또 더 좋은 삶이라는 것도 정해진 건 없어. 어제까지만 해도 나는 깨달음을 얻고 이전의 삶과는 다른 삶을 살겠다고 마음먹은 어제가 내 삶에서 최고의 날이라고 생각했지. 그런데 오늘 당신에게 이야기한 것을 시작으로 앞으로도 내가 깨달은 내용들을 다른 사람들에게 이야기하고 그들의 생각을 변화시켜 나가게 된다면 내가 맞이하는 새로운 하루하루는 모두 내 생애의 최고의 날이 될 거야. 문제는 나 역시 얼마나 마음을 열고 사느냐야. 나와 남을 구별하지 않는다면 깨달음을 얻고 내가 느꼈던 행복을 열심히 남들에게 이야기할 것이고, 남들이 이를 받아들여 느끼게 되는 모든 행복까지도 나의 행복으로 여기게 될 거야. 그러면 나는 날마다 더 행복해지는 사람이 될 수 있지. 날마다 기록이 경신된다고나 할까."

아내의 말은 녹음하지 않았다. 잘 기억이 나지는 않지만, 아내는 나에게 깨달음을 얻었다고 해서 다른 사람들도 그렇게 살아야 한다고 무리하게 말해서는 안 된다, 또 내가 바라는 것처럼 많은 사람들이 나와 같이 생각이 변하지는 않을 수 있다는 말을 했던 것 같다. 이에 대해 나는 또 다음과 같이 말했다.

"내가 깨달은 점들을 많은 사람들에게 전달하고 싶기는 하지만, 그 중에서 몇 명이나 생각을 바꾸는지 그 결과가 중요한 것은 아니야. 칸트도 결과를 떠나 선의지 자체가 중요하다고 했지. 내가 옳다고 생각하는 대로 행동하는 그 자체가 중요한 거야. 사람에게 언제 괴로움이 생기느냐면 '아, 이렇게 해야 하는데도 부끄럽게 나는 이렇게 하지 못했구나!'와 같이 스스로 자기 마음과 행동의 불일치를 느낄 때야. 이러한 것이 갈등을 만들고, 그 갈등 속에서 살아가다 보면 결국 나중에 자신의 삶을 후회하게 되지. '아, 이건 내가 바라던 삶이 아닌데…….' 하고 말이야. 그래서 칸트가 말한 정언 명령도 우리를 해롭게 하기 위한 게 아니야. (녹음을 들어 보니, 나는 칸트에 대해 별반 아는 것도 없으면서 자꾸 칸트를 언급하고 있었다.) 우리 자신이 이성적으로 판단한 대로 행동하는 것이야말로 우리에게 좋기 때문이지.

도덕책에 '이렇게 살아야 한다.'고 나와 있어도 진심으로 그것을 받아들이고 실천하는 사람은 많지 않아. 하물며 아무것도 아닌 내가 뭐라고 말한다고 해서 사람들의 마음이 쉽게 바뀌지는 않을 거야. 그러나 내가 깨달았듯, 사람들이 자신을 가두고 있는 벽이 무엇인지 인식하게 되면, 스스로 그 벽을 깨려는 노력을 할 거야. 그 사람 자신이 이성적 판단을 통해 '이렇게 사는 것이 옳은 것이구나!' 하는 결론을 얻고 스스로 삶을 변화시킬 수가 있어. 그러면 이전에 느끼지 못하던 큰 행복을 느낄 수 있지.

진정한 행복은 자신의 마음과 행동이 일치가 될 때, 즉 지행일치가 될 때 느낄 수 있어. 칸트 같은 철학자는 자신의 신념과 행위를 일치시켰기 때문에 불행하지 않았던 거야. 자기 신념을 가지고 있었고, 글을 써서 이를 사람들에게 알리고, 자기도 그렇게 살았지. 자신과의 약속을 어기지 않고 시계처럼 살았다고도 하잖아.

당신이 걱정하는 것은 결과에 연연하는 사고에서 비롯된 것이라고 할 수 있어. '결과가 나쁘면 어떻게 하지?' 라는 걱정은 할 필요가 없어. 내가 옳다고 믿는 대로 살아간다면 그 자체로 이미 최선이야. 내 생각을 얼마나 많은 사람에게 전달할 수 있을까? 지구촌의 수백만 명에게 전달될 수도 있고, 내 주변의 사람들에게조차 전달되지 못할 수도 있겠지. 그러나 '몇 명인가?' 하는 숫자 자체는 큰 의미가 없어. 숫자라는 기준을 확대해 봐. 바다의 모래알 전체 중에 몇 개와 몇 만 개라는 차이가 뭐 그리 중요한가?

그러나 몇 개만 변화시켜도 그 영향은 분명히, 그리고 영원히 남는 것이고, 이러한 영향이 어떠한 연쇄반응을 일으킬 것인지는 예상할 수 없어. 그리고 나는 당신의 남편이니까 당신이 누구보다 먼저 내가 깨달은 것처럼 깨닫기를 바라지만, 어찌 보면 당신을 포함한 내 주변 사람들이 내 생각에 설득되는 것이 더 쉽지 않을 것도 같아. 그저 그런 녀석이 하루아침에 깨달음을 얻었다고 말하는 것 자체가 이상하게 느껴질 테니까 말이야. 그런데 중요한 것은 내가 누구이냐가 아니야. 내 말, 내 생각 자체야."

또 다시 장황하게 이어진 나의 말을 들은 아내가 말했다.

"아~, 난 왜 철학 얘기만 나오면 머리가 아프냐?"

"복잡한 철학이 아니야, 그냥 인식이야, 인식."

"아~, 몰라, 몰라."

"진리는 정말 단순해. '원수를 사랑하라.' 와 같은 한 마디면 돼. 그

한마디를 받아들이고 실천하는 사람이라면 뭐든 할 수 있어. 내가 하고 싶은 말도 결국 '자기를 둘러싼 벽을 깨고 열린 마음으로 보라'는 한 마디야. 물론 그 모든 벽을 한 번에 깰 수는 없지만, 벽을 깨야 한다는 것만 깨달으면 자기를 둘러싼 벽을 하나씩 하나씩 깨 나갈 수 있는 거야. 그러면 이전의 삶과는 전혀 다른 삶을 살게 되지."

이런 대화를 하고 있는데, 방에서 아들이 나와 녹음기를 발견하고는 낚아챘다. 그리고 나에게 녹음 방법을 물어보더니 이런 녹음을 했다.

"아, 아, 나는 김예찬, 나는 김예찬, 들리나요? 아, 아아아아아아하하하."

나는 웃음이 터졌다. 아들은 이어서 또 이런 녹음도 했다.

"여기는, 김예찬 역입니다. 이제 화장실로 가겠습니다. 갑니다~."

내가 말했다.

"물에 빠트리면 안 된다."

아들은 계속 녹음을 했다.

"화장실에서! 역시나 재밌네요. 여보세요? 여기는 화장실입니다. 아빠가 칫솔, 칫솔로 이빨을 닦고 계셔요."

나에게 녹음기를 들이밀며,

"한 말씀 해 주세요~."

했다. 나는

"우리 아들 사랑해요~~."

했고, 아들은

"알~겠습니다. 히히. 저는 아, 아버지의 아들로서 아버지를 사랑합니다."

했다. 그리고도 계속 녹음기를 껐다 켰다 하며 녹음을 계속했다. "우리 가족 사랑해. 우리 가족 사랑해. 우리 가족 사랑해. (이어 자기의 숨소리,

현관문의 번호키 누르는 소리, 변기 물 내리는 소리 등 여러 가지 소리도 녹음했다. 뭔가를 두드리는 듯한 소리를 계속 내니까, 아내가 '야!' 하고 야단을 쳤다.)

"아, 아, 엄마가 있습니다. 한 말씀 해 주세요."

"그런 장난 하지 마라~."

"아니, 그게 아니라 한 말씀만 해 주세요."

"한 말씀 했잖아. 빨리 꺼!"

"이상으로 김예찬 방송을 마치겠습니다. 삐~삐~삐~삐~"

다른 파일들도 잔뜩 있어서 들어 보니, 아들은 방송을 마치겠다고 하고서도 계속 녹음을 했다. 톤을 바꿔 가며 자기의 목소리도 녹음했고, 뭘 비비거나 문지르는 듯한 소리, 휘파람으로 노래 부르는 소리, 장난감 헬리콥터 프로펠러 소리와 같은 여러 소리를 녹음했다. 아들에게 녹음기 하나는 실험실이었고, 자신을 위한 방송국이었던 것 같다.

아들의 녹음 장난이 계속되자 헬리콥터 소리의 끝 부분에서 "그만 해." 하는 아내의 목소리가 들렸고, 아들이 녹음한 내용은 거기에서 끝났다. 아내는 아빠 녹음기를 가지고 그렇게 장난을 치면 안 된다고 했던 것 같고, 나 역시 가지고 놀되, 녹음한 것들이 지워지지 않게 조심하라고 했던 것 같다. 아들은 실험이 끝났는지 녹음기를 식탁 위에 올려 두고 더 이상 녹음을 하지 않았다.

지금 다시 녹음을 들어 보면 뭘 깨달았다고 떠드는 나의 쉰 목소리보다 신이 나서 이것저것 말하는 아들의 목소리가 비교할 수 없을 정도로 예쁘다. 그때는 아들에게 녹음이 지워지지 않게 조심하라고 했지만, 지워졌다고 한들 또 뭐가 얼마나 달라졌겠는가 하는 생각도 든다.

잠을 자려고 침대에 누웠는데, 한쪽에 아내가 읽던 책이 놓여 있었다.

'우리가 사랑한 1초들'이라는 곽재구의 산문집이었다. 표지만 읽어 보았는데, 이런 내용이 쓰여 있었다.

'내 삶이 지닌 1초 1초들이 나를 향해 달려오는 느낌을 받았습니다. 모든 한 초 한 초들이 꽃다발을 들고 내게 다가와 다정하게 인사하고, 다시 손을 흔들고 가는 것입니다. 나 또한 그들을 향해 오래 손을 흔들고 그들의 뒷모습을 지켜봅니다. 대저 시가 무엇인지요? 그 또한 사람들이 살아가는 이야기가 아니겠는지요. 우리 곁으로 다가오는 생의 1초들을 사랑하는 일 아니겠는지요.'

나는 존재의 영원성을 떠올렸고 이 책의 저자는 1초가 지닌 의미를 이야기하고 있어서 사뭇 다른 관점을 지닌 것 같기도 하지만, 결국은 같은 이야기를 하는 것도 같다. 저자가 1초라는 삶의 매 순간을 강조하는 것도 그 짧은 순간이 곧 영원으로 이어진다는 소중함을 인식했기 때문이 아닐까? 우리의 존재가 영원함을 인식한 사람이라면 우리가 맞이하는 1초 1초들을 하나같이 소중히 여길 수밖에 없을 것이다. (나는 녹음기를 끄고 이내 잠에 빠져들었다.)

거짓과 단절하다

11월 3일, 다시 태어난 지 사흘 째 되는 날이었고 일상으로 복귀하는 월요일이기도 했다. 3주 전에 무슨 일들이 있었는지는 지금 이 부분을 워드로 작성하고 있는 시점인 11월 24일에는 잘 기억나지 않지만, 며칠간 녹음기를 들고 다니며 수시로 녹음을 한 파일들이 남아 있다.

내가 아침에 일어났을 때 아내가 나와 같이 있는데도 왠지 마음이 공허하다고 말했던지, 이날 첫 번째로 녹음한 짧은 파일에는 다음과 같은 내용이 녹음되어 있다.

"같이 있어도 마음이 공허한 이유는 당신이 예전의 내 모습에 집착하기 때문이야."

또 아내가 아침마다 나에게 주는 칡즙을 마셨는지 같은 파일에 이런 내용도 있다. "칡즙이 쓰다. 쓰면 쓴 대로 먹을 만하다. 맛이라는 것에 집착하지 않으면."

이어서 다음 파일에는 이런 내용이 있다.

"일체유심조(一切唯心造)라는 말처럼 모든 것은 우리 마음이 만들어 낸다. 우리 마음이 스스로 무엇인가를 만들어 내고 규정짓는 것이지 그 자체로 절대적인 어떤 것은 없다."

세수를 마치고는 이런 녹음을 했다.

"일상으로 돌아왔다. 시간에 구애받지 않기 때문에 전보다 느긋한 마음으로 눈을 뜬다. 거울을 본다. 세수를 할까, 말까? 아내가 머리 감으라고 말했지만, 그냥 이런 정도면 머리까지 감지는 않아도 될 듯하다. 세수는 하고 수염은 깎았다. 남의 눈을 의식하는 것도 제약이기는 한데, 남의 눈을 의식하며 사는 사람들과 더불어 살아가야 하므로 어느 정도 맞춰 주는 것도 나쁘지 않을 것 같다."

다음 녹음은 내 목소리가 아닌 감미로운 팝송이다. 짧은 출근길에 운전을 하며 라디오에서 흘러나오는 노래를 녹음했는데, 전체적으로 어떤 가사인지는 모르지만, 반복되는 구절의 의미는 알아들을 수 있었다. 'I'm not going anywhere, I'm not going anywhere. 난 어디로도 가지 않아요. 난 어디로도 가지 않아요.' 내가 듣고 있는 노래에 내 생각이 담겨 있다는 것이 놀라웠다.

다음 녹음은 학교 주차장에서 주차하면서 한 듯하다. 차를 후진할 때의 경고음인 '삐삐삐' 소리가 섞여 있으니 아마도 그랬을 것이다.

"조금 전 차를 몰고 골목을 빠져나오는데, 내 앞을 어떤 차가 가로막고 있어서 나는 잠시 머뭇거리고 있었다. 그때 이 사실을 모르는 또 다른 차의 운전자가 내 뒤쪽에서 나를 향해 요란스러운 경보음을 울렸다. 보통은 이런 상황에서 '뒤 차 운전자가 앞 차 운전자의 기분을 나쁘게 했다', 혹은 '앞 차 운전자가 뒤 차 운전자 때문에 기분이 나빴다'고 표현하는데, 행위 주체와 행위 대상을 구분하는 인식에서 벗어나면 누가 누구의 기분을 나쁘게 했는지 알 수 없게 된다. 실제로 나는 기분이 나쁘지 않았다. 상황을 잘 몰랐기에 누군가가 누군가에게 경고음을 날린 것뿐이다. 누군가가 누군가에게 욕을 한다고 해서 꼭 욕을 들은 사람만 기분이 나쁠 일은 없다. 오히려 욕을 들은 사람보다 욕을 한 사람이 더 기분 나쁠 수도 있다."

학교에 도착해서 노트북을 켜고 메일들을 열어 보았는데, 그 가운데 특히 다음과 같은 문구가 눈길을 끌었다. '시계가 둥근 이유는 끝이 곧 시작이기 때문이다.' 이 말을 남긴 라 로슈푸코라는 사람이 어떤 사람인지는 전혀 모르지만, 시간에 대해 깊은 인식을 지녔던 사람이었을 것 같았다. 그리고 앞서 출근길에 팝송을 들었을 때와 비슷한 느낌이 들었다.

여느 때처럼 김창수 선생님이 내 사무실로 찾아와 함께 아침을 먹으러 갔다. 아침을 먹고는 또 여느 때처럼 학교 연못에 가서 잠시 커피 타임을 가졌다. 연못으로 가면서 내가 어제 녹음기를 샀는데, 생각을 바로바로 저장할 수 있어서 좋다고 소개한 듯하다. 김샘의 목소리가 포함된 짧은 녹음이 있다.

'깍깍깍, 깍깍깍' 까치 소리를 배경으로 내가 묻는다.

"아ㅡ 아ㅡ 아ㅡ, 김샘 뭐해? 커피 마셔?"

"응, 아침에 커피 한 잔 해야지."

"정지, 정지 누르고 ……"

내 말과 함께 녹음이 중단됐다. 녹음된 김샘 목소리가 또렷하고 듣기에 좋다.

그리고 녹음은 해 두지 않았지만, 이날 아침에 김샘과 대화했던 내용이 한 가지 있다. 이 내용을 적어야 할지, 말아야 할지 결정하기 쉽지 않았지만, 결국 적기로 했다. 이날 아침에 이런 대화를 했다는 것, 그리고 녹음하진 않았지만 지금도 대화 내용이 선명하게 기억된다는 것 자체가 이미 이 내용을 적도록 나를 이끈 것 같다.

김샘이 나에게 물었다.

"어제 어머님께서는 등산을 잘 다녀오셨대?"

"응, 부모님 모두 잘 다녀오셨대."

"부모님?"

김샘이 깜짝 놀랄 수밖에 없었다. 김샘과 4년간 붙어 다니며 수많은 대화를 나눴지만, 내 부모님에 대한 이야기는 털어놓지 않았던 것이다. 김샘은 내 아버지께서 2년 전에 돌아가신 것으로 알고 있다. 물론 그건 맞지만, 내가 일정 부분을 숨기거나 거짓말을 해 왔기 때문에 김샘은 잘못 알고 있을 수밖에 없었다.

내가 초등학교에 입학하기 전에 아버지께서 보일러 사업에 손을 대셨다가 망하게 되었다. 그 후 어머니께서 식당일을 하시며 힘들게 생계를 유지하셨고, 부모님 간에 싸움도 잦았다. 싸움이라기보다는 아버지께서 술을 드시고 집안 물건들을 부수거나 어머니를 때리시는 일이었다. 그러다가 부모님께서는 별거를 하시게 되었고, 어머니도 우리 형제들과 떨어져 식당일을 하시며 어렵게 돈을 벌어 우리들을 키우셨다. 이후 아버지와는 몇 번 만나지 못했다. 사실인지 확인할 길은 없지만 아버지는 첫사랑이었던 분을 다시 만나 사시다가 2년 전에 돌아가셨고, 어머니는 어머니대로 또 다른 좋은 분을 만나 사시게 되었다. 어린 자식들을 여자 혼자서 키우는 것이 감당하기 어려우셨을 것이다. 이런 이유로 나에게는 아버지가 두 분이다.

나를 낳아 주신 아버지도 내가 어릴 때 나를 많이 사랑해 주신 것만은 분명하고, 초등학교 6학년 때인가 처음 만나게 된 아버지도 지금껏 나를 비롯한 적지도 않은 우리 형제들을 친자식처럼 대해 주셨다. 지금도 아버지를 처음 만난 날이 기억나는데, 단칸방이었던 우리 집에 오셔서 처음 하신 일이 나와 함께 텔레비전 영화를 본 일이었다.(버트 랭커스터 주연의 '새와 사람'이라는 제목으로 기억했는데, 지금 검색해 보니 '버드맨 오브 알카트라즈(Birdman Of Alcatraz)'로 되어 있다.) 처음 만나 인사 외에는 말씀을 나누지 않았지만, 어린 나와 같이 두 시간 내내 영화에 빠져 드셨던 그분의 모습에서 나는 편안함을 느꼈던 것 같다.

친아버지와 함께 산 시간보다 새아버지와 함께 산 시간이 세 배나 되는데도 나는 지금껏 거짓말을 해 왔다. 아마 우리 형제들 모두 그렇게 살았겠지만, 나는 만취 상태이거나 혹은 어떤 친한 친구 앞에서도 이 사실만은 숨겨 왔다. 아내에게도 결혼을 진지하게 이야기할 때쯤에야 이 사실을 털어놓았을 정도이고, 우리 아이들은 아직까지도 이 사실을 모르고 있다. 또 아버지께서도 그러셨다. 우리 형제들을 생각하셔서 어머니와 혼인 신고도 안 하고 30년을 살아오셨고, 간혹 우리 형제들과 관계된 사람을 만날 때는 자신의 성을 우리의 성으로 바꿔서 말씀하셨다. 이런 것이 오랜 세월 우리 가족 모두를 가두어 온 벽이었는데, 벽 중에서도 참 지독한 벽이었다.

나 자신에게만 관계된 일이 아닌데다가, 오랫동안 그렇게 살아 왔는데 지금에 와서 이 일을 굳이 밝혀야 하는 건지는 잘 모르겠다. 그러나 부모님께서 재혼하신 일이 뭐 그리 크게 잘못된 일은 아니지 않은가? 살다 보면 그럴 수도 있다. 이게 나를 비롯한 형제들이 제 자식에게까지 숨기고 살아야만 할 일인가? 그리고 어머니나 아버지께서 언젠가 돌아가시게 될 텐데, 그분들의 영정 앞에서도 우리들은 끝내 거짓을 말해야 할까? 부모님도 지금껏 자식들을 위해 거짓말을 해 오실 수밖에 없었는데, 이제 남은 삶이라도 떳떳하게 사시면 얼마나 좋을까?

몇 년 전부터 우리 형제들을 낳아 주신 아버지께서 편찮아지셨고, 큰형과 작은형은 가끔 아버지를 찾아뵈었다. 피는 물보다 진하다고 혈육의 정은 어쩔 수 없는 것이었다. 나도 몇 번 찾아뵈었는데, 두어 번은 어머니를 모시고도 갔었다. 미운 정도 정이라고 어머니는 병상에 누우신 아버지를 안타까워하셨고, 아버지께서 돌아가셨을 때는 함께 사시던 분보다 오히려 더 슬퍼하시는 모습이셨다.

이번 일요일 등산은 내가 지난달에 가입한 산악회의 정기 등산이었는데 (색소폰 클럽 회장님이 산악회 회장직을 겸하고 있어서 가입하게 되었다.), 나는 출장 때문에 못 가게 되어 대신 부모님을 보내 드리게 된 것이었다(30년 넘게 좁은 식당에서 일하셨던 어머니는 어디든 밖으로 나가는 것을 가장 좋아하신다.). 그리고 지난주에 어머니께서는 나와의 전화 통화에서 등산에 가게 된 것을 매우 기뻐하시면서, 한편으로 내가 여쭤 보지도 않았는데 산악회 사람들이 혹시나 물어보면 아버지께서는 자신을 김가라고 하시겠다고 하시더라는 말씀도 하셨다. 그리고 아버지와 함께 등산을 잘 다녀오셨다.

김샘도 내 대신 어머니께서 등산을 다녀오시게 되었다는 것은 알고 있었지만, 지난주까지도 내가 어머니만 가시는 것으로 말했기 때문에 2년 전에 돌아가신 것으로 알고 있는 나의 아버지까지 등산을 다녀오셨다는 말로 들려서 놀랄 수밖에 없었던 것이다.

막상 김샘에게 그렇게도 숨겨 왔던 이야기를 할 때 나도 담담했지만, 김샘도 담담하게 들었다. 남의 집 가정사가 어떻든 사실 듣는 사람은 별 관심을 기울일 만한 일도 아닌 것이다. 중요한 것은 김샘에게 이야기를 한 후에 나는 비로소 이제 나의 모든 것을 김샘에게, 그리고 이 세상 누구에게라도 떳떳하게 밝힐 수 있겠다는 생각이 들었다는 점이다. 사실 세상에 정말 숨기면서까지 살 만한 일은 없을지도 모른다. 벌을 받을 일이라면 털어놓고 벌을 받고 마음 편하게 사는 것이 더 나은 삶이고, 체면이든 그 무엇이든 우리가 거짓 없이 떳떳한 삶을 사는 것보다 더 가치 있는 것은 없다. 거짓 속에서 살다가 죽기에는 우리의 삶은 너무나 소중하며, 그 거짓은 영원히 지워지지 않는다.

일상을 다르게 보다

이날 김샘은 나와 또 다른 이야기들을 나누던 중, 이러다가 내가 도인처럼 산에 들어가는 게 아니냐고 농담을 건네기도 했다. 나는 산에 들어갈 마음은 조금도 없다고 대답했다. 내가 어디에 있건 그 장소 자체가 중요한 것은 아니다. 내가 머무는 장소가 어디건 간에 내가 어떻게 생각하고 어떻게 바라보느냐가 문제일 뿐이다.

마침 김샘과 커피 타임을 마치고 오다가 영어과 원어민 선생님인 존을 만났다.(존은 한국계 미국인으로 보통 영어로 말하지만, 우리말도 잘하는 편이다.) 지난 자연탐사 때 존과 친해지게 되었는데, 즐거운 대화를 나누던 중 존은 나보다 몇 살 어리다고 말했다.(이 글을 쓰는 오늘 알았는데, 사실 존은 나보다 몇 살 위였다.) 내가 존에게 미국에서는 가족 외의 형을 뭐라고 부르냐고 묻자, 존은 웃으며 "friend(친구)!"라고 했다. 존과 나는 그때부터 친구가 되어 만날 때마다 서로를 '프렌드'라고 부르며 반가워했다. 존이 나에게 말했다.

"How do you do(어떻게 지내?)"

"마이 프렌드, '이보다 좋을 수 없다'를 영어로 뭐라고 하지?"

"Never been better!"

"I'm never been better!"

"Oh, great(오, 대단해)!"

이렇게 말한 것은 지나가는 인사말로서가 아니라 내 진심이었다. 전과 크게 다를 바 없는 일상이지만 나에게는 하루하루가 이보다 좋을 수 없었다.

다시 태어나서 내가 바라보게 되는 세상은 이전과 달랐다. 이전과 같은 대상을 보기는 하지만, 이를 받아들이는 내 인식에는 큰 변화가 있다는 것을 보여 주는 사건이 이날 오전에만 두 가지가 있었다.

앞의 것은 아침 조례에 들어가기 전 이를 닦다가 생긴 일이었다. 입을 행구기 위해 세면대의 수도꼭지를 돌렸는데, 공교롭게도 작은 파리 한 마리가 수돗물에 휩쓸려 구멍으로 들어가 버리는 게 아닌가. 혹시나 기적적으로 파리가 다시 기어 나올까 싶어서 재빨리 수도꼭지를 잠그고 대걸레를 빠는 수조로 자리를 옮겼다. 거기에 있는 수도꼭지는 더 크고 물살도 센데, 입을 행구다 이런 생각이 드는 것이었다. '나는 내 눈에 보이는 파리 한 마리 때문에 여기로 옮겨서 입을 행구고 있는데, 이번에는 내 눈에 보이지는 않지만 여기 있는 수많은 녀석들이 또 물에 휩쓸리고 있을 것이다.'

두어 시간 뒤에 담배를 피우기 위해 분리수거장 뒤편에 갔을 때에도 이와 비슷한 일이 있었다. 깨어진 화분 옆에 나무가 한 그루 뿌리째 뽑혀 버려져 있었다. 나무도 생명인데 심어 주어야겠다고 생각하여, 작업 도구들을 모아 두는 창고로 가서 삽을 들고 왔다. 나무를 심으려고 땅을 한 삽 파내려고 하는데, 이번에는 땅 위에 돋아난 갖가지 풀들이 눈에 밟혔다.

또 이런 생각이 들었다. '크기는 작지만, 내가 나무 한 그루를 심겠다고 이 녀석들을 또 뿌리째 뽑아야 하다니!' 결국 나는 나무 심기를 포기하고 삽을 제자리에 가져다 두고 돌아와 나무에게 "이게 네 운명인가 보구나." 라고 말할 수밖에 없었다.

(이 글을 워드로 입력하는 오늘(11월 24일) 오후, 그때의 상황이 어떤 것이었는지 설명하기 위해 아래와 같은 사진을 찍으러 다시 나무가 있는 곳으로 갔다. 시들어 보이는 나무를 뒤집으니 여전히 푸른 잎들이 매달려 있었다. 3주가 지나는 동안 뿌리째 뽑힌 나무는 생명의 끈을 놓지 않고 있었던 것이다. 나는 생각을 바꾸어 다시 삽을 가지고 와서 비탈이긴 하지만 풀들이 없어 보이는 곳에 나무를 심고 물을 주었다. 이런 내 행동이 현명한 것인지는 모르겠지만, 나는 내가 느끼는 대로 행동을 했다. 나무가 살아날지, 또 살아난다고 해도 다가올 겨울을 넘기게 될지는 모르지만 말이다.)

아침 조례 때는 우리 반 친구들과 주말을 잘 보냈느냐는 인사를 나눈 후, 내가 이번 출장 기간에 깨달음을 얻어 다시 태어나게 되었다고 말했다. 그리고 나에게 세상을 조금 더 좋게 만들고 싶다는 꿈이 생겼다고 했고, 그 내용을 이야기하기는 어려우니 책으로 써서 책이 나오면 한 권씩 주겠다고 했다.

그리고 찬규 형에게 전화를 했다. 찬규 형에게는 한동안 연락을 못하다가 색소폰을 배우기 시작할 무렵에 연락한 적이 있었다. 이번에 책을 쓰게 되려고 그랬는지 그때도 내가 몇 년간 참고서나 교과서들을 썼다고 하니까 형은 그러면 책을 한 권 내 보자고 했었다. 나는 별다른 계획도 없이 나중에 어떤 책을 쓸지 생각이 나면 연락을 하겠다고 했었다. 그리고 한 달 만에 정말 연락을 하게 된 것이다. 내가 깨달은 바가 있어서 책을 쓰려고 한다니까, 형은 그러면 만나서 이야기를 해 보자고 했다. 나는 만나서 이야기를 하면 길어지니까 우선 원고를 써서 보내고, 그 뒤에 만나서 이야기를 하자고 했다.(그 때 빠르면 2주, 늦어도 한 달 사이에 원고를 완성해서 보내겠다고 말했는데, 이 부분을 워드로 치고 있는 지금은 3주가 지난 시점이다.)

저녁 시간에 김샘과 만났을 때 김샘이 나에게 뭔가 삶이 달라진 점이 있느냐고 물어보았던 것 같다. 내가 다음과 같이 대답한 내용이 녹음되어 있다.

"글쎄, 무얼 해도 전과는 좀 달라지는 것 같아. 예를 들어 조금 전에도 국어과 선생님들의 협의가 있었어. 내용은 내년부터는 특정 과목을 특정 교사가 전담해야 한다는 것, 전체적으로 수업 시수가 늘어나게 된다는 것, 그리고 새로운 평가를 추가로 시행해야 한다는 것 등이었지. 전 같으면 모두 민감하게 받아들일 수도 있는 문제들이었는데, 이젠 그렇지 않게 되더라구. 예를 들어 누가 어떤 과목을 맡느냐는 문제라면, 다른 분들이 원하시는 과목을 선택하신 후에 남는 과목을 내가 맡는다고 해도 별 문제는 없을 것 같다는 생각이 들었지. 무슨 과목을 맡은들 뭐가 그리 달라지겠어?

학교 업무를 추진하기 위해서 이런 협의가 필요하기는 하지만, 어쩐지 전보다는 사소한 문제들로 느껴져. 굳이 긴 시간을 소모하면서까지 협의할 문제들은 아니라는 것이지. 이보다는 더 가치 있게 시간을 쓸 일들이 많지 않을까? 그렇다고 해서 시간의 양 자체에 신경을 쓰이는 건 아니야. 내가 앞으로 10년을 더 살다가 죽든, 50년을 더 살다가 죽든 크게 상관은 없을 것 같다는 생각도 들어. 내 생각을 책으로 써서 다른 사람들에게 전할 수 있다면 지금 죽어도 크게 여한은 없을 것 같아."

세계에 대한 책임을 느끼다

나는 계속 말을 이어 나갔다.

"수업에도 변화가 생겼어. 학생들에게 시험에 나올 만한 지식들을 전달하기보다는 더 크게 사고해 보도록 이끄는 데 중점을 두지. 예를 들어 오늘 첫 시간에 '소말리아 해적'을 다룬 동영상을 발표한 학생들이 있었어. 소말리아의 궁핍한 현실, 소말리아 해적의 활동, 함대를 파견하여 해적을 소탕하고 있는 선진국들의 대응 등으로 내용을 구성했는데, 해적이 되는 이들이 소말리아의 엘리트 계층이라는 것은 나도 처음 듣는 얘기였어. 나는 다른 내용들은 생략하고, 이에 대한 이야기를 많이 했지.

'공간에 대한 벽을 허물 필요가 있다. 오랜 세월 동안 인간의 사고는 자신이 속한 공간에 국한되어 있었지만, 이제 그렇지 않다. 텔레비전을 켜면 먼 아프리카의 아이들이 영양실조에 걸려서 죽어가는 모습을 바로 눈앞에서 볼 수 있다. 또 전쟁으로 인해 무고한 민간인들이나 심지어 어린이들까지 죽임을 당하는 장면도 생생히 볼 수 있다. 지금 내가 있는 공간에서 일어나지 않는다는 이유로 내가 이런 일들에 대해 아무런 행동이나 생각조차 않고 살아가는 것이 정당화될 수 있을까? 내가 어떤 대학을 나오고 어떤 직책까지 승진을 하고 인생을 마쳤는가와 상관없이, 나의 삶을 되돌아볼 때 내가 분명히 이런 문제들을 알고 있었음에도 불구하고, 이에 대해 아무런 행동도 취하지 않고 살아왔다면 정말 떳떳할 수 있을까? 모금 단체에 매월 몇 만 원의 후원금을 보냈다는 것으로 죄의식을 면할 수 있을까?

기아 문제, 선진국과 후진국의 빈부 격차, 국가나 민족 간의 분쟁, 전 지구적 차원의 환경 문제나 질병 확산 등 우리가 당면하고 있는 문제들을 해결하기 위해서는 근본적으로 사고를 전환할 필요가 있어. 함께 살아가고 있는 지구촌의 구성원으로서 최소한의 책무성을 가져야 해. 좁게는 '나' 라는 울타리를, 넓게는 '국가' 라는 울타리를 벗어나서 생각해야 문제를 올바로 바라보고 해결책을 모색해 갈 수 있어.

얼마 전에 내가 '세계 국가' 에 대해 이야기했던 적이 있지?(한 달 전쯤에 우연한 계기로 김샘에게 이에 대한 이야기를 한 적이 있었다.) 정말 어려운 일이고 문제점도 적지 않겠지만, 세계 국가를 만드는 것이야말로 인류가 당면한 문제들을 가장 효과적으로 해결할 수 있는 방법이라고 생각해. 물론 이에 반대하는 의견들도 많겠지. 내가 살아 있는 동안에는 이루어지기 힘든 일일지도 몰라. 그러나 꼭 세계 국가가 아니더라도 우리가 '나' 라는 좁은 울타리에서 벗어나 자신이 정말 어떤 존재이고 어떻게 살아가야 할지 고민하게 된다면 인류가 당면한 문제들을 슬기롭게 극복해 나갈 수 있을 거라고 믿어.

앞으로 남은 내 삶의 목표를 우리가 사는 세상을 조금이라도 더 좋게 만드는 것으로 정했는데, 지금으로서는 내가 할 수 있는 일이 별로 없어. 그러나 사람들에게 이러한 생각을 전하는 일은 지금부터 죽을 때까지 내가 할 수 있는 일이고, 나에게는 가장 중요한 일이 될 거야. 얼마나 많은 사람들이 내 생각을 받아들여 줄지는 알 수 없지만, 숫자가 중요한 것은 아니야. 몇 명이 됐든 그 사람 스스로 깨닫고 삶을 바꾸게 할 수 있다면 언젠가 내 꿈은 이루어지게 될 거라고 믿어.

내가 교직을 떠난다면 언제 떠나게 될지, 그리고 앞으로 무엇을 하며 살게 될지도 아직은 분명하지 않아. 그렇지만 어떤 삶이 됐든 내가 이전에 살아왔던 삶을 반복하지는 않을 것만은 분명해. 일상에 복귀해서 보낸 오늘 하루만 봐도 그래. 이전까지는 아무 생각 없이 했던 일들이 지금 내 관점으로는 그다지 큰 의미가 없어.

또 앞으로 내가 무엇을 하며 살지가 특별히 중요하게 생각되지도 않아. 다만 지금까지 살아온 대로 앞으로 몇 십 년을 더 살다가 죽는 것은 내게 무의미한 일이기 때문에 앞으로 무엇을 하든 후회는 없을 거라고 확신해. 지금보다 가난하게 살면 어때? 이전의 삶을 바꾸어야 한다는 두려움 같은 것도 없어. 내가 옳다고 믿는 일을 하루하루 실천하는 것이야말로 나에겐 후회 없는 삶이고 가장 큰 행복이야."

'문간에 발 들여놓기'를 하다

대화를 마치고 저녁 7시부터 교내 토론대회 예선이 있어서 김샘과 함께 심사를 했다. 교무실에 들러 업무를 마무리한 후 클럽으로 가서 색소폰 연습을 한 후 10시 무렵에 집에 도착했다. 많은 일이 있었던 긴 하루였다고 생각하며 집에 들어섰을 때만 해도 전혀 예상하지도 못했던 일이 벌어졌다.

평소처럼 아내와 식탁에 앉았고, 평소처럼 일상적인 대화가 시작됐다. 아내는 지난번에 세탁소 사장님께서 한 번 더 찾아보시겠다고 했던 내 겨울 점퍼를 결국 잃어버린 것 같다고 했다. 나는 별 문제 아니니 신경 쓰지 말라고 했다.(정말 며칠 사이에 뜻하지 않게 겨울 점퍼 두 개와 셔츠 두 개가 생기긴 했다.)

아내의 표정이 왠지 굳어 있기에, 오늘은 어떻게 지냈냐고 물었다. 아내는 하루 종일 너무 힘들었고 가슴이 뻥 뚫린 것 같았다고 말했다. 나는 깜짝 놀라 왜 그런지 물었다. 그 때부터 아내는 하염없이 눈물을 흘리며 자기가 느꼈던 감정을 털어놓았다.

어제까지는 그렇지 않았는데 오늘은 하루 종일 마음이 너무나 허전해지더라는 말, 옆에 있는 내가 예전에 사랑하던 남편이 아닌 것 같다는 말, 지금까지의 삶이 모두 사라져 버린 것 같다는 말, 몸이 공중에 붕 떠 있는 것처럼 무엇을 해도 일이 손에 잡히지 않았다는 말, 오전에 내가 아내에게 전화를 해서 "오늘도 행복한 하루를 보내."라고 했을 때도 사실 자기 심정은 죽고 싶었다는 말, 아이들을 위해 살아야겠다고 마음먹으려 했지만, 내가 없는 삶에서 아이들마저도 큰 의미가 없는 것 같다는 말. 이런 말들과 함께 눈물을 펑펑 쏟았다.

내가 아무리 여러 말로 위로하고, 눈물을 닦아 주고, 등을 쓰다듬어 주어도 아내의 눈물은 그치지 않았다. 사실 아내는 아이들보다도 나를 더 사랑했다. 아이들보다 늘 나를 더 세심하게 챙겨 주었고, 신혼 때부터 지금까지도 내가 출근을 할 때면 늘 문 밖까지 나와서 내 모습이 사라질 때까지 손을 흔들어 주는 아내였다. 그렇게 사랑한 남편이 하루아침에 사라져 버린 것이다. 이제 내가 하는 어떤 말이나 행동도 예전처럼 아내에게 다가가지 못하는 것 같았다. 시간이 갈수록 아내는 점점 더 슬픔이 북받쳐서 울음이 통곡이 되었다.

그런 아내에게 나는 마지막 위로랍시고 하지 말았어야 할 말까지 했다. "당신이 지금 슬퍼하는 것은 그저 그런 인간이었던 예전의 김형수를 너무 사랑했기 때문이야. 내가 변해 버렸기 때문에 당신은 더 이상 예전의 나를 만날 수 없다는 절망을 느끼고 있는 거지. 지금은 몹시 슬프겠지만, 대신 언젠가 내가 정말 죽게 되면 당신은 이미 나를 잃어버린 슬픔을 겪었기 때문에 이처럼 슬프지 않아도 될 거야."

아내의 울음소리를 듣고 텔레비전을 보던 아이들이 다가왔다. 딸은 나를 원망하는 한편으로 아내를 위로했고, 아들은 울지 말라며 제 엄마를 다독거리다가 나에게 다가와 귓속말을 했다. "아빠가 너무 갑자기 변해서 엄마가 슬퍼하는 거잖아. '문간에 발 들여놓기'를 했어야지."

아들이 이런 말까지 알고 있었나 싶어서 적잖이 놀랐다. 나도 영업 사원들이 물건을 팔기 전에 우선 문간에 발을 들여놓을 만한 대화로 시작하는 전략 정도로 알고 있었는데, 지금 검색을 해 보니 '작은 부탁이나 요청으로 시작하면 큰 요청도 쉽게 들어주게 된다는 효과'를 뜻하는 심리학 용어였다.

아들과 함께 아내를 방으로 데려가서 눕게 했다. 아내는 여전히 눈물을 그치지 않고 아들은 아내 곁에 붙어서 한동안 아내를 위로했다. 아들은 아내의 몸을 주물러 주고, "엄마, 울지 마. 내가 있잖아."라고 하면서 아내의 상심한 마음을 달래 주었다. 아내를 달래는 아들의 모습을 보면서 나보다 아들이 훨씬 낫다는 생각이 들었다. 아내가 차츰 진정되는 듯하여 잠시 밖으로 나왔다.

내가 너무 갑작스럽게 변하여 아내에게 상실감을 주었다는 생각에 마음이 무거웠다. 입장을 바꿔서 나는 그대로인데 아내가 나처럼 갑자기 변했다면, 나 역시도 지금 아내가 느끼고 있는 감정을 그대로 느꼈을 것이다. 아들 말대로 문간에 발 들여놓기를 했어야 옳았다. 우주를 생각하더라도 몸은 여전히 땅에 발을 디디고 있을 수밖에 없다. 한 발 한 발 천천히 발을 떼어야한다.

다시 집에 들어와 보니, 아들은 아내 옆에 누워 쌔근쌔근 잠들어 있다. 아내에게 자느냐고 물어보니 "자야지." 한다. 그리고 잠꼬대처럼 한 마디 더 덧붙인다. "죽느니 사느니 해도 애들은 키워 놔야 하잖아." 그런 아내의 말을 듣고 나는 실없이 웃음이 나왔다. 창문으로 보이는 서편 하늘에 보름에 가까운 상현달이 걸려 있었다. 2시가 넘은 시각, 비로소 긴 하루가 끝났다.

11월 4일, 넷째 날의 첫 녹음은 학교에 도착한 직후에 했던 것 같다. 내가 출근하는 이른 시간에 늘 학교 주변을 청소하시는 분이 계시는데, 낙엽을 치우는 소리가 함께 녹음되어 있다.

"아침에 샤워를 하는데, 어젯밤 잠들기 전에 보았던 상현달이 떠올랐다. 상현달이라는 말처럼 우리는 우리 눈에 보이는 어떤 대상에 대해 이름을 붙이는데, 실체는 그렇지 않다. 우리 눈에 상현달로 보일 뿐이지 실제 달은 그런 모습이 아니다. 손가락으로 달을 가리키는데, 그 달을 가리키는 손가락만 보고서 이를 달로 여겼다는 이야기가 비유하듯 땅에 발붙이고 사는 우리의 인식 자체가 제한되어 있다.

'도가도 비상도 명가명 비상명(道可道 非常道 名可名 非常名, 도를 도라고 하면 항상적인 도가 아니고, 이름을 이름이라고 하면 항상적인 이름이 아니다.)' 이라는 말처럼 우리가 어떤 대상에 대해 이름을 붙이는 행위로 인해 그 실체는 왜곡되기 마련이다. 대상에 대한 우리의 인식 자체가 제한되어 있는데, 이를 다시 개념화함으로써 본질에서 더욱 벗어나게 된다. 그렇게 이름 붙인 것은 항상 통할 수 있는 진리가 아닌 것이다.

깨달음을 얻었다는 내 말을 몇 시간 동안이나 들은 아내가, 나를 가장 잘 알고 이해하는 사람인 아내가 정작 나를 잃어버린 듯한 허망함을 느낀 것. 그 이유는 아내가 내 말의 본질보다는 이전과 달라진 나의 외적인 모습에 주목했기 때문이다. 아내가 그럴 수밖에 없었던 또 다른 이유는 나 역시도 '깨달음'는 거창한 이름을 붙였던 데 있다. 내가 무엇을 깨달았건 그것이 어떤 것이라고 이름을 붙일 수는 없으며, 이름을 붙이는 순간 본질은 사라지고 왜곡된 개념만 남게 된다. 진리는 결코 거창하거나 복잡한 것이 아닌, 가장 단순한 것이다. 내가 깨달은 것 역시 단지 마음을 열고 보라는 것뿐이다. 내가 '깨달음'을 얻었다고 말하는 것 자체가 사람들에게, 그리고 나 자신에게 또 하나의 벽이 된다."

두 번째 녹음은 김샘에게 말한 내용이다. 김샘에게 전날 밤에 있었던 일을 이야기했던 듯한데, 아들에 대해 자랑하는 부분만 녹음되어 있다.

"어린아이의 순수함은 그 자체로 정답을 말해. 다른 아무것도 고려하거나 따지지 않고 자기가 느끼는 대로만 말하기 때문에 정답인데, 아들에게서 그것을 보았어. 어제 아들이 아내에게나 나에게 한 행동들을 볼 때마다 나는 깜짝깜짝 놀랐는데, 아내나 나에게 아들은 정답만을 얘기했기 때문이야. 철없는 아들이라고 생각했었는데, 사실 때 묻고 벽에 갇힌 나보다 아들이 더 진리에 가까운 것 같아."

어쩌면 어린이들의 맑은 눈은 어른이 된 우리들이 보지 못하는 세상을 보고 있을지도 모르겠다. 어린이들의 말을 잘 들어 보면, 우리 어른들처럼 무언가에 구속된 말이 아니라 진실을 이야기하고 있음을 알 수 있다. 아이들이 살아가는 데 필요한 것들을 가르치는 것은 어쩔 수 없는 일이지만, 우리 어른들의 때 묻은 생각이 옳은 것인 양 착각하고 그것을 아이들에게 주입해 온 것은 아닌지 반성이 된다. 우리나라에서 돌잔치를 할 때면 아기들에게 돈, 연필, 마이크 등을 늘어놓고 고르도록 한다. 나도 딸에게 그렇게 하긴 했지만, 지금 생각해 보면 티 없이 맑은 아기들에게까지 어른들 자신이 추구하는 욕망을 상징하는 물건들을 내미는 행위가 아닌가 생각된다.

아침 조례 시간. 매일 늦은 밤까지 공부를 하느라 피곤에 찌든 학생들이 안쓰럽다. 다들 힘든 시기를 보내고 있어서인지 얼굴에 웃음을 띤 학생이 별로 없다. 전날 밤에 토론 대회의 심사를 하러 복도를 지나면서 우리 학생들의 행복과 발전을 가로막는 벽이 무엇인지 잠시 떠올렸는데, 그것은 '서울대'였다.

영재 학교인 우리 학교 학생들은 졸업 후 절반 이상이 서울대에 진학하고, 그 외의 학생들도 거의 몇몇 명문 대학에 진학한다. 그런데도 입학과 동시에 서울대에 진학하는 부류에 속하기 위한 경쟁이 시작된다고 해도 과언이 아니다. 시험을 볼 때마다, 연구 성과를 얻기 위해 실험을 할 때마다, 교내 외의 수많은 대회에 도전할 때마다, 수업 시간이나 자습 시간마다 서울대라는 벽은 늘 학생들 앞에 있다. 활동의 결과에 따라 서울대에 가까워졌다, 혹은 서울대에서 멀어졌다는 안도와 불안이 반복되고, 이는 학생들이 그 활동 자체에 대해 즐거움과 열정을 갖고 몰입하는 것을 방해한다. 이것이 학생들의 행복과 발전을 가로막는 가장 큰 벽이다.

우리 학교뿐만 아니라 전국의 많은 고등학생들이 지나치게 서열화된 대학들 중에서 어떤 학교에 진학하게 되느냐는 갈등 속에서 고등학교 3년간을 보내고 있다. 비단 학생뿐 아니라 학부모를 비롯한 사회 전체가 학벌주의에서 벗어나지 못하고 있다. 아이가 유치원에 다닐 때부터, 아니 뱃속에 있을 때부터, 아니 배우자를 고를 때부터 학력 경쟁은 시작된다고 볼 수도 있다. 우리 사회에서 학벌이 한 사람을 평가하는 가장 중요한 잣대로 자리 잡고 있는 한, 진정한 교육도 국가의 발전도 이루어지기 힘들다.

이날 아침 조례 시간에 우리 반 친구들에게 이런 이야기를 하고, 학부모님들께도 문자 메시지로 이 내용을 보내 드렸다. 그리고 우리 학교의 모든 선생님께도 다음과 같은 문자 메시지를 보내 드렸다. 우리 학생들에 대한 문제는 학부모님들이나 동료 교사들과 함께 고민을 나눠야 한다고 생각해서였는데, 지금 생각해 보면 아들이 가르쳐 준 '문간에 발 들여놓기'를 했던 듯하다.

안녕하세요? 김형수입니다.
아침부터 스팸 메시지 죄송합니다.^^
(바쁘신 분은 무시하셔도 좋을 듯합니다.)

우리 학생들의 교육에 대해 짧은 소견으로 생각해 보았는데
혹시 작은 참고가 되실까 해서 선생님들께 보내 드리고 싶었습니다.
가끔 학부모님들께 메시지를 드리는데, 그 내용입니다.

행복한 가을의 나날을 기원 드리며
김형수 드림.

....

안녕하세요? 2-1 담임 김형수입니다.
전달 사항 대신에 오늘은 방금 전 아침 조례 시간에
우리 반 친구들에게 짧게 말한 내용을 말씀드릴까 합니다.

어제 제가 문득 떠올린 내용을 친구들에게 물었지요.
"여러분의 발전을 가로막고 있는 게 무엇일까?"
"이 벽만 없으면 노벨상이든 뭐든 받는 성과도 내고
정말 훌륭한 사람으로 성장할 수 있는데, 그게 무얼까?"

미적분학 시험, 게임 등등 여러 대답이 나왔어요.
물론 그러한 것도 장애물이긴 합니다만,

제가 생각했던 정답은 '서울대'였어요.
서울대가 상징하는 우리나라의 '학벌주의' 말이에요.

고교 3년간 정말 깊고 넓고, 소중한 생각들을 많이 할 수 있는데
우리 친구들 머리 꼭대기를 서울대라는 뚜껑이 막고 있는 듯합니다.
공부하고, 연구하고, 대화하고, 휴식하는 모든 순간에
서울대, 혹은 대학 입시라는 벽을 의식하기 때문에 항상 제한된 사고를 하게 됩니다.

친구들에게 말했습니다.
"서울대에 가면 좋지. 그러나 그게 전부가 아니다.
서울대만 가면 훌륭해 질까?
서울대는 여러분 삶의 목표가 아닌 수많은 과정의 하나일 뿐이다.
고등학교에서 보낸 시간을 돌아보렴. 이제 일 년 남짓한 시간,
서울대라는 머리 꼭대기의 뚜껑을 펑 따 버리고,
정말 참된 앎이 무엇인지 공부하고 생각해 보렴.
그래야 정말 서울대도 갈 수 있고, 노벨상도 탈 수 있고,
무엇보다도 너희들만의 소중한 삶을 만들어 갈 수 있단다."

저와 만나 사랑을 나누고 있는 우리 반 친구들의 눈빛이
조례나 종례 때 만날 때마다 점점 더 또렷또렷해짐을 느낍니다.
그 또렷또렷한 눈빛에 서로에 대한 사랑도 담겨 있기에
오늘도 참 행복합니다.

훌륭한 자녀들을 두신 행복한 학부형님,
오늘 하루도 행복한 날이 되시길 기원 드립니다.

　　문자를 보낸 후 몇 통의 답장을 받았다. 물론 바쁜 와중에 내가 보낸 문
자를 읽지 않으신 분들도 계셨을 테고, '다들 서울대에 보내려고 애쓰는데
이런 문자를 보내다니.' 하셨을 분도 계셨을 테고, '서울대나 나오고 이런
얘기를 하든지.' 하셨을 분도 계셨을 것이다. 내가 생각해도 주제넘은 짓이

긴 하지만, 내 생각을 함께 나누고 싶다는 마음은 변함이 없다. 참고로 내가 받은 답장 중 몇 가지를 아래에 붙인다.

선생님들의 답장

- 머리가 상쾌해지고, 마음이 따뜻해지는 좋은 말씀 감사합니다.
  구름 한 점 없는 맑은 가을 하늘처럼 좋은 하루 되시길 빕니다~~
- 안녕하세요, 선생님. 아침부터 마음이 뻥하고 뚫리는 생각을 하게 하는 좋은 글 감사합니다^^ 잘 읽었습니다^^ 바쁘시겠지만~ 자주 글을 올려 주시면 좋을 듯싶습니다^^ 오늘도 행복한 하루 되세요^^
- 좋은 말씀이십니다. 학급회의에 아이들과 얘기해 보도록 하겠습니다~ ㅎ
- 저도 지금 중3 딸아이 진학 때문에 고민이 많은데, 선생님의 말씀이 저를 한 번 더 돌아보게 하네요. 풍요로운 수확의 계절에 나를 톡톡 털어서 거둘 건 거두고 버릴 건 버리는 가을걷이를 해야 할 듯해요. 감사합니다~~^^

학부모님들의 답장

- 가슴 따뜻해지는 행복한 말씀 감사합니다~ 선생님~ 이렇게 행복한 고교 생활을 보내다니…… 진심으로 아들이 부럽습니다.^^
- 진심으로 감사합니다. 우리 아들도 앞에 최선을 다하길 바라고 있습니다.
- 너무 많은 생각이 드는 아침입니다. 이 학교에 입학하면서 저도 '아, 이제 서울대 가나!' 하며 좋아했던 적이 있었습니다. 엄마들과 어울려 대치동까지 학원을 알아보러 다니고 주말마다 아이를 힘들게 보내고…… '이렇게까지 해야 하나?' 의문을 품고 1학년 1학기를 보냈습니다. 성적은 생각보다 안 좋았고 아이와 상의 끝에 학원을 그만뒀습니다. 초기엔 아이도 저도 불안하다 보니 자주 다툼이 생겼습니다. 그러다, 생각을 해 보니 서울대가 문제더라구요. 종양처럼 뇌 속에 자리한 그 단어를 과감히 떼어 내니 모두가 편해졌습니다. 2학년이 되니 아이도 부쩍 진로에 대한 생각이 많아진 것 같아 보입니다. 성적 고민도 되는 듯~ 오늘 아침, 갑자기 던지신 돌직구에 움찔해 문장이 너무 길어졌습니다. 빛나는 하루 되세요~^^
- 저도 하루 종일 선생님 말씀 곱씹어 읽으며 많은 것을 생각합니다. 그리고 아이들을 사랑해 주시는 선생님 마음에 감사합니다.

빈 시간에 김샘을 만나 위와 같은 메시지를 주고받았다는 이야기를 했다. 김샘은 '무엇이 되고 싶으냐?'는 질문보다 '어떻게 살고 싶으냐?'는 질문을 해야 한다는 말을 했다.(또 이와 관련해서 며칠 후 이재구 부장님은 꿈은 명사형이 아니라 동사형이어야 한다는 말씀을 하셨다.) 정말 맞는 말이다. 무엇이 될 것인가 이전에 어떻게 살 것인가를 먼저 생각해야 한다. 그러면 자연스럽게 앞의 질문에 대한 답을 찾을 수 있다. 앞의 질문을 먼저 해서는 '무엇'이라는 벽에 갇히게 된다. 불과 며칠 전까지만 해도 나 역시 무엇이 될까 하는 고민이 앞섰다. 그렇기 때문에 좁은 사고에서 벗어날 수 없었던 것이다. 이제는 딱히 무엇이 되고 싶다는 생각은 하지 않는다. 다만 막힘없이 살고, 내가 몸담은 세상을 조금이라도 더 아름답게 만드는 삶을 살고 싶다.

세 번째 녹음은 오전에 아내와 전화 통화를 한 후에 짧게 녹음한 것이었다.
"아내와 전화 통화를 했다. 아내는 나와 웃으며 농담을 나눌 정도로 기분이 많이 풀렸다. 내 생각이 바뀌긴 했어도 나는 여전히 당신의 못난 남편이라고 아내를 안심시켰다. 아내가 안심하는 걸 보니, 역시 난 여전히 못난 남편이긴 한가 보다."
전화 통화에서 아내는 어제 울기를 잘 했다고 하면서, 실컷 울고 나니 오늘은 마음이 편해졌다고 했다. 그보다 앞서, 통화 전에 나는 아내에게 문자를 보냈었다. 마침 남편 고양이와 아내 고양이가 등장하는 우스운 만화가 이메일로 왔기에 아내의 기분이 풀릴까 해서 사진을 찍어 보내 준 것이었다. 우스운 만화 끝에는 다음과 같은 좋은 말도 적혀 있었다.
'사랑이란 하나를 주고 하나를 바라는 것이 아니다. 둘을 주고 하나를 바라는 것도 아니다. 아홉을 주고도 미처 주지 못한 하나를 안타까워하는 것이다.(브라운)'

더 큰 벽을 느끼다

다음 녹음은 점심을 먹고 김샘과 산책을 하면서 이루어진 듯하다. 약간 숨차하는 내 목소리와 낙엽 밟는 소리가 뒤섞여 있다. 김샘이 나에게 앞으로 어떤 책을 쓰고 싶으냐고 물었던지, 나는 다음과 같이 말했다.

"가장 중요한 책은 자기 자신에 대한 인식을 담은 책이야. 자신부터 바꾸어야 모든 것을 바꿀 수 있기 때문이지. 이번에 내가 쓰려는 책이 그런 책이야. 그리고 궁극적으로는 세상에 대한 책을 써야겠지. 지금 우리가 살아가는 세상은 온갖 모순과 비극이 뒤섞여 있어. 기아 문제를 비롯하여 환경 파괴나 질병 문제, 국가나 민족 혹은 종교 간의 충돌, 그리고 최근 화두가 되는 빈부 격차의 심화나 도시의 슬럼화 문제 등이 갈수록 심각해지고 있어. 이런 문제들을 지혜롭게 해결하지 못한다면 인류가 맞이할 미래는 암울할 수밖에 없겠지.

근본적인 해결책은 우리들이 '나'라는 좁은 울타리를 벗어나 사고하는데서 시작돼. 나, 가족, 지역 사회, 국가, 세계에 이르기까지 범위만 커질 뿐 인간이 갈등하는 문제들의 해결 여부는 결국 얼마나 벽을 허물 수 있느냐에 달려 있어. '나'만을 위하는 사고에서, 함께 살아가는 세계를 위하는 사고로 전환되어야 모든 문제들을 해결할 수 있어. '나'부터 생각하는 것이 아니라, 거꾸로 살기 좋은 세계를 만들고 그 속에서 '나'가 행복하게 살겠다는 생각으로 전환해야 해.

그런데 인간이 이기적인 존재임을 부정할 수는 없어. 저마다 자신을 위해서 사는데, 그러한 삶이 결과적으로 자신에게 가장 큰 해를 미칠 수 있다는 점을 깨닫지 못하고 있지. 자기라는 울타리를 벗어나 생각하고 실천하는 것이야말로 정말 자기에게 이롭다는 점을 깨달아야만 해. 그리고 이러한 인식을 가진 사람들이 각 분야에서 문제의 원인을 분석하고, 해결 방안을 마련하여 하나씩 실천해 나갈 때 세상은 바뀔 수 있어."

여기까지 이야기 한 후, 갑자기 나는 내가 떠올린 세 가지 영상에 대한 이야기를 꺼냈다.

"어제까지만 해도 나는 완전한 깨달음을 얻었다고 생각했어. 그래서 내 자신이 마치 고치 속에 있던 번데기가 고치를 벗어나 날개를 달고 날아오르는 나비가 된 것처럼 느껴졌지. 이전에 나를 구속하던 벽을 허물고 새로운 세상으로 나와서 자유로움을 만끽하는 느낌이었어. 그래서 아내에게도 당신도 나처럼 번데기가 고치를 벗어나 나비가 되듯이 깨어나라고 이야기했어. 그랬더니 아내는 그 고치가 너무 소중하게 느껴져서 영원히 번데기로 남아 있다가 화석이 될 것 같아 서글프다고 했었지.

그런데 오늘 아침에는 또 다른 영상이 떠올랐어. 알이었지. 나는 그 알 속에서 부리로 장난을 치다가 우연히 약한 곳을 쪼개 되어 작은 구멍이 생겼어. 그 작은 구멍을 통해 들어오는 빛은 눈부시게 아름다웠어. 그러나 나는 고작 작은 구멍을 냈을 뿐 아직도 알 속에 갇혀 있어. 나는 처음으로 벽을 허물어야겠다는 생각을 하게 되었지만 여전히 두꺼운 벽 속에 갇혀 있는 거야. 죽을 때까지 열심히 쪼더라도 이 두꺼운 벽을 모두 깨고 나올 수 있을지는 의문이야.

그리고 지금 김샘과 이야기를 나누면서 또 하나의 영상을 떠올리게 돼. 마치 도마뱀의 알과 비슷하다고 할 수 있는데, 작은 알들이 모여 있고 그 밖을 더 큰 알주머니가 감싸고 있는 영상이야. 도마뱀의 알주머니처럼 길쭉하지는 않지만 말이야. 왜 이런 영상을 떠올리게 되었냐면, 나 혼자만 존재하는 것이 아니라 이 세상의 모든 사람들과 함께 존재하기 때문이야. 우리 모두는 각자 조그만 알 속에 갇혀 있어. 나는 나를 가둔 알에 조그만 구멍을 냈을 뿐이야. 완전히 빠져나가려면 멀었지. 그리고 내 알에서 빠져나간다고 해도 더 크고 두꺼운 알주머니에 둘러싸여서 그 밖으로는 나갈 수 없어.

내가 할 수 있는 일은 내 알을 깨기 위해 몸부림을 치는 일이야. 그러면 그 소음이나 진동에 자극을 받아서 주변의 알들 속에 있는 사람들도 자신의 알을 깨려고 하게 돼. 각자가 열심히 자기 알을 깨고 밖으로 나오게 된다면 힘을 합쳐서 거대한 알주머니를 깰 수도 있을 거야. 그러면 모두가 새로운 세상으로 나갈 수 있겠지.

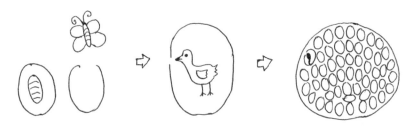

아까 내가 말한 세계의 문제들을 해결하는 것은 결코 나 혼자서는 할 수 없는 일이야. 그러나 내가 속한 세계의 문제를 알면서도 그대로 내버려 두고 살 수는 없어. 그것은 내 스스로가 영원히 알 속에 머물러 있겠다는 말과도 같아. 힘들겠지만 내 알을 조금씩 깨 나가는 동시에 다른 사람들도 알을 깨도록 도와주고, 서로 힘을 모아 우리를 둘러싼 더 큰 알을 깨 나가야 하겠지."

다음에는 오전 수업 때의 사례를 들며 발상의 전환에 대한 이야기를 했다.

"도서관에서 진행한 오전 수업에서 학생들에게 책을 읽고 비평문을 쓰도록 했었는데, 그중 한 친구가 도서관에 있는 소파에 엎드려서 다른 친구에게 뭔가 이야기를 하고 있었어. 야단을 칠 수도 있는 상황이었는데, 반대로 칭찬을 했지.

"좋은 자세다! 책을 꼭 책상 앞에 앉아서 읽어야만 하는 것도 아니고,

책을 읽고 비평문을 쓰는 것도 좋지만 서로 대화를 하며 생각을 나누는 것도 좋은 일이다.”

그리고 나도 일부러 맞은편 소파에 비스듬히 누운 자세를 취하며 내 앞에 있던 몇몇 학생들에게 이야기를 했어.

“창의적 사고는 기존의 획일화된 사고를 벗어날 때 가능하다. 창의적 사고를 해 보자는 수업을 하면서도 학생들은 모두 책상 앞에 앉아 있고 교사는 그 앞에 서서 강의를 하는 기존의 수업 형태에서조차 벗어나지 못한다면 과연 창의적 사고가 가능할까? 모든 것을 다른 각도에서 생각할 수 있어야 한다. 나처럼 이렇게 누워서 수업을 할 수도 있고, 교실을 완전히 다른 형태로 만들 수도 있다. 비평문을 작성하든 다른 무엇을 하든, 고정관념에서 벗어나 자기만의 자유로운 발상을 할 수 있어야 독창적인 성과를 이룰 수 있다.”

학생들이 즐거워했고, 나 역시도 창의적 사고에 대해 잘 보여 준 것 같아서 좋았어. 물론 예절을 지키는 것도 중요하고 다른 사람의 시선도 의식하면서 살아야 하지만, 그러한 것들로 인해 우리의 사고까지 굳게 만들 필요는 없을 것 같아.”

나이를 다르게 인식하다

이어서 가을에 대한 이야기를 했다.

“사람들은 왜 가을을 타는 걸까? 어찌 보면 가을을 타는 것은 자연스러운 현상이야. 인간도 자연의 일부로서 자연의 흐름을 따를 수밖에 없는 거지. ‘춘생(春生), 하장(夏長), 추살(秋殺), 동장(冬藏)’이라는 말이 있어.

봄에는 만물이 생성하고, 여름에는 성장하며, 가을에는 시들고, 겨울에는 생명의 씨앗을 저장해 둔다는 말이야. 요즘과 같은 가을은 죽음과 시듦의 계절이기 때문에 나뭇잎들이 떨어지듯이 사람도 뭔가 변화를 겪겠지.

그런데 나무와 사람의 차이점이 있어. 나무는 가을이 되면 아낌없이 잎들을 하나 둘 떨어뜨리는데 사람은 그렇지가 않아. 자기가 가진 것들을 도무지 내려놓으려 하지 않지. 나무가 생명의 씨앗을 품고 겨울을 넘길 수 있는 이유는 가을에 아낌없이 버리기 때문이야. 만약 나무가 고집을 부려 가을에 잎들을 떨어뜨리지 않는다면 겨울에 나무 전체가 얼어 죽고 말 거야. 가을을 탄다는 것을 나무에 비유하자면 가을이 깊어 가는데도 온 몸에 치렁치렁 묵은 잎들을 달고 서 있는 모습이라고 할 수 있어. 바람이 조금만 불어도 괴롭게 요동칠 수밖에 없지.

가을을 타지 않으려면 가진 것을 버릴 줄 알아야 해. 자기가 가진 것들에 얽매이고 하나도 놓치고 싶지 않아서 연연하는 사람은 더욱 가을을 탈 수밖에 없어. 낡은 생각, 부질없는 것들을 하나 둘 버리고, 가장 소중한 것이 무엇인지 찾고, 그것을 잘 간직해야지. 그래야 추운 겨울을 넘기고 다시 봄이 오면 그 소중한 씨앗으로 꽃을 활짝 피울 수 있어.

그렇다면 버릴 것은 무엇일까? 어쩌면 모든 것이라고 할 수 있어. 내 소유물들, 지위나 명예, 가족이나 심지어 내 생명까지도 언젠간 버려야 할 유한한 것들이야. 그 모든 것들은 세상에 태어나 일시적으로 누리는 것들이지. 이런 생각을 하면 집착에서 벗어나 정말 소중한 것이 무엇인지 깨닫게 될 거야.

그리고 버린다는 표현을 쓰기는 했지만 사실은 버리는 것도 아니야. 어디로든 가지 못하고 영원히 여기 있을 수밖에 없어. 마치 나뭇잎이 나무에서 떨어져도 다시 양분이 되어 나무로 돌아가는 것처럼 영원히 순환하는 것일 뿐이지. 형태는 바뀌더라도 모든 것은 결국 여기에 있어."

이날의 마지막 녹음은 마트에서 아내와 나눈 짧은 대화였다. 음악 소리와 물건 값을 계산하는 소리가 섞여 있다. 내가 머리 염색에 대해서 아내에게 말한 내용이었다.

"다른 사람들에게 혐오감을 주지 않기 위해서 외모 관리도 필요하겠지. 나는 수염이 길어지면 지저분하게 보이니까 면도는 앞으로도 할 생각이야. 그런데 흰머리를 감추기 위한 염색은 뭔가를 속이는 행위 같아. 나이가 들면서 머리가 하얗게 변하는 것은 자연스러운 현상인데, 굳이 염색을 해서 가릴 필요가 있냐는 거지. 그래서 지금까지는 염색을 해 왔지만, 앞으로는 그러지 않기로 했어. 사실 내 외양을 꾸미는 것에 별 관심이 없어졌어."

외양을 꾸미지 않더라도 그 사람의 마음은 자연스럽게 그 사람의 외모로 나타난다. 어찌 보면 좋은 생각을 하며 살아가는 것이 자신을 가장 아름답게 하는 방법인지도 모르겠다.

외양 이야기가 나온 김에 이와 관련된 나이 이야기를 해야겠다. 며칠 사이에 내 나이에 대해 말할 기회가 두 번 있었는데, 그중 하나는 미용실에서 머리를 자르는 분과 나눈 대화였다. 그분은 탈무드를 유난히 좋아하여 집에 탈무드 책이 여러 권 있다고 했다. 나는 지금 책을 쓰고 있는데 나중에 책이 나오면 한 권 드릴 테니 읽어 보시라고 했다. 그러다가 나이 이야기가 나왔다.

"우리는 나이가 몇 살인지에 대해 상당히 의식하는 편인데, 사실 몇 살이냐는 숫자 자체가 우리가 생활하는 데 큰 영향을 미치는 것은 아니다. 그보다는 스스로 자신의 나이가 적다, 혹은 많다고 인식하는 것이 자신의 생각과 행동을 제약하는 것이다.

그리고 나이를 정하는 기준에 대해서도 생각해 볼 필요가 있다. 몇 년을 살았는지에 따라서 나이를 정하는데, 그게 몇 년이 됐든 사람마다 그 시간을 다르게 살아왔고, 다르게 인식하기 때문에 몇 년이라는 숫자 자체는 큰 의미가 없다. 많은 사람들이 외모의 변화에 따라 나이가 들었다는 인식을 하기도 하는데, 외모의 차이 역시도 타당한 기준은 아니다. 같은 50대라도 어떤 사람은 청년처럼 보이고 어떤 사람은 노인처럼 보이기도 하니 말이다. 그럼에도 불구하고 사람들은 외모가 나이를 말해 준다고 믿기에 조금이라도 더 젊어 보이는 데 다들 관심이 많다.

중요한 기준은 숫자나 외모가 아닌 마음이다. 외모는 갑작스러운 사고로 하루아침에 바뀔 수도 있다. 그런 점에서 우리가 누구인가를 말해 주는 것은 외모보다는 마음이라고 할 수 있다. 스스로 늙었다고 생각하는 사람은 정말 늙은 사람이라고 할 수 있고, 반대로 스스로 젊다고 생각하는 사람은 정말 젊은 사람이라고 할 수 있다. 늙는다는 것은 외모보다는 마음이 늙는다는 것이다. 마음이 새순처럼 말랑말랑하고 생기가 넘치지 않고, 마른 나무처럼 딱딱하고 완고해져 간다면 그것이 바로 늙는 것이다.

최근까지도 나는 내 나이가 벌써 43세라는 아쉬움이 있었다. 죽음보다 늙음이라는 현상이 더 두렵기도 했고, 늘어 가는 흰머리를 염색으로 감추어 조금이라도 젊어 보이려고 했다. 그러나 이제 숫자나 외모보다도 마음이 정말 나이를 결정한다는 것을 깨달았다. 그래서 43세라는 숫자에도, 늘어가는 흰머리에도 별로 신경 쓰지 않게 되었다. 지금 내 나이가 몇 살이냐고 물어보면, 나는 스무 살이라고 답할 것이다. 어린 학생들과 이야기를 해 보면 개중에는 나보다 마음이 딱딱하게 굳어 버린 경우도 더러 있다. 그리고 스무 살 때의 내 마음보다 오히려 지금의 내 마음이 더 젊은 것도 같다. 그래서 앞으로 누가 나이를 물어보면 스무 살이라고 할 생각이다.”

그 후 김샘에게 미용실에서 있던 일을 이야기하다 보니, 스무 살도 너무 많다는 생각이 들었다. 이 책의 표지 사진에 나온 예찬이의 나이 정도, 즉 어린이집에 들어갈 무렵인 4~5세가 적당하지 않을까 생각했다. 나는 그 시기의 아이들이야말로 진실에 가깝다는 이야기를 했는데, 김샘은 그런 아이들도 거짓말을 하거나 동생에게 해를 입히기도 한다고 말했다. 그렇다면 대략 말을 배우기 직전인 한 살 무렵은 어떨까? 생각해 보니 그 무렵은 아무런 때가 묻기 전인 것 같은데, 바로 말 자체를 배우지 않았기 때문에 그런 것 같기도 하다. 개념을 배우지 않았으니 정교한 사고를 할 수는 없지만, 대신 때 묻지 않은 순수한 감성과 열린 인식을 지니고 있을 것이다. 아무래도 이미 수많은 말을 배워 버렸고, 그것을 통해 사고하고 있는 나는 그 무렵까지 나이를 낮추기는 힘들 듯하다. "2014년 11월 1일 다시 태어났으니 나는 한 살이다." 라고 말할 수도 있지만 말이다.

11월 5일, 평소처럼 아침에 출근해서 나에게 온 몇 통의 이메일을 열어 보았다. 그중 인상 깊었던 두 가지를 컴퓨터에 기록해 두었다. 하나는 일본의 어느 선생님의 실화를 담은 감동적인 글이었는데, 끝에는 다음과 같은 명언이 있었다.

'가장 좋은 교사란 학생들과 함께 웃는 교사이다.
가장 좋지 않은 교사란 학생들을 우습게 보는 교사이다.'
(알렉산더 서덜랜드 닐)

그리고 다른 하나는 어떤 내용의 메일이었는지 기억이 나지 않지만 다음과 같은 글귀를 적어 두었다.

'영원히 살 것처럼 생각하라.
내일 죽어도 좋을 것처럼 행동하라.'

사실 고등학교 때 학교 도서관 벽에도 '영원히 살 것처럼 배우고, 내일 죽을 것처럼 행동하라.' 는 글귀가 붙어 있었다. 오래 전 보았던 글귀를 다시 보게 된 반가움과 함께, 정말 이 글귀처럼 생각하고 행동하는 것이 옳다는 생각이 들었다.

'어떻게 사느냐?' 를 우선시하다

이날 오전에 두 명의 학생과 개인적으로 이야기를 나누게 되었다. 앞의 이야기는 우리 반의 한 친구가 나를 찾아와 상담을 한 것이었다. 물리를 좋아하는 이 친구는 물리와 관련한 대회 준비에 얼마나 시간을 투자해야 하나, 겨울 방학을 어떻게 보내야 하나, 3학년 때 어떤 과목을 들어야 하나와 같은 여러 가지 상담 거리를 가지고 나를 찾아왔다.

나로서도 딱히 어떻게 하라고 말해 주기 어려운 것들이어서 대신 어떻게 살고 싶은가라는 질문을 먼저 해 보면 무엇을 해야 할지가 명확해질 것이라는 이야기를 했다. 남들이 하니까 별 생각 없이 따라 하는 것보다는 스스로 정말 필요하다고 생각되는 일들을 해야 한다고 말했고, 네가 고민하는 것들 중에서 어떤 것이 자기에게 정말 중요한 것인지 다시 한 번 생각해 보라고도 했다. 이 친구에게 생각할 시간을 조금 준 후에, 그래도 결정을 못해서 내 조언을 구할 것이 있는지 물어보았다. 그랬더니 이 친구는 자기가 결정하면 될 것 같다는 말을 하고는 밝은 표정으로 돌아갔다.

이와 관련해서 다음과 같이 녹음한 파일이 있다.

"질문에 대한 답은 결국 자기 마음속에 있다. 답이 무엇인지 누군가에게 묻는 일은 의미가 없다. 누가 어떤 눈으로 보느냐에 따라 답은 달리 보인다. 답이 무엇이라고 말해 준들 그것을 받아들일지 여부는 자기가 결정하는 것이다. 자기 스스로 답을 찾지 못하고 누군가 말해 준 대로 따라 사는 것 역시 큰 의미가 없다. 스스로 답을 찾고 그에 따라 행동해야 한다.

답을 찾지 못하도록 가로막는 벽은 자기 스스로 만든 것이다. 무엇이 자기의 생각을 구속하고 있는지 깨닫게 된다면, 그 굴레에서 벗어나 어떻게 살아야 할지를 스스로 결정할 수 있다.

또한 완전한 답이란 것이 존재하지 않을지도 모른다. 스스로 답이라고 생각하는 것이 또 하나의 벽이 될 수 있다. 끊임없이 자기를 성찰하고 자기의 인식을 깨 나가는 일이 우리가 할 일이다."

또 다른 학생과의 대화는 수업 시간에 이루어졌다. 수업을 시작하면서 나는 내 경험을 들면서 무엇이 되느냐보다 어떻게 사느냐가 더 중요하다는 이야기를 했다.

"내가 여러분 나이 때 가졌던 꿈은 정치가와 전투기 조종사의 두 가지였다. 정치가의 꿈을 꾼 것은 당시 민주화에 따라 대통령 직선제가 시행되면서 뜨거워진 정치 열풍에 영향을 받았던 것 같고, 전투기 조종사가 되고 싶었던 것은 정말 멋진 직업으로 여겨졌기 때문이었다.

성적이 신통치 않아서 정치학과에 진학하지는 못했고, 대신 공군 사관학교 입학시험에 응시했다. 필기시험과 체력검사를 통과하고, 신체검사를 마친 후 결과 발표를 들었는데 불합격이었다. 불합격한 이유는 물어보니 치아가 부정교합이기 때문이라고 했는데, 당시의 나로서는 생소한 말이었고, 그런 이유로 떨어진 학생은 나 외에는 없었던 것으로 기억된다.

결국 대학은 당시 학력고사 성적에 맞춰 국문학과에 진학을 했다. 국문학과에 진학해서 뭐가 되겠다는 계획은 없었지만 그냥 문학을 싫어하지는 않았기에 담임선생님의 진학 권유를 받아들였다. 그리고 대학을 마치고 군대를 제대한 후, 교사가 되겠다는 생각도 딱히 없었는데 마침 외환위기 여파로 취직이 어려워지는 바람에 교사가 되었다.(학창시절에 내가 교사가 되겠다는 생각을 못했던 이유가 무엇일지 며칠 전 깨닫게 되었다. 바로 오른 쪽 손목의 흉터 때문이었을 것이다. 내가 아주 어릴 때 뜨거운 물에 데었다고 하는데, 칠판에 판서를 하다 보면 이 흉터가 보이게 되는 것을 나도 모르게 의식했던 것 같다. 지금 생각해 보면 별것도 아닌데, 이런 사소한 것들로 인해 내 스스로의 생각을 구속해 온 것이었다.) 어쨌든 교사가 되어 15년의 세월이 흘렀고, 나는 내 삶에 만족하며 살아가고 있다. 지금 생각해 보면 정치가나 전투기 조종사가 되었다고 한들 지금보다 좋은 삶을 살고 있을 것 같지도 않다."

이런 이야기를 하며 꼭 무엇이 되어야 한다는 부담을 갖기보다는 하루하루 자신이 하고 싶은 일을 즐겁게 하다 보면, 그것이 모여서 좋은 삶이 되고, 결과적으로 자연스럽게 자신이 원하는 무엇이 되어 있을 것이라고 말했다.

이때 한 친구가 웃으며 "그런 말 역시 선생님이 교사라도 됐으니까 할 수 있는 말입니다."라고 말했다. 이 친구는 책도 많이 읽고 글도 잘 쓰는 친구였다. 나는 "물론 그럴 수도 있겠지."라고 말했다.

그 시간은 조별로 동영상을 제작하는 시간이어서 다른 조들을 둘러보다가 그 친구가 만들고 있는 영상도 잠시 구경을 했다. 화면에 콧수염이 특이한 인물이 있기에 누구냐고 물어보니, 초현실주의 화가 살바도르 달리라고 했다. 달리의 얼굴은 처음 보지만, 나도 달리의 놀라운 작품들을 본 적이 있어서 "와, 달리가 그림만 창의적인 줄 알았더니 콧수염도 이렇게 창의적이었네!" 하고 말했다. 그랬더니 그 친구는

"달리가 창의적이어서 콧수염을 이렇게 만든 것이 아니라, 사람들로부터

인정받는 화가였기 때문에 콧수염을 이렇게 만들 수 있었던 겁니다. 만약 달리가 무명 화가였는데 콧수염을 이렇게 만들었다면 그냥 미친놈이라는 소리를 들었겠지요."

했다. 나는 이 친구가 타인의 인정이나 사회적 지위 같은 것을 지나치게 의식하고 있지 않나 생각되어서 이렇게 말했다.

"물론 그 사람이 유명한가도 중요한 문제이겠지만, 그보다는 그 사람의 말이나 행동 자체가 더 중요한 게 아닐까? 예를 들어 문학 작품에 대해 국어 교사인 나와도 이야기를 나눌 수 있지만, 건물 경비원 아저씨와도 좋은 이야기를 나눌 수 있는 거잖아."

이 친구는 웃으며,

"그럴 일은 없을 거예요. 건물 경비원과 어떻게 문학 작품 이야기를 나눠요?"

했다. 나는

"아냐, 있을 수도 있어. 나도 정년퇴직을 한 후 건물 경비원이 될 가능성이 있는데, 마침 어떤 학생이 문학 작품을 읽고 있는 것을 보았다면 함께 문학 작품에 대해 이야기를 나눌 수도 있잖아."

이 친구는 대화를 나누는 동안 나를 가끔 쳐다보기는 했지만, 주로 시선을 노트북에 두고 자신의 동영상 작업을 계속 진행하면서 말했다.

"글쎄요, 저는 어떤 교사 한 명으로 인해 제 삶이 바뀔 것이라고 생각하지도 않지만, 특히 건물 경비원과는 문학 작품에 대한 이야기를 나누지는 않을 거예요. 사람은 환경이 중요한데, 저만 해도 괜찮은 가정에서 태어났고 좋은 교육을 받았기 때문이 이 학교에 들어올 수 있었던 거죠."

녹음하지도 않았는데 대화 내용이 기억나는 이유는 그날 김샘에게 이 이야기를 했기 때문인 것 같다. 이 외에도 이 친구는 예수님이나 소크라테스의 말이 아직까지 남아 있는 이유 역시 기독교가 세계적인 종교가 되었고,

소크라테스가 유명해졌기 때문이라고 했다. 나는 물론 그럴 수도 있지만, 그보다는 그분들의 말 자체가 진리이기 때문이라고 했다. 그분들이 아무리 유명하다고 해도 그 말이 진리가 아니라면, 결국 부정되었을 것이라고 말했다.

이날 이 친구에게서 들은 말 중 가장 기억에 남는 것은 '소크라테스와 돼지'에 대한 이야기였다. 이 친구는 '소크라테스는 돼지를 부러워한다.'는 특이한 관점을 지니고 있었고, 이에 대해서 나를 설득하려고 했다. 그 논리는 대략 이런 것이었다.

'배부른 돼지보다 배고픈 소크라테스가 낫다는 말은 잘못된 말이다. 소크라테스는 인간으로 태어났기 때문에 철학적 고민을 할 수밖에 없었던 것이다. 소크라테스가 돼지로 태어났다면 그냥 마음 편히 돼지로 살아갔을 것이다. 복잡하게 고민을 해야 하는 인간으로 태어난 소크라테스보다는 마음 편히 사는 돼지가 낫다. 그래서 소크라테스는 돼지를 부러워한다.'

이런 말을 듣고 나는 이 친구에게 물었다.

"그럼 소크라테스 말고, 너는 어떠니? 네가 만약 다시 태어날 수 있다면, 정말 소크라테스가 아닌 돼지로 태어나는 게 더 좋다고 생각하니?"

이 친구는

"아뇨, 저도 이미 인간으로 태어났기 때문에 다시 돼지로 돌아가겠다는 생각을 할 수는 없는 거죠."

했다. 이 친구의 말을 듣자니 내 머리도 복잡해졌지만, 나는 다음과 같이 말했다.

"철학적 고민을 하면서 사는 삶이 물론 돼지의 삶보다 힘들긴 하겠지만 더 가치 있는 일이다. 그래서 소크라테스는 돼지를 부러워하지는 않았을 것이다."

수업이 끝나서 이야기가 중단됐는데, 내가 교무실로 돌아왔을 때 이 친구로부터 문자 메시지가 왔다. 이야기를 끝내지 못해서 찜찜한데, 나중에 다시 이야기를 계속할 수 있느냐는 내용이었다. 나는 그러자고 답장을 보냈다.

그리고 며칠 후 도서실에서 다시 이 친구와 이야기를 나누게 되었다. 내가 "전에 이야기를 하고 싶다고 했으니 지금이 어떨까?" 하고 묻자, 이 친구는 "이거 풀면서 해도 되죠?" 했다. 나는 그게 뭔지는 몰랐지만 무심코 그러라고 했다.

두 번째 대화는 생각보다 짧게 끝났다. 이 친구는 나와 대화 중에 수학 문제를 푸느라 집중력을 발휘하지 못했다. 이전 대화의 쟁점을 다시 이어서 이야기한 것도 아니고, 특별하지 않은 한두 마디를 나누다가 내가 이렇게 물었다.

"그럼, 너는 어떤 삶을 살고 싶니? 어떨 때 즐겁니?"

"저는 남들이 깨닫지 못하는 것을 깨달을 때 즐거워요. 그리고 제가 원하는 삶은 뭔가 여유를 느낄 수 있는 그런 삶이예요."

"그래, 깨달음이나 여유, 다 소중한 것이야. 그런데 이런 말을 해서 좀 그렇긴 하다만, 너는 여유를 느낄 수 있는 삶을 원한다고 말하면서도 지금 나와 대화를 나누고 있는 이 순간에도 수학 문제를 풀고 있잖아."

"성격이라 어쩔 수 없는 거 같아요."

"그래, 성격을 고치는 게 쉽지 않은 일이겠지. 그러나 네가 소망하는 것이 정말 여유로운 삶이라면 한번 생각해 보기 바란다. 앞으로도 대화를 나누며 수학 문제를 푸는 것처럼 계속 살아가다 보면 결국 네 소망이 이루어지지 않을 수도 있잖아."

그 친구가 검지를 세우며 말했다.

"그게 문제죠."

짧은 한 마디를 하고는 급히 풀어야 할 수학 문제들이 많았는지 그 친구는 이내 자리를 떴다. 나는 그 친구의 등 뒤에 대고 "대화를 나누게 되어 즐거웠다."는 형식적인 말이라도 할 수밖에 없었는데, 이날의 대화가 어색하게 끝났기 때문인 것 같다.

다음날 김샘을 만났을 때 이 이야기도 했다. 그리고 두어 시간 후 김샘으로부터 다음과 같은 메시지가 왔다.

아침에 김샘(나를 가리킨다.)과 얘기를 나누다 생각난 책 구절이 있어 보내네.
　　'오늘 불행을 감수하면서 무언가를 준비하면
　　언젠가 내가 행복해질 수 있을까?
　　지금 살고 있는 하루하루 행복해야
　　먼 훗날에도 행복할 수 있지 않을까?'
　　　　－ 책 '이보다 더 좋을 순 없다' 중에서

이 메시지에 대해 내가 남긴 다음과 같은 기록이 있다.

　　'그래, 지금 당장 행복하지 않다면 영원히 행복해질 수 없겠지.
　　누가 뭐래도 지금의 내 삶이야말로 이보다 더 좋을 순 없다.
　　never been better!'

아름다움에 대해 생각하다

이날의 첫 번째 녹음 내용도 이와 관련된 것이었다. 앞선 대화를 나눈 후 잠시 한적한 정자 쪽으로 걸어가면서 떠오르는 생각을 녹음했다.

"철학적 고민을 하고, 늘 다른 것들을 받아들이고 자기를 변화시키기도 하는 것. 그것이 인간으로서의 삶이다. 그 친구의 말대로 힘들게 고민을 하며 살아야 하는 인간보다는 아무런 고민 없이 만족감을 느끼며 살아가는 돼지의 삶이 낫다고 할 수도 있다.

어찌 보면 사람마다 정도의 차이는 있겠지만 일정 부분 돼지로서 살아가는 것 같기도 하다. 어디까지는 생각하지만, 그 이상은 더 생각해 보려 하지 않고 안주하려는 습성에 젖게 된다. 스스로 자기 생각을 구속하는 틀을 깨지 않으려 한다면, 단지 오늘은 무얼 입을까 무얼 먹을까 생각하는 정도라면 돼지와 크게 다를 바 없다.

우리가 모르는 사이, 우리의 인식은 벽에 갇혀 있다. 조금 전 걸어오면서 내 눈길은 가을 하늘과 단풍나무들로 향했다. 물론 아름답다. 그러나 아름다움을 느끼는 나의 감정마저도 벽에 갇혀 있는 것은 아닐까? 색색으로 물든 나무들, 그 위에 펼쳐진 파아란 하늘, 그리고 평화롭게 흘러가는 구름들. 그림책이나 텔레비전에서 익숙하게 보아 온 장면이다. 그런데 아름다움은 이런 것들에서만 느껴지는 것은 아니다. 유심히 살펴보니 땅에 떨어져 시들어 가는 나뭇잎 하나에도 아름다움이 깃들어 있고, 바닥에 깔린 낡은 보도블록 하나에도 기묘한 아름다움이 숨어 있다. 아름다움을 찾으려고 구태여 눈을 어떤 곳으로 돌릴 필요가 없다. 마음을 열고 보면 그 모든 것들이 아름다움과 경이로움으로 다가온다.

해마다 단풍철이 되면 고속도로가 꽉 막힌다. 단풍이 아름답다는 곳으로 너도나도 몰려가기 때문이다. 눈 덮인 산의 장관을 보려고 멀리 히말라야나 알프스 산을 찾아가는 사람들도 있다. 물론 그러한 곳에서 아름다움을 느낄 수 있다. 색색으로 물든 단풍나무 숲이나 눈이 쌓인 웅장한 산은 우리의 감탄을 자아내기에 충분할 것이다.

그러나 아름다움이란 것은 어찌 보면 무엇을 보느냐보다 어떻게 보느냐에 좌우되는 것일 수도 있다. 아름다움을 보겠다는 일념으로 꽉 막힌 고속도로를 달리거나 비행기를 타고 오랜 시간을 이동해 온 사람이라면 눈앞에 펼쳐진 광경을 보고 탄성을 지를 마음의 준비가 이미 충분히 되어 있다. 그러므로 그들이 느끼는 아름다움은 단풍나무 숲에 집을 짓고 사는 사람이나 히말라야 산맥에 사는 사람들이 느끼는 것과는 사뭇 다를 수밖에 없다. 우리가 매일 마주하는 사물이든, 풍경이든, 사람이든 그런 눈으로 볼 수 있다면 모두 장관이 될 수 있다. 마음을 열고 보는 세상은 온통 아름다움으로 가득 차 있다.”

(딸을 위해 좀 더 이야기를 해야겠다. 방금 11월 29일 토요일 5시 무렵에 위의 내용을 컴퓨터에 입력했다. 아침에 아내가 장모님 생신이어서 시골에 내려갔기에 내가 집에서 아이들을 돌보고 있다. 이번에는 장모님과 처가 형제들만 오붓하게 여행을 가기로 했단다.

딸이 무엇을 하는지 옆방에 가 보니, 숙제로 밀에 대해 조사를 했다며 나에게도 보여 준다. 밀의 유래, 밀로 만든 음식 등을 조사하여 발표 자료를 만들었는데, 맨 뒤에 자기가 좋아하는 연예인들의 사진을 잔뜩 붙였다. 그리고 나에게 “잘 생겼지?, 완전 잘 생겼어.” 한다. 사춘기인 딸은 요즘 부쩍 외모에 관심이 많다. 얼굴이 작은 아내는 욕을 먹지 않는데, 얼굴이 큰(?) 나는 딸에게 큰(?) 얼굴을 물려주었다고 만날 때마다 구박을 당한다.

아내나 내가 볼 때는 나도 딸도 그리 큰 얼굴이 아닌데도 말이다. 오전에도 딸은 텔레비전에 나온 뚱뚱한 여자를 보고 라면을 먹다가 중단했다. 그리고 그 여자가 나중에 전신 성형을 하는 내용이라며 자기도 전신 성형을 할 거라고 말했다.

그런데 내 생각에는 예쁘냐, 그렇지 않느냐는 것이 별로 중요한 문제는 아닌 것 같다. 전에는 나도 예쁘다는 것을 중시했고, 그 예쁘다는 기준도 편협하기 짝이 없는 것이었지만, 이제는 생각이 달라졌다. 며칠 전에도 김 샘과 이에 대해서 이야기를 나눈 적이 있다. 내가 김샘에게 물었다.

"김샘, 특별히 예쁜 여자가 특별히 행복할 것 같아?"

"글쎄, 꼭 그럴 것 같지는 않아. 처음에는 예쁘게 보이겠지만 시간이 지나면 그 예쁘다는 것에도 무감각해지잖아."

"그래, 그런데 내가 질문한 의도는 남들 눈에 어떻게 보이느냐가 아니라, 예쁜 여자 스스로가 어떻게 느낄까 하는 것이었어. 내 생각에도 예쁜 여자는 오히려 예쁘지 않은 여자보다 행복하지 않을 것 같아. 남자들이 자기를 예쁘게 봐 주니까 기분이 좋을 수도 있겠지. 하지만 그것도 한두 번이지. 모두들 언제나 자기의 외모에만 관심을 보이고 있다는 생각을 하면 좋지만은 않을 거야. 시선이 부담스러울 수도 있고, 그럴수록 스스로도 더 예쁘게 보이려고 늘 신경이 쓰일 수도 있어. 박민규의 소설 '죽은 왕녀를 위한 파반느'에서도 특별히 예쁜 여자라도 자신의 외모에 대해 만족하기는 쉽지 않고, 오히려 털 하나에도 불만을 가지게 된다는 내용이 있잖아.

또 모든 일이 그렇겠지만, 한쪽이 너무 부각되다 보면 다른 쪽이 위축되기 쉬워. 남들이 볼 때도 그 사람의 외모가 너무 예쁘면 다른 점들을 보기 어렵고, 그 사람 자신도 특별난 외모에 신경이 집중되어서 다른 면들을 놓치기 쉽겠지.

또 아무리 예쁜 얼굴도 언젠가 시들게 되어 있다는 점도 빼놓을 수 없어.

특별히 예쁜 얼굴을 가졌던 여자라면 점점 늙어가는 자신의 외모를 받아들이기가 특별히 어려울 거야. 처음부터 없었으면 별 문제가 아닌데, 있다가 없어진다는 것은 큰 상실감을 주기 마련이지. 그래서인지 나이가 든 여자 연예인들 중에서 유독 심하게 성형을 하는 경우를 종종 볼 수 있어. 우리가 볼 때는 오히려 부자연스럽고 저렇게까지 성형을 할 필요가 있을까 싶은데도 말이야.")

운명에 대해 생각하다

다시 녹음 파일로 돌아간다. 김샘과 두서없이 나눈 대화를 녹음한 두 개의 파일이 있는데, 내용도 복잡하다. 흐름을 다듬어서 정리하면 대략 다음과 같다.

김샘이 나에게 물었다.

"유전이 중요하냐, 환경이 중요하냐는 질문을 흔히 하잖아. 예를 들면 도둑의 아들이 자라서 도둑이 됐다면 그것을 유전의 영향으로 보아야 돼, 아니면 환경의 영향으로 보아야 돼? 내가 볼 때는 두 가지 영향이 다 중요한 것 같거든."

"그래, 두 가지 다 영향을 미치지. 먼저 환경적 측면에서 보면 도둑의 아들로 태어났더라도 좋은 양부모에게 양육된다면 도둑이 될 확률이 적어지겠지. 그러나 유전적 측면도 무시할 수 없어. 정신 분열증이나 폭력적 성향, 심지어 흉악 범죄와 관련된 유전자를 발견했다는 등의 기사 제목들을 본 적이 있어.

그런데 유전과 환경 이 두 가지는 사실 같은 층위야. 어찌 보면 유전도

넓은 의미의 환경에 포함될 수 있지. 예를 들어 나는 한국인으로 태어나 한국에서 살고 있는데, 한국인이라는 유전자를 가지고 있는 것을 신체적 환경으로, 한국 사회에서 성장하는 것을 문화적 환경으로 볼 수 있지. 유전이나 환경을 왜 같은 층위라고 했냐면, 두 가지 모두 이미 주어진 외적 조건에 해당하기 때문이야.

이들과 다른 층위가 있는데, 바로 자유 의지야. 이에 대해 이야기를 하면 조금 더 복잡해져. 도둑의 유전적 성향을 가지고 있고, 도둑 아버지 밑에서 자란 아이가 있다고 가정하자. 그렇다고 하더라도 이 아이의 유전적 성향에서 나쁜 점들만 있는 것은 아닐 테고, 도둑 아버지 외에 다른 사람들로부터 좋은 말을 들을 기회도 분명히 있을 거야. 그러므로 이 아이가 반드시 도둑이 될 거라고 단정 지을 수는 없어. 유전과 환경 외에 자유 의지를 언급하는 이유가 바로 이 때문이야.

그런데 자유 의지조차도 유전이나 환경에 영향을 받을 수밖에 없다고 하면 문제는 더 복잡해져. 이 아이가 좋은 말을 듣기는 했지만, 결국 이를 받아들이느냐 여부는 유전적 성향이나 환경에 또 영향을 받기 때문에 자유 의지 자체가 있을 수 없다고 말할 수도 있겠지. 그러나 같은 부모의 피를 받고 태어나 같은 환경에서 자란 형제들 중에서도 극과 극의 차이를 보이는 경우도 있다는 점을 생각해 보면, 인간이 스스로 판단하는 자유 의지를 완전히 부정할 순 없을 거야.

유전과 환경, 그리고 자유 의지를 모두 포괄해서 운명이라고 말할 수도 있을 거야. 지금 여기에서 나와 김샘이 이야기를 나누고 있는 상황도 어찌 보면 나와 김샘의 유전과 환경, 그리고 자유 의지가 모두 반영되어 만들어진 운명이라고 할 수 있는 거지.

그런데 운명이라는 개념에는 모든 것이 이미 정해져 있기 때문에 어쩔 수 없다는 수동적인 인식이 내재되어 있어. 유전이나 환경이 이미 주어진 것이고, 자유 의지까지도 그에 영향을 받는 것이라고 생각하면 모든 상황에서 흔히 말하듯 "운명이니까 어쩔 수 없다."는 말밖에 할 수 없을지도 몰라.

이러한 운명론적 사고에서 벗어나는 방법, 스스로 "나는 내 운명의 주인이다."라고 자부할 수 있는 방법, 그래서 결과적으로 "나는 내 운명에 만족한다."고 말할 수 있는 방법이 바로 벽을 허무는 게 아닐까 싶어.

유전적으로 타고난 점들을 의식하고 거기에 구속된 마음의 벽, 나를 둘러싼 환경으로 인해 어쩔 수 없다고 생각하는 마음의 벽, 그리고 가장 문제가 되는 내 생각마저도 내 스스로 바꿀 수 없다고 생각하는 마음의 벽. 끊임없이 그런 벽들을 깨고 정말 어떠한 삶을 살아야 하는지 스스로 생각하고, 생각한 대로 실천해 나가는 삶. 자기가 지닌 생각마저도 벽이라 생각하고 끊임없이 깨 나가는 삶. 그런 삶을 사는 사람만이 스스로 운명의 주인으로서 운명에 만족한다는 결론에 도달할 수 있어."

내 생각을 전하고 싶어 하다

점심을 먹고 김샘과 산책을 하다가 어떤 음식점 벤치에 앉아 잠시 쉬며 녹음한 내용도 있다. 삼겹살을 굽는 고소한 냄새가 풍겨서 그에 대해 이렇게 말했다.

"마음을 열고 느끼면 모든 게 달라져. 삼겹살을 굽는 고소한 냄새를 맡아도 '단지 군침이 돈다.'는 정도의 반응만 하는 게 아니야. '우리에게는 군침이 도는 냄새가 동시에 다른 존재에게는 죽음의 냄새이기도 하다.' 뭐 이런 생각도 할 수 있어.

또 좀 전에 히말라야 산에 꼭 가야 하느냐는 이야기를 했잖아. 지금 우리 마음은 삼겹살 굽는 냄새에만 집중되어 있지만, 사실 이 가을의 공기 속에는 그 외에도 무수한 존재들의 냄새가 담겨 있어. 마음을 열고 음미해 본다면 히말라야를 지나온 바람결도 느낄 수 있겠지. '삼겹살 굽는 냄새 속에 눈 덮인 히말라야 산봉우리들을 지나온 바람의 냄새가 묻어 있다.' 이렇게 표현하면 왠지 그 자체로 시가 될 수도 있을 것 같기도 하잖아?

마음을 열고 보면 눈에 보이는 모든 것이 시가 될 수도 있어. 모든 것을 경이로움으로 받아들이게 되고, 그런 삶 자체가 시가 될 수 있지. 그런데 마음이 닫혀서 삼겹살 굽는 냄새를 맡으며 단지 '나도 삼겹살을 먹고 싶다.'는 생각만 한다면 돼지의 인식과 크게 다르지 않을 거야. 또 '저 삼겹살을 먹으려면 돈이 얼마나 들까?', '삼겹살을 먹는 게 좋을까, 목살을 먹는 게 좋을까?'와 같은 생각만 하고 산다면 그야말로 얼마나 제한된 삶이야? 이런 닫힌 생각이 우리 삶을 제한하고 있어. 깨야지. 깨면 무엇을 보든 그 속에서 우주도, 영원한 시간도 느낄 수 있어."

다음 녹음은 벤치에서 일어나 걸어오면서 한 것인데, 소통에 대한 이야기였다.

"소통이라는 게 중요하고도 어려운 문제야. 내 생각이 바뀌어 그것을 주변 사람들에게 이야기하는데, 소통이 쉽지는 않아. 어제 내가 보낸 문자 메시지에 대해서 오해하거나 받아들이지 않은 사람도 적지 않았을 거야. 또 어제 학년회의 시간에도 여러 선생님들께 내가 요즘 깨달은 것들을 이야기했는데, 좋은 생각이라고 고개를 끄덕이는 분들도 계셨지만 그렇지 않은 분들도 계셨어. "그런데 왜 그렇게 열을 내나?", "요즘 너무 기분이 좋아 보이는데, 무슨 약 같은 것을 먹고 있지 않나?"는 말도 들었지.

별 볼일 없던 녀석이 갑자기 무엇을 깨달았다고 시끄럽게 떠드는 소리가 소음으로 들릴 뿐, 정작 말하는 내용은 와 닿지 않았을 거야. 뭔가 이상하게 느껴지기만 할 수도 있고, 아니면 '그래, 넌 너대로 그러저러한 생각을 하려면 해라. 네가 뭐라고 떠들든지 난 상관 안 하련다.' 라고 생각할 수도 있어."

김샘이 말했다.

"그거야 뭐, 강요할 수 없지. 듣는 사람의 입장에서 받아들이든 말든 결정할 일이겠지."

다시 내가 말했다.

"그래, 결국 그 사람이 선택할 일이긴 해. 그러나 내 바람은 내가 생각을 바꿔서 정말 잘 살게 된 것 같기에, 다른 사람들에게도 내 생각을 전달해 주고 싶다는 거야. 그런데 이런 내 생각을 불쑥 말하거나 호들갑을 떨게 되면 오히려 역효과가 나는 것 같아.

그래서 다른 사람들이 비교적 쉽게 판단해 볼 수 있는 일들로부터 시작해서 천천히 이야기를 해 나갈 생각이야. '서울대' 라는 벽에 대해 먼저 이야기를 한 것도 그런 이유에서였지. 그리고 앞으로는 목소리도 너무 높이지 않고, 되도록 낮고 차분한 목소리로 말할 생각이야. 아직 못 쓰고 있지만, 내 생각을 담은 책도 마찬가지야. 사실 '벽을 허물라' 는 한 마디만 해도 돼. 그러나 사람들이 내 생각을 받아들이려면 내가 어떤 과정을 거쳐 이런 생각을 하게 되었는지, 그래서 내 삶이 어떻게 바뀌어 가고 있는지를 차근차근 이야기해야 해.

작은 것부터 시작해서 하나씩 생각의 벽을 허물어 가는 것이 중요해. 나역시도 깨달음을 얻은 것은 순간이었지만, 지금 생각해 보면 지나온 내 삶의 과정에서 하나씩 하나씩 천천히 깨달음을 얻어 왔던 것 같아. 그리고 앞으로도 끝없이 깨달아 가야 하겠지."

녹음된 시간은 다르지만, 이날 녹음한 파일 중에 남은 두 파일의 내용이 뭔가 연결되는 점이 있는 듯하다. 앞에 녹음한 파일의 내용은 이렇다.

"'잘 지내세요?' 누군가를 만났을 때 흔히 인사말로 이렇게 말한다. 그런데 이 질문처럼 막연한 질문도 드물다. 물어보는 사람도 딱히 어떤 기준에서 잘 지내는지 막연한 상태로 물어보고, 대답하는 사람도 역시 마찬가지다. 그럼에도 불구하고 우리는 늘 이처럼 막연하게 묻고, 또한 막연하게 답한다.

'잘 지낸다.'는 게 도대체 무슨 뜻일까? 말하는 사람에 따라서 일이 잘 풀리고 있다는 뜻일 수도 있고, 즐거움이나 여유를 느끼며 살고 있다는 뜻일 수도 있고, 자신이나 가족들 모두 건강하게 지내고 있다는 뜻일 수도 있다. 또 사업을 하는 사람이라면 전보다 돈을 잘 벌고 있다는 뜻일 수도 있다.

잘 지내느냐는 질문처럼 막연하기 짝이 없는 질문도 드물겠지만, 어찌 보면 이 질문이야말로 가장 중요한 질문인 것도 같다. 그런 점에서 이 막연한 질문에 대답하기 위해서는 가장 뚜렷한 근거가 있어야 한다. 자신이 잘 지내고 있다고 대답하는 사람이라면, 왜 잘 지낸다고 대답하는지 근거를 대 보아야 한다. 자신이 잘 지내고 있지 못하다고 대답하는 사람이거나, 잘 지내기도 하고 못 지내기도 하다고 대답하는 사람 역시 왜 그렇게 대답했는지 근거를 대 보아야 한다.

그리고 자신이 댄 근거들이 정말 '잘 지낸다.', 혹은 '못 지낸다.'는 대답을 뒷받침할 만한 타당한 근거인지 스스로 따져 보아야 한다. 이것이 바로 자신을 가두고 있는 벽이 무엇인지를 스스로 확인해 볼 수 있는 행위이다. 그 벽을 인식하고 그 속에서 그냥 살아온 대로 살 수도 있고, 그 벽을 넘어서 정말 자기가 잘 사는 것이 무엇인지 새롭게 생각해 보고 삶을 바꿀 수도 있다.

어찌 보면 인간이야말로 자기가 잘 살고 있는지를 스스로 생각해 볼 수 있는 유일한 동물이라고 할 수 있고, 따라서 아무 생각 없이 사는 돼지가 아니라 골치 아픈 소크라테스가 되어야만 하는 존재인지도 모른다."

이날의 마지막 녹음 파일은 짧았다.

"거울에 비친 당신의 모습을 유심히 들여다보라. 거기에 당신의 마음과 당신의 삶이 비춰질 수도 있다. 조금만 시간을 들여 당신이 지금까지 어떤 마음으로, 어떤 삶을 살아왔는지 천천히 떠올려 보라. 당신이 생각하고 행동했던 이유가 과연 당신에게 얼마나 중요한 이유인지 스스로에게 물어보기 바란다. 그 이유가 정말 중요한 이유인가?"

사람들에게 다가가다

내가 다시 태어난 후 다섯 째 날인 11월 5일까지의 녹음 내용은 여기가 끝이었다. 찾아보니 그 이후로도 몇 개의 녹음 파일이 더 있기는 했지만, 모두 한두 마디의 짧은 것들이었다.

이 글을 쓰고 있는 오늘은 내가 다시 태어나고 꼭 한 달이 지난 11월의 마지막 날이다. 어젯밤에는 며칠 동안 용인 큰형 집에 계시던 어머니를 모시고 와서 함께 잠을 잤고, 잠들기 전에 서편 창문 너머로 보이는 달을 스마트폰  으로 찍어 두기도 했다. 한 달 전쯤에 보던 상현달이었다.

오늘 아침에는 눈을 뜨자마자 어머니께 아이들을 맡기고 책을 마무리하기 위해 학교로 와서 앞의 '운명'에 대한 녹음부터 컴퓨터에 입력 작업을 했다. 점심때가 가까워 밖으로 나가 보니 아침부터 내리던 비가 그쳐 있다.

자, 이제 마무리를 하자. 그 사이 특별한 사건이 있었던 것은 아니지만, 지금 여기에 앉아 있는 시점까지 일어났던 일들을 대략 떠올리면 다음과 같다.

11월 5일부터 녹음 파일을 열어 보며 컴퓨터에 입력하는 작업을 시작했다. 11월 6일 목요일 아침 2학년 전체 조례 시간에는 학생들에게 내 고등학교 때의 꿈과 지금의 나를 비교하면서 '무엇이 되느냐' 보다 '어떻게 사느냐'가 중요하다는 이야기를 했다.

11월 8일에는 마침 우리 학교에서 한 달 전의 합숙 작업에 대한 최종 협의가 있어서 우리 팀 선생님들이 모두 모였다. 오전에 작업을 마치고, 함께 점심을 먹은 후 내가 있는 교무실에 모여서 페퍼민트 차를 마시며 이야기를 나누었다. 나는 내가 쓰고 있는 책에 대해 이야기를 하면서, 선생님들의 실명을 밝혀도 될까 여쭈어 보았는데, 다들 좋다고 하셨다. 그러나 아무래도 그분들의 실명을 밝히는 것은 적절하지 않은 것 같다.

함께 차를 마신 후, 우리 학교 교정을 산책했다. 내가 김쌤과 아침마다 커피 타임을 가지는 연못에도 들렀고, 김쌤과 산책하던 길도 함께 걸었다. 그리고 다시 만나자는 인사와 함께 작별을 했다.

퇴근 후 잠시 집에 들렀다가, 온 가족이 짐을 꾸려 순창 처가로 내려갔다. 장모님께서 김장을 하시는데, 위로 네 딸과 막내인 아들 등 다섯 남매와 그 배우자, 그리고 자녀들까지 모두 모였다. 밤에 도착한 나는 친척들에게 그 동안 내가 겪었던 일들이나 느꼈던 점들을 이야기했는데, 그 중에서 '빨간 신호등에 대한 발상의 전환'이 가장 큰 호응을 받았다.

내가 이야기한 내용들을 담은 책을 쓰고 있다고도 했다. 그 말을 듣고 큰

처형이 나에게 부탁을 했다. 작년 여름에 돌아가신 장인어른에 대한 이야기로, 큰처형이 언젠가 글로 꼭 써 보고 싶었는데 대신 내 책에 써 달라고 한 것이다.

큰처형이 어렸을 때 처가에서는 감을 수확해서 곶감으로 만들어 팔았다고 한다. 막대기에 감을 열 개씩 꽂아서 말렸다가 팔았는데, 장인어른께서는 가끔 큰처형을 비롯한 남매들에게 막대기에 꽂힌 감의 개수를 세어 보라는 말씀을 하셨다고 한다. 그런데 감의 개수를 세다 보면 감이 한두 개씩 더 꽂혀 있는 막대기가 많았단다. 큰처형은 나중에 그 이유를 알게 되었는데, 장인어른께서는 곶감을 먹고 싶어 하는 자녀들을 위해 일부러 감을 열 개가 넘게 꽂아 두시고 남는 것들을 마음 편히 먹게 하셨다는 것이었다. 큰처형의 이야기를 들으며 장인어른께서 살아계실 적의 모습이 떠올라 가슴이 뭉클했다.

일요일인 다음 날, 새벽부터 김장을 시작했다. 올해도 많은 양의 김치를 담갔는데 일손이 많아서 오전에 김장을 마쳤다. 다른 사람들이 뒷정리를 하는 동안, 나는 가져온 색소폰을 꺼내서 여러 곡을 연주했다. 연주 실력은 좋지 않았지만 장모님을 비롯한 가족들이 즐거워하셔서 흐뭇했다. 동서들이나 처남에게도 색소폰을 권하고, 만약 색소폰을 배우겠다면 내가 색소폰을 하나씩 선물하겠다고 했다.

점심을 먹고 서로 작별의 인사를 하고 헤어졌는데, 이때 우리나라 문화와는 어울리지 않게 나는 처형들과 처남, 그리고 그 배우자들까지도 모두 한 번씩 안아 주었다. 말로는 "내가 요즘 일이 잘 풀리고 있으니, 내 기운을 받으면 좋은 일이 있을 겁니다."라고 하면서. 십 몇 년을 함께 만나 왔지만 서로 안기는 처음이었다. 그리고 서로 웃으며 헤어져 집으로 돌아왔다.

이날 녹음한 파일이 하나 있는데, 다음과 같은 내용이었다.

"가장 귀한 선물은 내가 가장 아끼는 것을 선물하는 것이다.

내가 정말로 버려야 할 것을 한 가지만 꼽는다면, 그것은 내가 가장 소중히 여기는 것이다."

11월 10일 월요일 아침 조례 때는 우리 반 학생들에게도 색소폰 연주를 들려주었다. 그리고 우리 반 학부모님들과 선생님들께 다음과 같은 메시지도 보냈다.

안녕하세요? 교정에 따사로운 가을 햇살이 비치는 오전입니다.
오늘 아침 조례 때는 월요일을 무겁게 시작하는 학생들에게
배운 지 얼마 안 된 실력이지만 '시월의 어느 멋진 날에'를
색소폰으로 연주해 주었습니다.

아침부터 또 뜬금없는 소리를 해서 죄송합니다만,
지난주에는 학생들에게 '무엇이 되고 싶은가?' 라는 질문보다
'어떻게 살고 싶은가?' 라는 질문을 먼저 해야 한다고 강조했습니다.
사실, 대입 원서를 쓸 때까지도 자기가 어느 과에 진학해서
어떤 진로를 걸어갈 것인지 결정하지 못하는 학생들이 많습니다.

저는 마흔이 넘어 깨달았습니다만, '무엇이 되고 싶은가?' 라는 질문에 대해서는
먼저 '어떻게 살고 싶은가?' 라는 질문에 답할 수 있어야 답을 말할 수 있고,
그 질문에 대해 스스로 답을 찾아야만
한 번뿐인 삶을 후회 없이 보람되고 행복하게 살 수 있다고 생각합니다.

어찌 보면 '무엇'이 되는 것 자체가 중요하다기보다는
'어떻게' 사느냐가 정말 중요한 일이라고 생각됩니다.
매일 언론에 보도되는 수많은 교수, 법관, 정치인, 연예인들의 모습을 봐도
그 사람이 무엇이 되었는가보다 어떻게 살았는가가 더 중요함을 깨닫게 됩니다.

오랜 시간을 저도 '무엇'에만 얽매여 후회 많은 시간들을 보내 왔고,
우리 학생들에도 '무엇'이 될 것인지 물으며 재촉하기만 했던 것 같습니다.

앞으로는 제 자신과 또한 사랑하는 제자들에게
'어떻게 살고 싶으냐?'는 질문을 하면서, 또 서로 답을 찾아 가면서
하루하루 소중한 시간들을 함께하고 싶습니다.
그러다 보면 정말 스스로 상상한 것보다 훨씬 멋진 '무엇'이
저절로 되어 있을 것이라 믿습니다.

긴 글 읽어 주셔서 감사드리고,
사랑스런 학생들을 제게 보내 주신 학부모님 가정에
늘 건강과 평안, 기쁨이 가득하시길 기원 드립니다.

담임 김형수 드림.

오전에 아내와 통화를 했는데, 아내가 이런 이야기를 했다.
"당신 글 언제 쓸 거야?"
"요즘 책 쓰고 있잖아."
"아니, 교통안전에 대한 글 말이야. 가족들이 모두 좋은 이야기라고 했잖아. 그 글 먼저 써야 하는 거 아니야?"
"그런가? 알았어. 생각해 볼게"
전화를 끊고 생각해 보니, 정말 책이 나오기 전에도 교통신호를 지키지 않다가 죽거나 다치는 사람들이 있을 듯해서 뭔가 조치를 취해야겠다고 느껴졌다. 그래서 교통안전관리공단에 홈페이지에 들어가 보니, 교통안전에 대한 공모는 지난 7, 8월에 있었음을 알게 되었다. 공단에 전화를 걸어 홍보팀 담당자에게 내가 떠올린 교통안전에 대한 아이디어가 있는데, 공모전은 끝났다는 것을 알고 있고 상을 받고 싶은 생각도 없지만 이메일 주소를 알려 주시면 보내 드리겠다고 했다. 담당자가 이메일 주소를 알려 주었고, 나는 곧장 이 책의 앞에 있는 내용을 보내 주었다. 그리고 학교 선생님들께 또 스팸 메시지를 보내 드려 죄송하지만, 생명이 걸린 문제일 수도 있으니

꼭 읽어 보시라고 하며 같은 내용의 메시지를 보냈다.

화요일부터 금요일까지 나흘 동안은 밤마다 사람들과 모임을 가지며 많은 이야기를 나눴다. 몸은 피곤했지만, 모두 잘 살았던 시간들이었다.

화요일 저녁에는 우리 2학년 담임선생님의 모임을 만들었는데, 최근에 내가 어떤 상을 받게 된 것을 핑계로 해서 조촐하게 저녁 식사 자리를 마련한 것이었다. 마침 다른 손님들이 없기도 해서 식당 주인께 양해를 구하고 차에서 색소폰을 가져와 세 곡을 연주했다. 선생님들은 실제 색소폰 연주를 처음 들어보는데 참 좋다고 하셨고, 식당 주인께서도 다음에도 꼭 와서 연주를 들려 달라고 하셨다. 이날 식사를 하며 다른 학년 모임 때보다 많은 이야기도 나누었다.

수요일에는 점심때부터 많은 이야기를 했다. 김샘을 포함한 선생님 네 분과 식사를 하면서 대화를 나누었는데, 그중 다음과 같은 내용의 대화가 기억에 남는다. 선생님 한 분이 말씀하셨다.

"법정 스님께서 살아계실 때, 꼭 한번 뵙고 싶어서 당시 스님이 계시던 곳을 물어물어 힘들게 백담사의 작은 암자까지 찾아갔어요. 스님이 계시던 방 안에 온기가 있어서 조금 기다리면 스님이 오시겠지 했는데, 아무리 기다려도 오시지 않았어요. 결국 몇 시간 동안 기다리다가 아쉬운 마음으로 돌아왔는데, 지금 생각해 보면 그 스님의 온기가 남아 있는 방 안에 내가 있었다는 것만으로도 감사한 일이었습니다."

내가 말했다.

"그렇죠. 법정 스님을 직접 뵈었느냐가 그리 중요한 문제는 아닐 겁니다. 그런데 사실 법정 스님은 지금 이 자리에도 계십니다."

나의 엉뚱한 말에 선생님들이 놀라실 수밖에 없었고, 나는 '시이저의 마지막 한숨'에 대한 이야기와 형의 죽음에 대한 이야기까지 꺼낼 수밖에 없었다.

"…… 모든 것들은 형태가 바뀔 뿐 영원히 여기에 남아 있을 수밖에 없습니다. 지금 우리가 숨 쉬는 공기에도, 우리가 먹는 물이나 음식에도 법정 스님은 계십니다."

이 외에도 많은 이야기를 했는데, 수요일 저녁에는 또 지난달에 있었던 자연탐사에 함께 갔던 분들의 모임이 치킨 집에서 있었다. 낮에 내 이야기를 들었던 선생님들 중 두 분은 그 모임에도 참석을 하셨기에, 저녁에도 나의 많은 이야기를 듣게 되었다.(원어민 선생님인 내 친구 존도 그 자리에 있었다. 존은 내 책을 영어로 번역해 주겠다고 했고, 나는 미국 판권을 존에게 주겠다고 했다.) 그 중에서 다음 이야기가 기억에 남는다.

"구약 성경에 나오는 욥은 매우 상징적인 인물입니다. 최근에 저는 '내가 정말로 버려야 할 것을 한 가지만 꼽는다면, 그것은 내가 가장 소중히 여기는 것이다.'라는 생각을 떠올렸는데, 욥이야말로 자신이 가진 소중한 것들을 모두 잃어버린 인물입니다. 수많은 가축과 재산 잃었고, 자식들의 목숨도 빼앗겼으며, 자신 역시도 질병에 걸려 지독한 고통에 휩싸이게 됩니다. 그러나 욥은 끝까지 믿음을 버리지 않았습니다. 욥이야말로 우리가 어디까지 버릴 수 있느냐를 가장 극단적으로 보여 주는 인물입니다."

내 말을 듣던 선생님 중 한 분은 자기가 알고 있는 교수님 중에서도 특별히 욥에 관심이 많으신 분이 있는데, 그 교수님은 앞으로 욥에 대해 깊이 연구하려 한다는 말씀을 하셨다.

이날 재미있는 일이 있었는데, 내가 잠시 밖으로 나와 있을 때 어떤 두 남자가 치킨 집 앞에서 어느 곳이 좋을까 말하는 소리를 들었다. 나는 불쑥 그들에게 "이 치킨 집 음식 맛이 좋아요. 게다가 요즘 할인 기간이어서 값도 싸요." 했다. 사실 그 치킨 집은 손님이 별로 없고, 옆에 있는 치킨 집은 늘 손님으로 북적거려서 도와주고 싶은 마음이 생겨서 한 말이었다. 그랬더니 그들은 내가 권한 치킨 집으로 들어갔다. 나도 뒤따라 들어갔는데 그들이 진짜 치킨 집 주인에게 "저 분이 치킨 집 주인인 줄 알았다."는 말을 해서 함께 웃었다.

이 외에도 요즘 내가 사람들을 만나는 방식이 전과는 달라졌다. 사람과 사람으로 만난다고나 할까? 예를 들어 가끔 들르는 학교 옆 편의점에서 일하는 분과도 스스럼없이 사적인 대화를 나누기도 하고, 처음 만나는 사람과도 마치 전부터 친하게 지냈던 사이처럼 먼저 말을 꺼내고 편하게 대화를 나누는 습관이 생겼다. 딱히 그럴 이유는 없지만, 왠지 그러고 싶은 것이다. 또 우리 학교 선생님 중에서 한 분이 나에게 상담을 받고 싶다고 하셔서, 한참 동안 이야기를 나누기도 했다.

다시 태어나고서 내 몸에 찾아온 가장 큰 변화는 자꾸만 살이 빠지는 것이었다. 여름 방학 동안 아이들과 권투 도장을 다니면서 살을 7킬로그램이나 뺐고, 그때 체중계를 사 왔다. 이후 더 이상은 살이 빠지지 않을 거라고 생각했었는데, 11월 이후 체중이 날마다 꾸준히 빠져나가는 것이었다. 아내는 내 살이 너무 빠진다고 걱정을 했고, 매일 아침 나를 체중계 위에 올라가게 해서 내 몸무게를 감시했다. 한번은 체중계에 올라갔다가 웃으며 아내에게 이렇게 말했다.

"몸무게가 자꾸 빠지네. 욕심이 빠져나간 무게가 아닐까?"

했더니, 아내가 즉각 받아쳤다.

"넋 빠진 소리 하지 말고, 병원에나 좀 가 봐!"

그 외에도 우스운 일들이 생긴다. 예를 들면 화장실에 갔다가 누군가 칸막이 안에 있다는 것을 알게 되면, 괜히 "쾌변하시기 바랍니다~"라는 말이 하고 싶어진다든가 하는 일들이다.

한번은 화장실에서 이를 닦으며 오줌을 누는데(여자들은 잘 모르겠지만, 적지 않은 남자들이 이를 닦으며 오줌을 눈다.) 불현듯 '내가 왜 이렇고 있지?' 하는 의문이 들었다. 여유를 느끼며 살자고 하면서, 나 자신도 이를 닦으며 동시에 오줌을 누고 있는 것이다. 그렇게 하다 보면 여러 가지 낭패스러운 일이 생기기도 하고, 이를 닦는 기쁨도, 오줌을 배설하는 쾌감도 제대로 느낄  수 없는데도 말이다. 그리고 그렇게 아낀 시간이 얼마나 되겠으며, 그 시간이 모여 며칠이 된다고 한들 얼마나 의미가 있겠느냐는 생각이 들었다. 습관이라는 것이 정말 무서운 벽임을 깨달았고, 그날 이후에는 그렇게 하지 않는다.

또 교통신호는 철저하게 지키게 되었는데, 생각해 보니 과속은 하고 있었다. 이번에 처가에 다녀올 때도 그랬는데, 주행 차선인 2차선으로 달리면 천천히 가는 화물차가 많아서 귀찮고, 추월 차선인 1차선으로 달리면 뒤에서 다른 차들이 빠르게 따라붙으며 위협을 해서 나도 모르게 과속을 하게 된다. 또 부모님을 모시고 갈 때도 빨리 모셔다 드려야겠다는 생각으로 위험하다고 느끼면서도 과속을 하는 일이 많다. 생명의 위험을 느끼면서까지 부모님을 빨리 모셔다 드리겠다고 과속을 하는 것이 분명 옳은 일은 아닐 것이다.

11월 13일 목요일은 대학수학능력시험 날이었다. 전국의 고3 학생들이 똑같은 객관식 시험 문제를 풀고, 그 결과에 따라 울고 웃는 일이 매년 반복된다.

저녁에는 나의 벗 김샘과의 시간을 가졌다. 내가 다니는 색소폰 클럽에서 가까운 식당에서 식사를 했는데, 클럽에 다니게 되면서 두 번 갔던 곳이었다. 그 식당 아주머니와도 편하게 이야기를 나누는 사이가 되었다. 두 번째 갔을 때, 나는 우리 어머니도 오랫동안 식당을 했다고 말했고, 그 후부터는 식당 아주머니를 어머니라고 부르며 친하게 지낸다.

어머니가 운영하시는 식당의 편안한 분위기 속에서 김샘과 식사도 하고 이야기도 나누었다. 그 후에는 내가 다니는 색소폰 클럽에 가서 색소폰 연주도 들려주고, 색소폰 연주법도 가르쳐 주었다. 그날 밤 매일 저녁 늦게 귀가한다는 이유로 아내에게 잔소리를 들었는데, 그 다음날도 또 모임에 나갈 수밖에 없었다.

11월 14일 금요일에 있던 모임의 명칭은 '심심회(心心會, 마음과 마음의 모임)'이다. 심심회는 몇 년 전 출제 작업을 함께했던 팀원들이 그 후에도 일 년에 몇 번씩 모여 우정을 나누는 모임이다. 모이면 주로 저녁 식사를 하지만, 함께 볼링이나 당구도 치고 때로는 멀리까지 여행도 다닌다. 이날 모임도 전부터 약속이 되어 있었다.

전날 나는 회원들께 모임을 다시 안내하는 문자를 보내며, 내 삶의 목표가 바뀌었는데 내일 만나면 그 이야기를 들으실 수 있다고 했었다. 그리고 이야기를 하자니 길어질 것 같아서, 모임 직전까지 작업한 내용(2장의 앞부분까지였다.)을 출력해서 가지고 갔다.

그리고 회원들이 다 모였을 때, 이번 모임은 당구나 볼링이 아닌 독서로 하자며 출력물을 내밀었다. 장소는 역시 전날도 김샘과 갔던 어머니 식당이었는데, 옆 테이블에서는 웃음과 대화가 이어졌고, 우리 테이블에서는 한동안 독서 활동이 이어졌다. 물론 각자 출력물을 읽으며 천천히 식사도 했다.

어느 정도 읽었을 때, 나는 내가 어떤 계기로 무엇을 깨달았고, 그래서 앞으로 어떻게 살아가기로 했는지 이야기했다. 워낙 친하게 지내는 분들이라 내 마음을 잘 이해해 주셨지만, 정말 놀라워하는 표정이기도 했다.

그 중에서 다른 분들보다 한 해 앞서서 나와 가장 먼저 만났던 형님은 그날따라 몸이 좋지 않아서 먼저 자리에서 일어났다. 그리고 출력물을 집에 가지고 가서 잘 읽어 보겠다고 했다. 남은 우리들은 식당에 좀 더 있다가 내가 다니는 색소폰 클럽을 구경하고 싶다고 해서 또 거기로 갔다. 이야기도 나누고 색소폰 연주도 몇 곡 들려준 후에 헤어졌다.

한 가지 빼 놓은 것이 있다. 물론 이날도 김샘과 대화를 나누었는데, 김샘은 내가 교통안전관리공단에 메일을 보낸 것을 알기 때문에 그 후에 어떻게 되었느냐고 물었다. 이때까지 연락이 없었다.(며칠 후에 연락이 오는데, 아이디어만으로는 안 되니 내년 공모전에 동영상을 만들어 출품하라는 이야기였다.)

그래서 김샘과 이야기를 하다가, 차라리 내가 이 책을 광고하면서 동시에 교통안전에 대한 공익 광고도 해야겠다고 생각했다. 신문 광고에 공익 광고의 내용을 주로 하되, 책 광고도 조금 섞으면 어떨까? 또 책이 많이 팔리면 그 돈으로 텔레비전 영상 광고도 제작해서 내보내야겠다고 말했다. 그리고 김샘에게 남자 배역을 맡아 달라고 부탁까지 했는데, 김샘은 배우들이 연기하는 것보다 애니메이션으로 만드는 게 더 좋겠다고 말했다. 그래 그게 더 좋겠다. 그리고 배경 음악으로는 며칠 전 우연히 들었던 팝송 'I'm not going anywhere'이 좋을 것 같다.

칸트를 떠올리다

11월 15일 토요일. 주중에 입력 작업을 많이 하지 못해서 학교에 나와 컴퓨터 앞에 앉아 몇 시간 동안 입력 작업을 했다. 집에 가려고 할 무렵 어제 몸이 좋지 않아 일찍 집으로 갔던 형님에게서 문자가 왔다. 지난 몇 년간 형님이 나에게 보냈던 문자들을 합한 것보다 더 긴 문자였다.

'어제 잘 들어갔나? 네 이야기를 다 듣지 못해 미안하지만 아픈 몸을 추스르고 너의 글을 읽고 이렇게 답장을 보낸다. 사람이 변했다, 생각이 변했다는 말들을 쉽게 하지만 정말 쉽게 변하지는 않겠지. 근데 넌 변한 것 같아. 그런 용기가 나한테는 대단한 것 같고 한편으로는 주위에 있는 모든 벽들을 허물어 버릴까봐 염려가 되는 것도 사실이야. 하지만 형수 너를 알기 때문에 믿을 수 있을 것 같아. 너의 생각에 100% 지지를 보내. 하지만 난 아직은 아닌 것 같아. 네가 말한 벽이 아직까지는 잘 보이지 않아서. 여하튼 파이팅하고 형수다운 형수의 모습을 글 속에서 볼 수 있고, 나한테 여러 가지를 생각할 수 있는 시간을 줘서 고맙다. 다음에 봅시다.'

형님이 보낸 문자를 읽는데 왠지 마음이 무거웠다. 누구 못지않게 내 마음을 잘 아는 형님인데, 내 염려를 해 주고 있어서였다. 나는 우선 다음과 같이 문자를 보냈는데도 역시 마음이 개운치는 않았다.

'형님, 몸도 편찮으신데 긴 문자까지 주셔서 감사합니다. 제가 지금까지 바뀌기도 변덕스럽게 잘 바뀌어 온 듯하지만, 형님 말씀대로 이번엔 정말 완전히 바뀐 것 같아요. 그래도 확신할 수 있는 것은 이 바뀜이 의미 없이 살아온 그간의 삶보다는 조금이라도 더 의미 있는 삶을 제게 선물해 줄 것이라는 점입니다. 힘없고 나약한 한 명의 인간에 불과하기 때문에 제가 할 수 있는 일이 생각보다 적을 수도 있겠죠. 그러나 조금이라도 제 자신을, 그리고 저를 있게 한 세상을 더 행복하게 만들기 위해 앞으로도 한 발 한 발 걸어가야겠다고 생각합니다. 사실 그렇게 걷는 일 자체가 제겐 이미 행복입니다. 형님이 제가 제 주위에 있는 모든 것들을 허물어 버릴까 걱정해 주시는 마음 정말 감사합니다. 그러나 제가 생각할 때도 저라는 인간 자체가 너무나 크고 두꺼운 벽 속에서 살고 있어서 모든 것을 허물고 싶은 마음이 있기는 하지만, 결국 그러지는 못할 것도 같아요. 그러나 욕심이나 집착 같은 것들, 잘못된 습관이나 편견 같은 것들을 하나씩 버려 나갈 생각입니다. 얼마 전 '내가 정말로 버려야 할 것을 한 가지만 꼽는다면, 그것은 내가 가장 소중히 여기는 것이다.' 라는 거창한 말을 떠올리기도 했는데, 그것은 버림으로써 얻을 수 있다고 믿기 때문입니다. 형님, 글이 길어졌네요. 다시 뵐 때까지 건강하시고 행복하시길 기원 드립니다.

형님이 사랑하시는 동생 형수 올림.'

컴퓨터를 끄고 그만 퇴근하려고 생각했지만, 마음이 개운치 않아 형님이 보낸 글을 읽고 또 읽었다. 그 중에서 '네가 말한 벽이 아직까지는 잘 보이지 않아서.' 에 밑줄을 치고, 떠오르는 생각들을 두서없이 적어 나갔다.

벽이 안 보인다. 벽을 벽으로 인식하지 않는다. 설사 누군가 벽이라고 말하는 것에 갇혀 있다고 해도 내가 그것을 벽으로 인식하지 않는다면 벽이 없는 거나 마찬가지다. 벽을 벽으로 인식하는 것 역시 하나의 제한된 시각이고, 이는 또 다른 벽이지 않느냐? 그냥 아무 생각 없이, 아무 목적 없이, 구태여 이유를 찾으려 하지 말고 사는 것이다. 무위자연(無爲自然).

→ 아무 생각 없이 산다고 해도 인간은 매 순간 뭔가 선택을 하며 살 수밖에

없는데, 그러한 선택에는 나름의 판단 근거가 있어야 하는 게 아닌가? 또 '모든 벽을 허물어 버리는 것'이라는 말이 뜻하는 것은 무엇일까? 어떠한 판단 근거마저도 없앤다는 말일까? 아니면 세상을 그냥 있는 그대로 받아들인다는 말이거나, 혹은 인간의 삶이나 사고 자체를 넘어선다는 말인가?

→ 아무런 판단도 하지 않고 세상을 있는 그대로 받아들이는 것, 그래서 아무런 도덕도 의식하지 않고 살아가는 것은 돼지의 삶이다. 벽을 허문다는 것은 모든 판단 근거를 없애라는 말이 아니다. 반대로 이성적으로 판단하는 것을 가로막는 벽이 무엇인지 깨닫고 이를 넘어서야 한다는 말이다. 판단의 근거 자체를 모두 없애 버릴 수는 없는 일이다.

이렇게 떠오르는 대로 생각을 적다 보니, 뭔가 실마리를 찾은 것 같아 이내 마음이 편해졌다. 실마리는 바로 칸트였다. 내가 깨달음을 얻었던 날, 그 때도 그랬지만 형의 문자를 곰곰이 읽어 보기 전까지도 나는 왜 그날 갑자기 칸트가 나에게 목소리를 들려주었는지 제대로 이해하지 못했다. 내가 바이러스의 세계를 가정하고 도덕 법칙 자체에 대해 의문을 품었을 때, 칸트는 이렇게 말했었다.

"그렇다면 세상에 도덕이라는 개념을 설정하는 것 자체가 불가능하다. 인간은 자신이 속한 세계에 몸담고 살아가는 존재이므로, 인간이 추구해야 하는 도덕 법칙 역시 자신이 속한 세계의 특성 속에서 규정될 수밖에 없다."

나는 결국 인간으로서 내가 인식하는 세계에 몸담고 살아갈 뿐이다. 그 세계 자체를 넘어설 수는 없다. 칸트가 말한 이성적 판단의 가치를 믿고 내가 속한 세계의 입법자로서 살아가는 삶, 그러한 삶을 위한 지혜를 얻기 위해 나를 둘러싼 벽들을 허물고 마음을 열고 볼 뿐이다.

11월 16일 일요일, 녹음 파일이 하나 있다. 요즘 들어 딸이나 아들과 대화가 좀 더 많아졌는데, 아내는 특히 나와 아들이 더 친해진 것 같아서 좋다고 말한다. 사실 나는 최근에 아내에게 나보다 아들이 진리에 가깝다는 말, 아들이 말하는 것들이 거의 다 정답이라는 말, 그리고 아들과 대화를 하는 것이 겁나기도 한다는 말을 했었다.

　이날도 내가 아들과 텔레비전을 보다가 아들에게 "세상에는 전쟁이나 기아 문제로 고통 받는 사람들이 많은데, 어떻게 하면 이런 문제들을 해결할 수 있을까?" 하고 물었더니, 아들은 잠시도 뜸들이지 않고 다음과 같이 말했다.

　"세 가지 방법이 있죠. 첫째, 일단 휴화산처럼 전쟁을 멈춰요. 둘째, 그 다음엔 나라들을 없애고 한 나라로 만들어요. 셋째, 그 다음엔 싸우지 않고 평화롭게 살면 되죠."

　나도 아들에게 이런 말을 한 적은 없는데, 어디서 들은 건지 아들의 생각인지 궁금해서 물었다. 아들은 그냥 자기가 생각한 것이라고 말했다. 그리고 잠시 후 아들은 불쑥 나에게 이런 질문도 했다.

　"아빠, 아빠는 하나님이 있다고 생각해?"

　나는 이렇게 대답했다.

　"응, 계신다고 믿어. 우리가 살고 있는 이 세상이 아무런 이유도 없이 그냥 생길 수는 없었을 거야. 하나님이 계시지 않고서야 어떻게 이런 세상이 생길 수 있겠어? 그래서 아빠는 하나님이 분명히 계신다고 믿어."

　이날 오후에 내가 색소폰을 구입했던 인천 악기점에 가서 색소폰을 산후, 둘째 처형과 셋째 처형이 같은 아파트의 위아래 층에 사시는 영종도로 갔다. 전날까지만 해도 나는 색소폰을 일곱 대쯤 살 생각이어서, 악기점에 미리 이야기를 해 두었다. 내 색소폰도 알토에서 테너로 바꾸고, 처가에서 김장을 담글 때 말했던 것처럼 친척들에게도 색소폰을 하나씩 선물하려고 했던 것이었다.

그런데 인천까지 차를 타고 가면서 아내의 말을 듣고 생각을 바꾸게 되었다. 내가 좋은 마음으로 선물하는 것이더라도 받는 사람의 입장에서는 큰 부담으로 여겨질 수 있다는 것이 주된 이유였고, 또 그분들이 색소폰을 배울 의사가 있는지도 모르지 않느냐는 말이었다. 아내의 말을 들으니, 역시 아내는 나보다 지혜로운 것 같았다. 그래서 막상 악기점에 가서는 색소폰을 두 대만 샀다. 내가 쓸 테너 색소폰 한 대와, 지난달에 내 색소폰을 잡더니 두세 시간이나 놓지 않고 불어 대던 큰형에게 줄 알토 색소폰 한 대를 산 것이다.(내가 쓰던 알토 색소폰은 친애하는 벗 김샘에게 선물했다. 나는 새 것으로 사 주고 싶었는데, 김샘이 내가 쓰던 것을 원했다. 생각해 보니 나를 행복하게 했고, 내 손때가 묻은 세상에 하나밖에 없는 내 색소폰처럼 가치 있는 선물은 없을 듯했다. 김샘도 나에게 색소폰을 배우기 시작했고, 학교를 옮겨도 같은 악기를 연주하면 더 자주 만날 수 있을 것이다.) 색소폰 값을 치르려 도중에 현금을 찾아서 갔는데, 모자라서 나머지는 카드로 계산했다. 평소 돈에 대한 이야기를 별로 하지 않는 아내도 이날은 나에게 통장 잔고가 확 줄었다는 이야기를 했다.

영종도의 아파트에 도착하니, 둘째 처형 댁에 셋째 처형 가족도 모여 있었다. 둘째 동서 형님은 색소폰을 배우고 싶다는 뜻을 보였는데, 나는 배우시겠다면 반 가격으로 싸게 사는 방법을 알려 드리겠다고 말했다.

영종도 아파트까지 찾아간 이유는 사실 따로 있었다. 앞서 이야기는 하지 않았지만, 얼마 전에 둘째 처형에게 큰 걱정이 생겼었다. 뇌와 목의 혈관에 큰 이상이 있는 것 같다는 의사의 말을 듣고, 이번 주 목요일에 정밀 검사를 받게 되는데, 결과가 나쁘면 심각한 상황이 될 수 있다는 것이었다. 처형에게는 딸만 넷이 있는데, 그중 막내가 이제 네 살이니 걱정이 클 수밖에 없었다. 그래서 지난 일요일에 처가에서 서로 헤어질 때도 나는 둘째 처형을 더 꼭 안아 드리며 괜찮으실 거라고 안심시켜 드리려 했었다. 우리 부부가 영종도에 간 이유는 검사 때는 못 갔지만, 다행히 검사 결과가 좋았다는 연락을 받고 인사 겸해서 간 것이었다. 우리 부부는 다과를 먹으며 이야기를 나누다가 집에 아이들만 있다는 핑계로 저녁 식사 시간 전에 처형 댁을 나섰다. 집에 돌아와서 샤워를 하고 나오는데, 아내가 처형에게서 전화가 왔었다고 했다. 처형은 저녁 식사를 대접하지 않고 보내서 참 미안하다는 말과, 내가 지난번에 기를 불어넣어 주어서 좋은 검사 결과가 나온 것 같아 정말 고맙다는 말을 했다고 한다. 쑥스럽기도 했고 처형도 참 순수하다는 생각도 들었다.

11월 18일 화요일은 김샘과 학교 음악실에서 처음으로 본격적인 색소폰 연습을 했다는 기록이 컴퓨터에 남아 있다. 11월 19일 수요일에는 김샘과 산책을 하며 나눴던 대화 내용이 기록되어 있다. 김샘이 먼저 이야기를 꺼냈다. 요즘은 나보다 김샘이 더 적극적으로 말을 하려고 한다는 것이 달라진 점 중의 하나다. 김샘은 주로 책이나 신문에서 본 내용을 많이 이야기하는데, 김연수가 지은 책을 소개하면서, 그 중에 '매일 글을 쓴다. 한 순간 작가가 된다. 이 두 문장 사이에 신인, 즉 새로운 사람이 되는 비밀이 숨어 있다.'는 대목을 읽다가 내가 떠올랐다는 말을 했다. 나는 글쓰기처럼 말하기도 의미 있는 일이고 '신인'이 되는 방법이라고 말했다.

김샘이 또 이런 이야기를 했다. 신문에서 읽은 내용인데, 어떤 사람이 예전에 자기를 가르치신 선생님을 만났단다. 그 선생님은 중요한 세 가지 '금'에 대해서 말씀하셨단다. ('황금, 소금, 지금'이 중요하다는 말은 들은 적이 있는데, 그와는 조금 달랐다.) '지금, 궁금, 조금'의 세 가지가 중요하다는 말이었는데, '지금' 이 순간이 중요하고, 늘 '궁금' 함, 즉 호기심을 품고 살아가는 것이 중요하다는 데는 쉽게 동의를 했다.

'조금' 이라는 말에 대해서는 조금 의견이 달랐는데, 무엇이든 너무 과하지 않고 조금 부족한 듯하게 하는 것이 중요하다는 것이 그 선생님과 김샘의 말이었다. 이에 대해서 나는 초임 교사 시절의 이야기를 했다. 그때도 나는 뭐든 빠져들면 열심히 했는데, 나를 잘 아는 동기 선생님 중 한 분이 나에게 너무 100% 잘하려고 하지 말고 조금만, 예를 들어 70% 정도만 한다는 마음으로 행동하라는 충고를 해 준 적이 있다.

물론 좋은 말이지만 때론 100%, 혹은 그 이상도 하게 되고, 할 필요도 있다는 것이 내 생각이었다. '조금' 이라는 개념이 좋은 개념이긴 하나, 그렇다고 늘 그 개념만 의식하고 사는 것은 조금 적절하지 않다. 늘 100%를 하겠다는 의식만 갖고 사는 것이 문제가 있는 것처럼 말이다. 그런 이야기를 하다 내가 2장의 초반부에 기록했던 "모든 개념은 허상이며, 그 자체로 벽이다." 라는 말도 했다. 그리고 '조금' 이 중요하긴 하지만, 그 '조금' 도 100%로 생각하면 안 되고 '조금' 을 '조금' 모자라게 의식하며 사는 게 '조금' 좋겠다고 말했다.

그리고 칸트에 대한 이야기를 했다. 전날 '칸트를 만나다' 부분을 워드로 치며, 칸트의 정언 명령 중 세 번째가 정확히 어떻게 기술되어 있는지 알아보려고 윤리 교과서(내가 한 번도 읽지 않고 김샘에게 빌려준 것이었는데, 얼마 전 김샘이 참고하겠다고 빌려가서 하필 그날 다시 내 자리에 두고 갔었다.)도 보고, 인터넷도 검색하면서 알게 된 내용들이었다.(정언 명령 중 세 번째가 정확히 어떻게 기술되었는지는 지금도 모르겠다. 도서관에서 책도 찾아보았는데, 책이나 인터넷 자료들마다 조금씩 다르게 기술되어 있었다. 그래서 결국 칸트를 만난 날 부장님께 듣고 적었던 대로 두었다.)

윤리 교과서에는 칸트의 도덕 법칙이 가진 딜레마에 대한 내용이 있었다. 칸트의 도덕 법칙은 형식적 이론 체계이기 때문에 구체적 현실에서는 모순이 생기게 된다는 것이었다. 예를 들어 '거짓말을 하지 말아야 한다.'와 '무고한 생명이 희생되지 않도록 막아야 한다.'는 두 가지 의무는 강도에게 쫓기는 사람을 숨겨 주었는데, 강도가 나타나 그 사람이 어디 있냐고 묻는 구체적 현실 상황에서는 충돌할 수밖에 없다는 것이다.

이에 대해 훗날의 의무론자인 로스는 '조건부 의무'와 '실제적 의무'라는 개념으로 칸트주의의 비현실성 문제를 해결하려고 했다. 조건부 의무는 다른 조건부 의무와 갈등을 일으키지 않을 경우에만 실제적 의무가 되는데, 만일 현실에서 두 조건부 의무가 갈등을 일으키면 행위자는 중요성을 따져 그중 어떤 것이 실제적으로 이행되어야 할 의무인지를 결정하게 된다는 것이다.(이렇게 결정할 수 있는 능력을 인간의 도덕적 직관이라고 한다.)

그리고 인터넷 자료를 검색하면서 최고선, 최상선, 완전선에 대해 알게 되었는데, 대략 다음과 같은 내용이었다.

자유 의지를 지닌 인간이 도덕 법칙대로 행동한다면 이 세상은 선한 세상이어야 하지만 실제로는 그렇지 않다. 칸트는 이를 설명하기 위해 최고선이라는 개념을 도입했다. 최고선이란 최상선과 완전선을 아울러 갖춘 상태를 말한다.

먼저 최상선은 인간의 의지와 도덕이 완전히 일치하는 경지를 말한다. 칸트는 이성적인 존재인 동시에 감정적인 존재인 인간이 욕망에 따라 행동하려는 경향이 있기 때문에, 최상선을 이루기 위해서는 무한한 노력이 필요하다고 보았다.

한편 완전선이란 도덕과 행복이 일치하는 경지로서, 칸트는 이를 도덕과 애착심을 동시에 갖는 인간으로서는 도저히 도달할 수 없는 경지로 보았다. 따라서 칸트는 전지전능한 신을 전제해야만 완전선의 경지를 보장할 수 있다고 보았다.

내가 이런 내용을 이야기하자, 김샘은 "원칙은 그것을 지키기 힘들 때 더 가치가 있다." 는 안철수의 말을 언급했다. 나는 그처럼 어떤 상황에서도 원칙을 지키는 것은 칸트가 말한 최상선의 경지에 해당할 것이라고 말했다.

그럼, 완전선의 경지는 도대체 어떤 것일까? 나는 "순교자들 중에서 화형을 당하면서도 행복하게 웃었던 사람들이 있었다는데 그들이 아닐까?" 라고 말했다. 김샘은 "그것은 자기 스스로 고통스럽지 않다는 암시를 걸었기 때문이 아닐까?" 라고 말했다. 나는 "암시라는 표현을 써도 될 듯하지만, '완전한 믿음' 이라는 표현이 더 적당할 거야. 암시가 됐건 뭐가 됐건, 절대적 신념이 없었다면 화형을 당하는 순간에 행복하게 웃을 순 없었을 거야." 라고 말했다.

김샘은 "미쳐서 웃는 사람도 있잖아." 라고 말했다. 나는 "그래, 미친 것과 깨달음을 얻은 것은 겉으로는 매우 유사하게 보여. 그런데 차이가 있어. 미친 것은 단지 견디기 힘들 정도로 고통스러운 환경에 처하거나 했을 때 정신이 분열되는 것이지. 즉, 외적 요인에 의해 피동적으로 변화된 상태야. 반면 깨달음이나 완전한 믿음은 외적 요인이 아닌, 자기 스스로 자율적 결단과 의지를 통해 도달한 경지라는 차이가 있어." 라고 말했다.

이날 아내와 전화 통화에서 아내에게 무엇을 하고 있냐고 물어보니, 아내는 텔레비전 홈쇼핑에서 물건을 사고 있다고 했다. 내가 오늘도 행복한 하루를 보내라고 말하니, 아내는 당신 말대로 행복한 하루를 보내도록 노력해야겠다고 했다. 나는 "노력할 필요 없어. 마음을 열고 바라보면 눈에 보이는 모든 것이 행복이야." 라고 말했다.

죽음을 생각하다.

11월 22일 토요일, 교원 임용고시 감독을 했다. 계속 서 있어야 하고 신경도 많이 쓰이는 일이어서 그런지 아무도 감독을 하려는 사람이 없었다. 나는 초임 교사 시절의 마음으로 돌아가 보는 것도 좋을 듯해서 감독을 하겠다고 자원했다. 내가 감독을 맡은 반은 초등학교 특수반 지도교사 선발에 지원한 수험생들이 시험을 보는 반이었다. 시험이 끝나고 함께 몇 시간을 좁은 공간에 갇혀 있던 것도 인연이라고 생각되어 수험생들에게 뭔가 이야기를 해 주어야겠다고 생각했다. 그래서 이렇게 말했다.

"제가 뭐라고 특별히 드릴 말씀은 없지만, 이렇게 만나게 된 것도 특별한 인연이라고 생각되니까 한 말씀 드리겠습니다. 여러분께서 특수반 교사라고 하시니까, 특별히 어려운 일들을 하실 것 같다는 생각도 들고 특별히 존경스럽기도 합니다. 그런데 아이들은 저마다 하나의 세계라는 말처럼 여러분은 매일 특별한 아이들을 대하시니까 매일 특별한 세계를 만나시는 특별한 기쁨을 누리실 것도 같습니다. 모쪼록 여러분의 앞날에 특별한 보람과 특별한 행복이 늘 함께하시길 특별히 기원합니다."

내 말을 들으며 수험생들이 웃었다. 그것으로 됐다.

시험 감독이 끝나고 집에 들러 옷을 갈아입고 장거리 운전을 했다. 남해안 근처에서 아버지의 동생분이 감 농사를 지으시는데, 부모님께서는 며칠 그곳에 가서 일을 거드셨고, 그날 부모님을 모셔 와야 했던 것이다. 단풍철이라 그런지 차가 많이 막혔고, 처음 가 보는 곳이라 길에서 헤매기도 해서 밤 8시가 넘어 도착했다. 늦은 저녁 식사를 하고 색소폰으로 한 곡 연주하고 잠이 들었다. 다음 날 교통 정체를 피해 아침에 일찍 나선다고 나섰는데 역시 정체 때문에 오후 늦게 집에 돌아왔다. 피곤한 상태에서 아들과 라면을 먹고 침대에 누웠는데, 체하게 되어 새벽까지 힘들었다. 이러다 죽을 수도 있겠다는 생각이 들었지만, 뭐 그렇더라도 크게 여한은 없을 것 같다는 생각도 했다.

11월 24일 화요일, 산책 중에 김샘이 이런 말을 했다.

"어느 인디언의 시에선가 이런 말이 있대. '태어날 때는 나만 울고 모든 사람이 웃었지만, 죽을 때에는 나만 웃고 모든 사람이 우는 그런 삶을 살라.' 는 말인데, 들어 본 적이 있어?"

나도 그 말을 알고 있었다. 얼마 전 학교에서도 그 글이 붙어 있는 것을 보았는데, 거기에는 김수환 추기경께서 하신 말씀으로 되어 있었다. 나는 김샘에게 말했다.

"나도 그 글을 보았는데, 난 조금 생각이 달라. 내가 죽을 때는 나도 웃고 가족들이나 나를 아는 모든 사람들도 웃었으면 좋겠어. 내 스스로도 '이렇게 잘 살았으니 참 기쁘다' 고 생각하고, 나를 아는 모든 사람들도 '저 사람은 저렇게 잘 살다 갔으니 참 기쁘다' 고 생각하는 그런 죽음이었으면 좋겠어.

그리고 이런 생각도 들어. 사실 인간으로 태어나서 지금까지 여러 경험들을 해 보았잖아. 사랑도, 이별도, 기쁨도, 슬픔도, 보람도, 갈등도 여러 번 느꼈었지. 그런데 앞으로 더 살아도 이런 경험들과 크게 다르지는 않을 것 같아. 물론 남은 삶은 이전과는 다르게 살아가려고 노력하겠지만, 무엇보다 가장 특별하게 생각되는 건 바로 죽음의 순간이야. 인간으로서 경험할 수 있는 마지막 순간인 죽음. 그 순간에 나는 과연 어떤 마음일까 생각해 보노라면 가슴이 두근거려."

김샘이 말했다.

"그래서 스티브 잡스도 '죽음은 삶이 만든 최고의 발명품' 이라는 말을 한 것 같아."

내가 말했다.

"맞아."

(사실 아마도 이 책을 다 쓸 것 같은 11월 30일 일요일 오늘 하루에도 나는 죽음을 여러 번 생각했다. 교통사고나 뇌출혈, 아니면 오늘 비가 오니까 번개 등 어떤 요인이 될지는 모르겠지만 죽음이 나에게 가까이 있다는 생각이 들었고, 그래서 하루 종일 빨리 이 책을 마무리하고 싶다는 마음이 들었다.)

이날 아내에게 메일을 보냈다는 내용도 기록되어 있다. 전날 아내의 심기가 불편했는데, 이유는 아들과의 갈등 때문이었다. 나는 며칠 전 자녀 교육에 대한 좋은 내용의 이메일을 받았던 기억이 떠올라 아내에게 그 메일을 보내 주었다. 내용은 다음과 같다.

한 어머니가 어린이집 모임에 참석하였습니다.
어린이집 선생님이 그 어머니에게 말했습니다.
"아드님은 산만해서
단 3분도 앉아 있지를 못합니다."
어머니는 아들과 집으로 돌아오는 길에 말했다.
"선생님께서 너를 무척 칭찬하셨어.
의자에 앉아 있기를 1분도 못 견디던 네가
이제는 3분이나 앉아 있다고 칭찬하시던걸~
다른 엄마들이 모두 엄마를 부러워하더구나!"
그날 아들은 평소와 달리 밥투정을 하지 않고
밥을 두 공기나 뚝딱 비웠다.

시간이 흘러 아들이 초등학교에 들어갔고
어머니가 학부모회에 참석했을 때

선생님이 말했다.
"아드님 성적이 몹시 안 좋아요.
검사를 받아 보세요!"
그 말을 듣자 어머니는 눈물이 왈칵 쏟아졌다.
하지만 집에 돌아가 아들에게 이렇게 말했다.
"선생님께서 너를 믿고 계시더구나.
넌 결코 머리 나쁜 학생이 아니라고,
조금만 더 노력하면 이번에 21등 했던
네 짝도 제칠 수 있을 거라고 하셨어."
어머니 말이 끝나자
어두웠던 아들의 표정이 환하게 밝아졌다.
훨씬 착하고 의젓해진 듯했다.

아들이 중학교 졸업할 즈음에
담임선생님이 말했다.
"아드님 성적으로는
명문고에 들어가는 건 좀 어렵겠습니다."
어머니는 교문 앞에 기다리던 아들과 함께
집으로 돌아가며 이렇게 말했다.
"담임선생님께서
너를 무척 자랑스럽게 생각하시더라.
네가 조금만 더 노력하면
명문고에 들어갈 수 있다고 하셨어."
아들은 끝내 명문고에 들어갔고
뛰어난 성적으로 졸업했다.

그리고 아들은 명문대학 합격통지서를 받았다.
아들은 대학 입학 허가 도장이 찍힌 우편물을
어머니의 손에 쥐여 드리고는 엉엉 울며 다음과 같이 말했다.
"어머니!
제가 똑똑한 아이가 아니란 건 저도 잘 알아요.

어머니의 격려와 사랑이
오늘의 저를 만드셨다는 것 저도 알아요.
감사합니다! 어머니~"
      – 새벽 편지 / 인터넷 발췌

　메일을 보내고 두어 시간 후에 아내와 전화 통화를 했는데, 아내는 내가 보낸 이메일을 읽어 보았다고 했다. 그리고 이런 말을 했다.

　"당신이 보낸 이메일을 읽고 생각을 해 보았어. 왜 내가 아들과 갈등을 했을까? 이유는 바로 학습지더라구. 아들은 학습지를 풀려고 하지 않고 나는 끊임없이 잔소리를 해야 하니 서로가 힘들 수밖에 없었던 거야. 그래서 학습지를 끊기로 했어."

　나는 전화를 끊고 생각해 보니, 학습지를 아주 끊는 것보다는 양을 조금 줄여 주면 어떨까 싶기도 했다. 퇴근 후 아내에게 그 이야기를 했더니, 아내가 어느새 결단력이 생겼는지 벌써 학습지 담당자와 아들에게까지 이야기를 했단다.

　11월 29일, 어제 이야기다. 내가 집에서 노트북을 열고 이 책을 워드로 치고 있는데, 내 뒤에서 아들이 내 핸드폰을 가지고 놀다가 불쑥 이렇게 물었다.

　"아빠, 인생이 뭐야?"

　요즘 많이 깨달았다고 생각해 온 나지만, 인생이 뭐라고 말하기는 정말 어려웠다. 그래서 아들에게 물었다.

　"너는 인생이 뭐라고 생각하니?"

　아들은 바로 답을 말했다.

　"인생은 우리가 살아가는 거지."

　내가 말했다.

"그럼 사는 게 뭐라고 생각하니?"

아들이 말했다.

"죽음으로 한 발짝씩 다가가는 거."

내가 또 물었다.

"왜 그렇게 생각하니?"

아들이 답했다.

"신이 아닌 이상 우리는 태어나면 언젠가 죽잖아."

내가 말했다.

"그래 네 말이 맞다. 그러니까 좋은 인생은 잘 살다가 잘 죽는 것 같아."

아들이 말했다.

"그런데 아빠, 잘 사는 것보다 잘 죽는 게 더 중요하대."

나는 말문이 막혔다. 도대체 아들은 어디서 이런 말들을 듣나? 또 들었다고 해도 그 어린 가슴의 어디에 이런 말들을 담아 놓는 것일까?

아, 어제 자동차 공업사에도 들렀었다. 자동차의 라이트가 모두 나가서 (한동안 한 쪽만 나간 상태로 다녔는데, 며칠 전부터 양쪽이 다 나갔다. 아무리 바빠도 고쳐야 했다. 밤에 어머니를 모시러 갈 일도 있었고.) 수리를 맡겼다. 차를 고치시는 분께 내가 물었다.

"자동차 부품들 중에서 무엇이 가장 중요하다고 생각하세요?"

그 전날 김샘에게도 똑같은 질문을 했었다. 김샘은

"글쎄, 엔진이 중요할 테고, 핸들도 중요하겠지."

내가 생각한 답은 그게 아니었다. 그런데 차를 고치시는 분은 이렇게 말했다.

"저는 브레이크가 가장 중요하다고 생각합니다."

내가 생각했던 답이었다. 자동차는 물론 빠르게 이동하기 위한 수단이지만, 움직이는 것보다 더 중요한 것은 멈추는 것이 아닐까? 멈추어야 할 때 멈추지 못한다면 애초에 움직이지 않았던 것보다 훨씬 큰 문제가 될 수 있다. 우리 인간도 그렇지 않을까?

11월 30일, 드디어 오늘의 이야기다. 원고를 마무리하려고 아침 일찍 학교에 나왔다. 컴퓨터를 켜고 메시지를 열어 보았는데, 세 개의 메시지 중 하나가 김샘으로부터 온 것이었다.

김샘~
조금 전에 연락이 왔네.
교직 인생의 다섯 번째 학교가 수원외고로 결정이 났네.

나는 바로 답장을 보냈다.

메시지를 지금에야 확인했네.
축하해.
늘 보람과 행복이 가득하고
건강하시길 기원하네.

김샘이 바라던 학교에 가게 되었으니 잘 됐다 싶었다. 그리고 김샘이 학교를 옮기긴 했지만 어디를 가든 우리는 함께 있는 것이라는 생각을 했다.

그리고 하루 종일 작업을 했다. 이제 정말 끝내야 할 시간이다. 어머니께서는 낮부터 전화를 하셔서 저녁을 먹으러 오라고 하셨고, 지금 막 아내에게서도 전화가 왔다. 30분 뒤면 수원에 도착하는데, 짐이 많아서 내가 와야 한단다. 그래서 여기까지다. 독자에게 작별 인사만 남기고 찬규 형에게 원고를 보낸 후, 곧장 집으로 달려갈 것이다.

다시 독자에게

이 글을 읽고 나를 알게 된, 그러나 나는 여전히 모르는 막연한 당신에게 작별 인사를 하고자 합니다. 당신이 내 글을 어떻게 읽으셨는지 모르겠지만, 진심을 담아 나의 긴 이야기를 들어 주신 점에 대해 감사의 말씀을 드립니다.

당신에게 마음을 전하려 했던 이 가을은 지금까지의 내 삶에서 가장 아름다웠고, 또한 길었던 가을이었습니다. 이 가을에 나는 새롭게 태어났으며, 말할 수 없는 경이로움과 행복을 느꼈습니다. 그리고 감사하게도 이 가을이 끝나던 날 나는 당신에게 전해 드리고 싶은 이야기를 담은 책을 끝마칠 수 있었습니다. 이 가을에 내가 겪었던 모든 일들은 당신에게 이야기를 들려주기 위한 것이었다고 나는 믿고 있습니다.

아마도 이제 당신은 내가 왜 당신에게 처음 인사를 드릴 때, 섬 아이의 이야기로 시작했는지, 그리고 왜 "영원히 당신 곁에서 김형수 드림." 이라는 말을 했는지 이해하셨을 것이라 생각됩니다.

서로 다른 점도 많겠지만, 당신과 나는 모두 그 섬에 있던 아이라고 나는 생각합니다. 또한 앞서 작별 인사라는 말을 하기는 했지만, 당신은 나의 일부이고 당신과 나는 영원히 여기에 함께 있다는 것을 나는 믿습니다. 그렇기 때문에 나는 누구인지도 모르는 당신을 사무치게 사랑합니다.

며칠 전 자동차를 타고 가다가 라디오에서 세상의 종말이 가까울 때는 감사의 마음이 사라진다는 말을 들었습니다. 그러나 내 가슴 속에서는 오늘도 감사의 마음이 샘솟습니다. 하루에도 몇 번씩 누군가에게 감사하다는 말을 하고, 또한 누군가로부터 감사하다는 말을 듣게 됩니다. 아직은 종말의 때가 아닌 것 같습니다.

나는 소원합니다. 이 세상을 함께 살아가는 당신과 내가 우리들을 가두고 있는 마음의 벽들을 하나씩 허물어 나갈 수 있기를 소원합니다. 그래서 우리가 맞이하는 날들을 더 행복하게, 우리의 세상을 더 아름답게 만들어 갈 수 있기를 나는 진심으로 소원합니다.

당신의 행복을 빌며, 이만 제 말을 끝내겠습니다.

안녕히 계십시오.

당신 곁에서 당신을 그리워하며 김형수 드림.

에필로그

11월 30일 밤. 잠들기 전 아파트 서편 창 너머로 차들이 달려가는 거리를
보며 다음과 같은 내용을 녹음했다.

차들은 바삐 어디로들 간다.
낮에도 밤에도 내 눈엔
늘 차들은 바삐 어디로들 가는 것으로 보인다.
그것을 보는 내가
여기 멈춰서 있기 때문일까?
나는 여기에 있고
차들은 바삐 어디로들 간다.

그리고 수와 진의 '파초'라는 노래가 떠올라 조용히 불러 보았다.

풀꽃처럼 살아야해 오늘도 어제처럼
저 들판에 풀잎처럼 우린 쓰러지지 말아야해
모르는 사람들을 아끼고 사랑하며
행여나 돌아서서 우리 미워하지 말아야해
하늘이 내 이름을 부르는 그날까지
순하고 아름답게 오늘을 살아야 해
정열과 욕망 속에 지쳐 버린 나그네야
하늘을 마시는 파초의 꿈을 아오?
가슴으로 노래하는 파초의 뜻을 아오?

마지막으로 이런 말도 남겼다. 그리고 잠을 잤다.

할 일이 남아 있다.
아직, 내가 해야 할 일이 남아 있다.

눈발이 날리기 시작한다.

올해의 첫눈이다.

어제까지만 해도 가을비가 내렸는데

 '이제 겨울이다!' 라고 선언하듯이

차가운 북서풍이 불고 눈이 내린다.

아내에게 전화를 걸어 눈이 내린다고 했다.

아내는 눈을 구경해야겠다며 알려줘서 고맙다고 한다.

딸에게도 전화를 걸었다.

딸은 잠에서 덜 깬 목소리로 전화를 받았다.

 "우리 딸 사랑해요.

그리고 눈사랑이 다시 우리 곁으로 오고 있단다.

오늘도 좋은 하루 보내렴."

예전에 부천에 살 때

어린 딸에게 눈사람을 만들어 주었는데

딸은 눈사랑이라는 이름을 붙였었다.

날이 따뜻해지면서 눈사랑이 녹아가자 딸은 슬퍼했다.

나는 눈사랑이 하늘로 올라갔다가

언제든 다시 눈이 내릴 때면 우리 곁으로 온다고 말했다.

그 눈사랑이 다시 우리 곁으로 오고 있다.

겨울도 다시 우리 곁으로 오고 있다.

우리 곁을 떠나는 것들은 모두

언젠가 다시 우리 곁으로 돌아온다.

정말 겨울다운 날씨다. 지하 주차장에 주차를 했다. 김샘과 만나 아침을 먹고 이야기를 나눴다. "시험 문제도 내야 하고, 업무 중에 외출도 다녀올 일이 있고, 학습 진도도 더 나가야 하고……." 김샘의 말 속에서 걱정들이 느껴졌다.

아침 조례에 들어갔는데, 우리 반 친구들 역시 걱정이 많았다. 며칠 후 치러야 할 어려운 시험들, 한 학기를 마치기 전에, 혹은 겨울 방학에 해야 할 많은 일들.

나는 우리 반 친구들에게 물었다.

"사람들이 가장 두려워하는 것이 무엇일까?"

수학 시험, 사람, 사람들에게 잊히는 것, 고통, 죽음.

여러 가지 대답이 나왔다. 모두 맞는 답이다. 그런 것들을 포함한 수많은 것들에 우리는 두려움을 느끼며 살아간다.

우리 반 친구들에게 다시 물었다.

"우리가 두려워하는 것 중 대표적인 것이 죽음인데, 그렇다고 해서 매 순간 '아, 나는 언젠가 죽는데.' 하고 걱정하며 사나?"

아마도 그런 사람은 거의 없을 것이다. 만약 그렇다면 단 하루도 제대로 된 삶을 살 수가 없을 것이다. 그런데 정도의 차이라는 벽과 시간의 차이라는 벽을 허물고 생각해 보면 많은 사람들이 내 물음처럼 살아가고 있는 듯하다. 두려움을 느끼는 정도의 차이가 있고, 두려운 일이 닥쳐오기까지 남은 시간의 차이는 있겠지만, 죽음이라는 두려움이나 그 밖의 다른 두려움이나 결국 마찬가지이다. 죽음에 대한 두려움을 매 시간 느끼며 살지는 않는 것처럼, 다른 두려움들도 가질 필요가 없다.

그럼에도 불구하고 많은 사람들이 '아, 이것도 해야 하는데.', '아, 저것도 해야 하는데.', '아, 내일, 혹은 다음 주에 이런 일이 있는데.' 하는 생각들을 하고, 온종일 이런 말을 입에 달고 산다. 그러다 보면 매 순간이, 하루하루가 행복하지 않게 된다.

그래 봐야 아무런 소용이 없다. 스스로 자신을 들볶음으로써 유쾌하지 않을 뿐이다. 게다가 이런 생각들에 갇혀서는 다른 좋은 생각을 하거나 기쁨을 느낄 수 없게 된다. 나는 우리 반 친구들에게 말했다.

"명심해라. 절대로 걱정이나 불평거리를 입에 달고 살지 말아야 한다. 부정적인 생각과 말이 우리의 삶 자체를 불행하게 만드는 것이다. 그러지 말고 지금 하는 일에 집중하며 현재를 즐겨라. 자신에게 다가오는 모든 일들에 당당히 맞서라. 그것이 매 순간을 자기의 것으로 만드는 길이다."

앞으로 다가올 걱정들, 죽음이라는 두려움까지도 미리 겪을 필요는 없다. 어쩔 수 없이 맞이할 수밖에 없으니, 당당하게 맞이하면 될 일이다. 우리 반은 조례나 종례를 마칠 때마다 '파이팅!' 이라는 구호를 한다. 우리 반 친구들에게 마지막으로 "오늘 하루도 뚜벅뚜벅 걸으라." 는 말을 했고, 평소처럼 "오늘도~" 하자, 우리 반 친구들은 평소보다 조금 더 큰 소리로 "파이팅!" 했다.

교무실로 돌아와 오랜만에 책상 정리를 하다가 김샘이 얼마 전에 스크랩했던 신문 기사를 보았다. 작은 수납함 위에 두고도 한 달 가까이 보지 않던 것이었다. 세계보건기구가 21세기 최대 위험으로 지목한 것은 에볼라 바이러스도 에이즈도 아닌 직업적 스트레스였다는 내용이 눈길을 끌었다. 기사에서는 '상대가 바뀔 것이라는 기대를 접으라.' 는 말이 담긴 '걱정도 습관이다' 라는 책, 그리고 '어떤 불행을 겪든 자신에게 시련을 준 사람들, 그리고 자신의 운명과 화해하는 게 중요하다.' 는 말이 담긴 '번아웃' 이라는 책을 소개하고 있었다.

그리고 나는 그렇게 해야 할 듯하여 여기까지 작성한 내용을 김샘에게 보내 주었다.

12월 2일 화요일 점심

김샘과 점심을 먹었다. 평소 같으면 산책을 가는 화요일인데, 김샘은 오후에 회의도 있고 춥기도 하니까 남교사 휴게실로 가자고 했다. 나는 산책을 갈 생각이었지만, "그럼 남교사 휴게실에 들렀다가 나 혼자라도 산책을 가야겠다."고 했다. 바쁘다, 혹은 춥다는 이유로 하고 싶은 것을 미루다 보면 더 못 하게 된다는 생각에서였다.

휴게실에서 김샘과 잠시 이야기를 했다. 김샘이 이사를 해야 하는데, 전세로 나온 집이 없다는 걱정을 했다. 나는 내가 보낸 메시지를 보았냐고 물었고, 김샘은 보았다고 했다. 그래서 걱정에 대한 이야기를 좀 더 했다. 그리고 내가 이런 말을 했다.

"걱정을 하는 것보다는 지금 당장 해야 할 일부터 하나씩 해 나가면 돼. 그리고 어제 생각한 건데, 무엇부터 해야 하느냐면 자기가 정말 중요하다고 생각되고 정말 좋아하는 일부터 하는 게 맞는 것 같아. 어제 오후에만 해도 그런 일이 있었어. 평소 같으면 시험 문제를 먼저 내고 남는 시간에 색소폰 연습을 했겠지만, 생각해 보니 그건 좋은 순서가 아닌 것 같더라구. 하루 종일 일을 했는데, 또 쉬지 않고 시험 문제를 내다가 색소폰 연습을 하고 퇴근하는 것보다는, 먼저 색소폰 연습을 하고 와서 시험 문제를 내는 것이 좋겠다고 생각했지. 해 보니까 정말 그래. 색소폰 연습을 하면서 기분도 좋아지고 활력이 생겼어. 다시 교무실로 돌아와서 짧은 시간 집중해서 여러 문제를 낼 수 있었지. 그리고 집에 가서는 오랜만에 영화를 한 편 보았어. 앞으로는 매일 영화도 보고, 책도 읽고, 색소폰 연습도 할 생각이야. 내가 좋아하고 중요하게 생각되는 일을 먼저 하고, 다른 일들은 나머지 시간에 열심히 하면 돼."

김샘이 말했다.

"그래, 나도 바쁘지만 매일 신문을 보거나 조금씩이라도 책을 읽고 있어.”

내가 말했다.

“그래, 좋은 얘기야. 그런데 앞으로는 신문이나 책읽기 외에도 김샘이 해 보고 싶은 일들을 실행으로 옮기며 살면 더 좋을 거야. 다들 악기 하나쯤은 배우고 싶다는 생각을 하기는 하지만, 실행을 안 하다 보면 영영 못하게 되잖아.”

(오늘 오전에도 내가 일한 순서는 평소와 달랐다. 시험 문제 출제가 내일까지여서 평소 같으면 그것부터 했겠지만, 그렇게 하지 않았다. 앞서의 ‘걱정’ 에 대한 글 먼저 썼다. 그리고 지저분한 내 책상을 치우고, 당장 필요 없는 책들이나 사물을 서랍장에 모두 넣었다. 먼지가 계속 올라오던 교무실 바닥도 청소했다. 오전 수업을 하고 와서도 도서관에서 빌린 지 오래된 책들을 반납하려다가, 그 중에서 읽지 않은 책들을 훑어보았다. 그리고 김샘과 점심을 먹었다. 이렇게 하고도 시험 출제는 오늘 저녁이면 끝낼 수 있을 것이다.)

김샘이 말했다.

“아, 자고 싶다.”

내가 말했다.

“자고 싶으면 자야지.”

그리고 내가 혼자라도 산책하러 가려고 휴게실에서 나오는데, 김샘이 따라 나오려고 일어섰다. 내가 다시 말했다.

“자고 싶다며, 안 자?”

김샘이 따라 나오려다 말고 말했다.

“그래, 조금만 눈을 붙여야겠어.”

나는 산책을 가기 전에 교무실에 들러 앞의 내용을 간략히 메모하고 산책을 했다.(그리고 산책에서 돌아와 지금 글을 쓰고 있다.) 막상 산책을 해 보니 생각보다 춥지는 않았다. 사실 어제도 김샘이 다른 식사 약속이 있어서 나 혼자 산책을 했다. 김샘과 함께 대화를 나누며 산책하는 것도 즐겁지만, 혼자 산책을 하는 것도 나름대로 좋은 점이 있었다. 아무 생각 없이 걷기도 하고, 주변의 풍경에 더 눈길이 집중되기도 했다. 어제도 혼자 산책을 하며 생각한 점은 이런 것이었다.

'하늘처럼 넓은 마음으로 살자.

작은 것에 연연하지 말자.'

산책을 나갈 때 스마트폰을 가져가지 않았다. 요즘은 스마트폰을 교무실에 두고 다닐 때가 많다. 오늘은 산책을 하며 이런 생각을 했다.

'무엇을 보려는 데만 집중하지 말자. 시각 외에도 내 모든 감각을 열어두자.'

그런 마음으로 느껴 보니 산책길이 달랐다. 낙엽을 밟는 소리, 내 걸음 소리, 산새가 지저귀는 소리, 멀리 구름 속으로 비행기가 지나는 소리, 나무를 스치는 바람 소리, 내 숨소리, 흙을 밟는 발바닥의 감촉, 돌멩이나 나무뿌리를 밟을 때의 감촉, 뺨에 닿는 찬바람의 감촉, 찬 바람에 차가워지기도 하고 다시 더워지기도 하는 내 뺨의 느낌, 종아리나 허벅지 근육의 느낌, 소나무에서 풍기는 냄새, 낙엽들이 삭으면서 내는 냄새, 흙냄새 ……

새벽에 일어났다. 밤새 눈이 쌓였다.

어제 도서관에서 빌린 영화 DVD 중 한 편을 보았다.

시인 네루다와 우편배달부 마리오의 만남을 그린 영화 '일 포스티노(Il Postino)'

　'하늘이 울고 있다' 나 '서글픈 그물' 과 같은 은유에 대한 이야기

　'시는 만든 사람의 것이 아니라, 그것을 필요로 하는 사람의 것'

　'온 세상은 다 무엇인가의 은유인가요?' 라는 마리오의 질문

　이 세 가지가 오랫동안 기억될 것 같다.

　(영화에서는 마리오의 질문에 대한 답이 나오지 않았는데, 생각해 보니 세상의 모든 것들은 다 무엇인가의 은유일 수 있을 것 같았다. 그 모든 사물들, 사람들, 생각들, 현상들, 그리고 은유라는 말 자체도 다른 무엇인가와 관련지을 수 있기 때문에 그렇다.)

영화 속의 마리오 루폴로처럼

그 역을 연기한 마시모 트로이시 역시

촬영을 끝마치고 12시간 후 숨을 거두었다고 한다.

마리오에게서 파블로가 떠났고, 배우 마시모도 떠났듯

우리가 사랑하는 이들은 언젠가 모두 우리 곁을 떠나는 것처럼 보인다.

마리오는 네루다가 떠나면서 그 모든 아름다움을

거두어 갔다고 생각했지만,

이내 자신의 눈에 비친 세상의 모든 것들이

눈부시게 아름답다는 사실을 깨닫게 된다.

이것이 세상이고 또한 시인 것 같다.

교무실에서 이 내용을 기록하다가
밖으로 나가 눈을 보며 네루다를, 마리오를,
그리고 트로이시를 떠올렸다.
아름다웠다.

세상에 눈을 한 번도 보지 못한 사람도 있고,
나처럼 오로라를 한 번도 보지 못한 사람들도 있다.
그러나 언젠가 우리는 모두
눈도 되고, 오로라도 된다.

2교시에 학생들의 독후감을 검사하던 중, 마음에 와 닿는 시가 있었다.

인생 거울(매들린 브리지스)

세상에는 변치 않는 마음과
굴하지 않는 정신이 있다
순수하고 진실한 영혼들도 있다
자신이 가진 최상의 것을 세상에 주라
최상의 것이 너에게 돌아오리라
사랑을 주면 너의 삶으로 사랑이 모이고
가장 어려울 때 힘이 될 것이다
삶을 신뢰하라
그러면 많은 이들이
너의 말과 행동을 신뢰할 것이다
마음의 씨앗들을 세상에 뿌리는 일이
지금은 헛되이 보일지라도
언젠가는 열매를 거두게 되리라
왕이든 걸인이든
삶은 다만 하나의 거울
우리의 존재와 행동을 비춰 줄 뿐
자신이 가진 최상의 것을 세상에 주라
최상의 것이 너에게 돌아오리라

12월 4일 목요일

혼자서 산책을 했다. 눈을 맞은 나무들을 보는데, 사무실에 있는 내 나무 책상이 떠올랐다. 살아서 추위를 견디고 있는 나무들도 많지만, 밑동이 잘린 나무들도 많고, 부러져 삭아가는 나뭇가지들도 많고, 흙이 되어 가는 나뭇잎들은 더 많다. 산이 아니더라도 집이나 사무실, 우리가 있는 공간에는 어디든 나무들이 많다.

산책하는 길에 지나곤 하는 무덤을 보았다. 전에는 무덤을 보거나 할 때만 죽음을 생각했었는데, 이제 산 나무와 죽은 나무들이 얽혀 있는 산 전체가 삶과 죽음을 생각하게 한다. 산 나무와 죽은 나무가 늘 우리 곁에 있듯이, 삶과 죽음은 늘 우리 곁에 있다.

　그리고 무덤 앞의 구부러진 소나무 한 그루를 잘려진 또 다른 소나무가 떠받치고 있는 모습이 특별하게 다가왔다. '죽음이 삶을 떠받치고 있다!' 그런지도 모른다. 수많은 죽음이 이어지고 또 이어져서 지금의 나를 태어나게 했고, 오늘 하루도 나는 수많은 존재들의 죽음 덕에 삶을 영위하고 있다.

　전에는 내가 죽으면 화장을 해서 나무 밑에 묻어 주기를 바랐는데, 이제는 생각이 달라졌다. 아무 곳에서나 바람에 날려 주면 정말 좋을 것 같다.

　(이 생각을 김샘에게 말했더니, 김샘은 최근에 뼈 가루를 강물에 뿌리는 것이 합법적이라는 판결이 있었다는 이야기를 했다. 또 내가 세상을 조금이라도 좋게 만들고 가고 싶다고 했듯이, 죽은 후 장기 기증을 하는 것도 좋을 것 같다는 이야기를 했다. 나는 다시 김샘과 나눈 이야기를 아내에게도 했다. 아내도 장기 기증에 대해서는 찬성이고, 자기도 그렇게 하고 싶다는 말을 했다.)

　어제 저녁에 찬규 형을 만나 식사를 하며 이야기를 나누었다. 나는 전에는 시를 못 썼지만, 이제 시를 쓸 수 있을 것 같다는 이야기를 했다. 책에 대한 이야기도 했다. 출판사 사장님인 형은 아무래도 영업적인 측면을 고려하지 않을 수 없는 것 같았다.

　아침에 김샘과 식사를 하며 책을 팔 방법을 이야기했다. 책을 팔아서 돈을 버는 게 목적이 아니기 때문에 책 가격을 최대한 낮추어야겠다고 말했다. 그리고 곧 방학이니까 내가 전국을 돌아다니며 사람들을 만나 이야기도 나누고 책도 팔면 어떨까 하는 말을 했다. 큰형의 트럭 두 대 중에서 한 대를 빌릴 수 있을 것이고, 대학가나 시장, 특히 사람들이 여행하는 동안 책을 읽기 좋으니까 역전에서도 책을 팔면 좋을 것 같다는 말도 했다. 김샘은 역전은 단속이 심할 거라고 했다. 나는 그럼 단속하는 사람들에게도 책을 한 권씩 판 후 자리를 옮기면 될 거라고 말했다.

　교무실로 돌아와 출근하고 있을 찬규 형에게 전화를 해서 책 한 권의 인쇄비가 얼마나 되느냐 물어봤다. 이천 원 정도라고 했다. 형에게 곧 방학이 오면 직접 책을 팔러 다닐 생각이니까 빨리 책을 만들어 달라고 했다.

12월 5일 금요일 오후 4시

　바쁜 하루였다. 수업을 하고, 시험지 포장을 하고, 몇 가지 일을 처리했다. 그리고 용인에서 창고를 하는 큰형에게 좋은 일을 하는 샘치고 출판사를 하나 만들라고 했다.

　큰형은 마음이 바다 같은 사람이다. 장남으로서 부모님이 집에 계시지 않았던 오랜 시간을 우리 동생들에게 부모님 역할을 했었다. 고등학생 때까지 축구 선수였는데, 몸을 다쳐 운동을 그만둔 후로 해보지 않은 일이 없을 정도로 고생도 많이 했다. 얼마 전에는 내가 아프리카의 아이들에 대한 이야기를 하자, 큰형은 직접 아프리카에 가서 아이들을 도울까 고민을 했었다고 말했다. 나는 큰형이 직접 아프리카에 가서 돕는 것도 좋지만, 그보다 더 효과적으로 도울 수 있는 방법을 생각해 보라고 말했다.

　조금 전 큰형에게서 구청에 출판사 등록 신청서를 접수했다는 연락을 받았다. 내가 제안한 대로 출판사 이름은 '열다' 로 정했다고 한다. 이렇게 된 이유는 내 책을 많은 사람들이 볼 수 있도록 하기 위해서였다. 책값을 인쇄비와 유통비 정도만으로 낮추어야 하는데, 찬규 형의 출판사나 다른 출판사에서는 아무래도 영업 이익을 고려할 수밖에 없을 듯했다.

　찬규 형과도 전화 통화를 했다. 형은 책 가격을 3천 원으로 결정했다는 나의 말을 듣고, 내가 손실을 입게 되지 않을까 걱정을 해 주었다. 그러면서도 그런 결정을 하게 된 나를 이해해 주었고, 책을 출판하는 과정에 대해 궁금했던 나의 수많은 질문에 답을 해 주었다.

　또한 내가 책을 내는 데 도움을 주실 세 분을 소개해 주었다. 인쇄를 해주실 분, 책의 표지 디자인을 해 주실 분, 그리고 본문 편집을 도와주실 분. 찬규 형을 비롯하여 그분들의 도움에 깊은 감사를 드린다.